Casino

PIETER ASPE

Casino

Manteau
THRILLER

Voor Emma-Mei

Never confuse movement with action.
ERNEST HEMINGWAY

Standaard Uitgeverij nv, Belgiëlei 147a, B-2018 Antwerpen
www.manteau.be
info@manteau.be

Vertegenwoordiging in Nederland: De Boekerij, Amsterdam
www.boekerij.nl
info@boekerij.nl

Eerste druk april 2005
Tweede druk september 2005

Omslagontwerp Wil Immink
ISBN 90 223 1875 3
D 2005/0034/381
NUR 330

1

Faites vos jeux. De woorden klonken Hubert Blontrock vertrouwder in de oren dan de naam van zijn vrouw en hij raakte opgewonden telkens wanneer een croupier ze uitsprak, maar na het voorstel dat Willy Gevers hem net had gedaan sneden ze als messen in zijn vlees. Nee, dacht hij. Daar doe ik niet aan mee. Hij pakte vijf fiches van een stapeltje dat voor hem op de speeltafel stond, gooide ze op het tableau en riep: '*Treize et voisins*.' De croupier harkte de fiches behendig naar zich toe en zette ze bij het corresponderende nummer. Een vrouw van middelbare leeftijd – ze droeg een donkerbruin mantelpak en aan haar schouder bungelde een versleten leren handtas – zette vijftig euro in op *impair* en richtte daarna haar blik op de roulette. Zoals de meeste gokkers zou ze de kogel met haar ogen blijven volgen tot hij viel.

De croupier pakte het balletje en hield het even tegen de opstaande binnenkant van de cilinder voor hij het wegschoot. Dat deed hij pas als het rad op volle snelheid draaide.

'*Rien ne va plus*.'

Niemand mocht nu nog inzetten. De vrouw die *impair* speelde, maakte één kans op twee om te winnen en haar inzet te verdubbelen als de kogel op een onpaar getal viel. Hubert Blontrock, die op 13 *en de buren* gokte, kreeg zeven keer de inzet uitbetaald als de kogel op dertien of op een van de twee nummers aan weerszijden van dertien terechtkwam. Aan de andere kant van de tafel zat een oude man met een scherpe haviksneus en flitsende ogen voortdurend notities te maken. Hij was een van die spelers die erin geloofden dat de volgorde waarin de kogels vielen door een wiskundig systeem werd bepaald en dat degene die erin slaagde het te doorgronden, veel meer kans maakte om te winnen dan iemand die intuïtief speelde. Hubert Blontrock kende hem zoals hij iedereen kende die hier regelmatig over de vloer kwam. Ze noemden hem 'de Sfinks' omdat hij zelden sprak en alleen van zijn stoel kwam om te gaan plassen. De snelheid van het rad nam zienderogen af, het balletje stuiterde op het gladde, harde hout. De croupier keek onbewogen voor zich uit. Hij kon meestal voorspellen wanneer het zou vallen en soms ook waar. Meneer Blontrock had op *13 en de buren* gespeeld en het zat er dik in dat hij dit spel zou winnen. Tik. Het balletje viel.

'Vingt-sept, rouge, impair et passe. Rien aux colonnes. Treize et voisins.'

De croupier telde vijfendertig fiches en schoof ze met zijn harkje naar de overzijde van de tafel. Meneer Blontrock had zevenhonderd euro gewonnen. Een gelegenheidsspeler incasseerde dan zijn winst, kiepte een paar drankjes achterover aan de bar en ging daarna in een euforische stemming naar huis, een beroepsspeler wist van geen ophouden. In het beste geval zette hij een deel van het gewonnen bedrag meteen weer in. In het slechtste geval maakte hij alles op. De croupier vond het bijgevolg vreemd dat meneer Blontrock de fiches ging inwisselen en de speelzaal uitliep. Het meisje van de vestiaire echter glimlachte breed toen meneer Blontrock haar een briefje van tien euro toestopte. Ze verdween als een schicht tussen de rijen jassen en het duurde geen zucht of ze was terug met het jasje dat hij haar vijf uur geleden had toevertrouwd. Nog een prettige avond, meneer Blontrock, zei ze toen hij zich omdraaide en met het colbert over zijn arm naar de uitgang liep.

'Jij ook, meid', zei hij schor.

Op de Zeedijk stond een lauwe bries die het zweet op zijn voorhoofd deed opdrogen en de geur van sigarettenrook uit zijn kleren verdreef. Ondanks het late uur was het nog behoorlijk druk in Blankenberge. Dat kwam door de abnormaal hoge temperaturen van de voorbije dagen. Er liep zoveel volk op de Zeedijk dat het nog volop zomer leek, hoewel het al eind september was. Hubert Blontrock stak een sigaret op en ging op een bank zitten die uitkeek over de zee. Hij probeerde het voorstel te verdringen dat Willy Gevers hem zo-even had gedaan, maar het lukte niet. Het bleef door zijn hoofd spoken. Zijn gezond verstand zei hem er niet op in te gaan, maar het was zeer de vraag of hij in staat zou zijn het beest te bedwingen dat in zijn binnenste raasde, een beest dat niets liever wilde dan dat hij meespeelde. Hoeveel was een mensenleven eigenlijk nog waard? Een verliefd paar stond een eind verderop hartstochtelijk te zoenen. De hand van de jongen verdween onder de bloes van het meisje en kneep ongegeneerd in haar borsten. Hubert Blontrock wendde zijn hoofd af en gooide de half-opgerookte sigaret op de grond. Het was een eeuwigheid geleden dat hij nog de borsten van een vrouw had aangeraakt. Voor romantiek was allang geen plaats meer in zijn leven. Hij hield alleen van het spel, de roulette was zijn minnares. De bries die hem bij het buitengaan van het casino had verkwikt, deed hem nu rillen. Hij deed zijn jasje aan en knoopte het dicht. Hier blijven zitten had geen zin. Wat moest hij doen? Zich lazarus drinken of naar huis gaan? Hij haalde een euro uit zijn zak en gooide hem op. Wie weet bleef het lot hem vanavond gunstig gezind?

Het kostte Van In zichtbaar moeite om uit de auto te stappen. Hij moest zich optrekken aan de bovenkant van het portier. Zijn kniegewrichten kraakten vervaarlijk en om zijn mond lag een verbeten trek. Twee jonge inspecteurs die over de binnenplaats van het politiecommissariaat liepen waar Versavel de Golf had geparkeerd, draaiden bijna gelijktijdig hun hoofd om toen ze Van In hoorden kreunen. De blik in hun ogen sprak voor zich.

'Gaat het een beetje?'

Versavel, die ondertussen om de wagen was gelopen, stak bereidwillig zijn hand uit naar Van In, maar het gebaar werd hem niet in dank afgenomen.

'Nee, maar als je zo doorgaat, zal het niet lang meer duren.'

Niemand wist wat Van In twee weken geleden had bezield om zich als lid van een gymschool te laten inschrijven en er twee keer per week met een ware doodsverachting te gaan trainen. Hij had zijn midlifecrisis al doorgemaakt en hij hoefde zich allang niet meer uit te sloven om een mooie vrouw te versieren want die had hij al.

'Onzin', knorde Van In. 'Ik voel me een stuk beter dan gisteren.'

'Gisteren ben je met Hanne naar de bioscoop geweest, Pieter.'

'Zie je wel.'

Versavel keek zijn vriend verbaasd aan.

'Wat bedoel je daar nu mee?'

Van In bleef staan, zette zijn handen op zijn heupen en trok zijn schouders naar achter.

'Rust roest, Guido. Ik was gisteren beter gaan trainen in plaats van de hele avond op mijn luie kont te zitten. Daar wordt een mens pas stram van.'

Hij forceerde een glimlach en zette met een stijve pas koers naar het hoofdgebouw. Iedere vezel in zijn lichaam deed pijn. Bij de ingang werd hij bijna omvergelopen door collega's die een noodoproep hadden binnengekregen en ijlings naar hun wagens renden. Hij kende ze alle vier bij naam. John, de oudste, liep de honderd meter in 12.6 seconden, Hendrik was een begenadigde marathonloper, Vincent en Karl speelden voetbal in de tweede provinciale afdeling. Echte sporters dus, met brede schouders en gestroomlijnde lichamen.

'Ben je niet een beetje vermagerd?'

Versavel monsterde Van In met een kritische blik terwijl ze de trap opliepen. Hij had een goed oog voor dit soort dingen. En hij kreeg gelijk. Van In bleef staan en hij draaide zich om.

'2,4 kg', zei hij trots.

'Het loont dus.'

'En of', zei Van In.

'Mag ik ook weten waarom je zo nodig wilt vermageren?'

'Nee.'

'Oké.'

Ze liepen door de gang naar kamer 204. Versavel begreep niet goed waarom Van In zo geheimzinnig deed over zijn conditietraining – ze deelden al jaren mekaars geheimen, zelfs de meest intieme – maar hij drong niet verder aan. Dat had toch geen zin. Als Van In hem in vertrouwen wilde nemen, zou hij dat spontaan doen.

'Goedemorgen allemaal.'

Carine zat pv's te klasseren aan haar bureau, Bruynooghe was bezig op de computer. Ze beantwoordden de groet van hun baas bijna gelijktijdig met: 'Goedemorgen, Pieter' en gingen daarna verder met hun bezigheden. Dat belooft wat, dacht Van In. Hij liet zich op zijn stoel neerploffen en stak een sigaret op. Versavel ontfermde zich over het koffiezetapparaat. Het zag ernaar uit dat het een rustige dag zou worden bij de Brugse lokale opsporingsdienst. En dat was maar goed ook. Van In kon een adempauze best gebruiken. Hij geeuwde en keek nog eens om zich heen. Hij stond voor een hartverscheurende keuze. Zou hij eerst de krant lezen en daarna de pv's doornemen die vannacht waren opgesteld of... Carine haalde hem bruusk uit zijn gemijmer.

'Moet je dit eens lezen.'

Ze schoof een pv onder zijn neus en kwam dichter bij hem staan dan eigenlijk geoorloofd was. Van In deed alsof hij niet voelde dat ze met de zijkant van haar knie tegen zijn dij aanschurkte. Hij had al meermaals gezegd dat ze dat beter niet deed, maar daar trok ze zich niets van aan.

'Was die kerel dronken of gewoon een beetje...?'

Van In drukte zijn wijsvinger tegen zijn slaap en maakte een draaiende beweging.

'2.14 promille', zei Carine. 'Een nachtpatrouille heeft hem vanochtend om een uur of drie opgepikt in de buurt van de Eiermarkt.'

'Zit hij nog in de cel?'

Ze schudde haar hoofd.

'Ik denk dat ze hem een kwartier geleden hebben laten gaan.'

Van In keek haar niet-begrijpend aan .

'Zo vroeg al?'

'Het is twintig over negen, Pieter.'

'Ach zo.'

Hij had zich verslapen en het had een eeuwigheid geduurd voor hij aangekleed was, maar het verbaasde hem dat het al zo laat was.

'Koffie?'

Versavel zette een dienblad met koppen en een thermoskan op het bureau, pakte een stoel en kwam erbij zitten. Heel even kruiste zijn blik die van Carine. De afkeuring in zijn ogen was onmiskenbaar.

'Zal ik een stoel voor je bijschuiven, juffrouw Neels?'

Het klonk vriendelijk, maar hij bedoelde het zo niet. De stoel die hij wilde bijschuiven stond aan de andere kant van het bureau. Kon ze Van In tenminste niet meer lastigvallen.

'Nee, dank je.'

Ze voelde zich betrapt en zette onwillekeurig een stapje opzij. Waar bemoeide die homo zich eigenlijk mee? Was hij jaloers of deed hij alleen maar moeilijk omdat hij haar niet kon luchten? Of had hij toch een oogje op Van In zoals sommige collega's vermoedden? Gelukkig kon van het omgekeerde geen sprake zijn. Daar durfde ze haar hand voor in het vuur te steken. Hoewel je tegenwoordig van niets meer moest opkijken. Het zou de eerste keer niet zijn dat een man er op rijpere leeftijd voor uitkwam dat hij voorstander was van de Griekse beginselen. Van In, een nicht. Stel je voor. De gedachte alleen al bezorgde haar kippenvel en een wee gevoel in haar buik.

'Heeft iemand het verhaal van die kerel nagetrokken?'

Blontrock had verklaard dat hij zich bewust een stuk in zijn kraag had gedronken. Om een vreselijk geheim te verdringen dat hem al de hele nacht kwelde. Het had iets te maken met de roulette en er zouden binnenkort onschuldige slachtoffers vallen. De officier met wachtdienst die het verhoor afnam, had er niet veel van kunnen maken. Blontrock praatte met een dubbele tong en hij weigerde koppig in te gaan op concrete vragen waardoor zijn verhaal nog ongeloofwaardiger klonk.

'Wie trekt er nu dronkemanspraat na?' bromde Versavel. 'Hebben we iets anders te doen?'

De vier inspecteurs die Van In zo-even bijna omver hadden gelopen, reden de binnenplaats weer op. De reden voor de noodoproep bleek een onschuldige huiselijke twist die al was bijgelegd nog voor ze ter plaatse waren. Het gebeurde wel vaker dat mensen in paniek raakten als het huisraad bij de buren aan diggelen werd geslagen en dat ze de politie belden, maar soms overdreven ze een beetje. De gewelddenaar in kwestie had welgeteld één kopje stukgegooid.

'Volgens Devriese baatte Blontrock vroeger de Cour des Flandres uit in de Pieter Pourbusstraat.'

Devriese was de officier met wachtdienst die vannacht de verklaring van Blontrock had opgetekend.

'Tiens', zei Van In.

Hij kende de Cour des Flandres van naam, maar hij was er nooit binnen geweest hoewel het etablissement heel dicht bij hem in de buurt lag.

'Blontrock is er in 2001 mee gestopt', zei Carine. 'En de man aan wie hij de zaak overdeed, hield het na anderhalf jaar ook voor bekeken '

'Failliet?'

'Ik denk het wel.'

'Dat is vreemd.'

Van In pakte de thermoskan van het dienblad en schonk zich een kop koffie in; de suikerpot liet hij onaangeroerd. De Cour des Flandres genoot destijds een bedenkelijke reputatie omdat er kamers werden verhuurd aan verliefde paartjes die eigenlijk niet samen gezien mochten worden.

'De man die de Cour des Flandres van Blontrock overnam, maakte er een restaurant van', zei Carine met een knipoog. 'En dat bleek minder rendabel dan verwacht.'

'Ach zo.'

Van In nam een slok van de koffie en las nog een keer het pv dat voor hem lag.

'Ik veronderstel dat Devriese al naar huis is?'

'Zal ik hem bellen?'

Van In nam een trek van zijn sigaret.

'Nee, laat maar.'

Hij had vroeger genoeg nachtdienst gedaan om te weten dat je een collega beter niet uit zijn eerste slaap haalde als het niet echt dringend was. Meneer Blontrock mocht dan een misdaadgolf voorspeld hebben, de kans was klein dat die vóór morgen Brugge al zou teisteren.

'Volgens mij is die Blontrock een flauwe grappenmaker', zei Carine, die het bijzonder apprecieerde dat Van In niet op het voorstel van de homo was ingegaan om Devriese uit zijn bed te bellen.

'Er is maar één manier om daar achter te komen', zei Van In.

Hij duwde zijn sigaret uit in de asbak en dronk zijn kopje in één teug leeg. Buiten een vechtpartij tussen twee drugsdealers was er vannacht niets spectaculairs gebeurd. Ze konden hun tijd evengoed nuttig besteden en meneer Blontrock een bezoekje brengen.

'Blontrock is in ieder geval geen armoedzaaier', zei Versavel toen hij de Golf voor het statige herenhuis parkeerde.

'Make love, not war, Guido. Je doet er niemand pijn mee en het brengt zaad in het bakje.'

De tijd dat Brugge gebukt ging onder het juk van een handvol puriteinse mierenneukers was gelukkig allang voorbij. Eigenlijk verdiende meneer Blontrock een medaille voor moed en zelfopoffering omdat hij het in de jaren zestig had aangedurfd kamers te verhuren aan mensen die nergens anders aan hun trekken konden komen.

'Zeg maar bak', zei Versavel. 'Het huis alleen al is een fortuin waard.'

'Je bent toch niet jaloers?'

'Jaloers niet, maar...'

'Wat maar?'

'Kerels die in een mensenleven meer geld verzamelen dan ze op kunnen krijgen, doen dat meestal niet op een legale manier.'

'Oké, Guido. Je hebt gelijk.'

Van In belde aan. Je kon Versavel moeilijk behoudsgezind noemen, behalve als het om de toepassing van de wet ging. Meneer Blontrock had destijds veel geld verdiend met een illegale activiteit en dat vond hij onrechtvaardig tegenover mensen die hun brood op een eerlijke manier moesten verdienen. Toen de deur openzwaaide en meneer Blontrock hen met een vriendelijk gebaar uitnodigde om binnen te komen, werd duidelijk dat het verhuren van kamers hem geen windeieren had gelegd. In de hal stond een antieke Boulle-kast met inlegwerk van schildpad die meer kostte dan een dure Duitse wagen en aan de muur hing een zeventiende-eeuws wandtapijt dat een tafereel uit de bijbel voorstelde. Op de zwarte boord was een gekroonde gotische B geborduurd. En dat gaf aan dat het wandtapijt in Brugge was gemaakt. Het was twee dure Duitse wagens waard.

'Ik schaam me echt voor mijn gedrag van vannacht, meneer de commissaris', zei Hubert Blontrock nadat Van In zich had voorgesteld. 'Ik ben een matige drinker. Zoiets is me nog nooit overkomen. Ik mag er niet aan denken dat ik een nacht in een politiecel heb doorgebracht. Gelukkig kon Marie-Louise erom lachen toen ik het haar vertelde.'

'Wie is Marie-Louise?'

Meneer Blontrock sloeg zijn hand voor zijn mond en bolde zijn wangen alsof hij een lach wilde bedwingen.

'Marie-Louise is mijn vrouw. Ze logeert een paar dagen bij haar zuster in Mechelen. Ik heb haar net alles opgebiecht over de telefoon.'

Van In knikte. Hij kon best begrijpen dat Blontrock ervan had geprofiteerd om de bloemetjes buiten te zetten terwijl zijn vrouw weg was. Hij zou waarschijnlijk net hetzelfde doen als Hannelore hem een paar dagen alleen zou laten.

Een van de deuren in de hal gaf toegang tot een grote ruimte die dienstdeed als zitkamer en bibliotheek. Er stonden imposante chesterfieldfauteuils en elegant Engels meubilair in Queen Anne-stijl. Het parket bestond uit eiken planken van een duim dik. De geur die Van In tegemoetkwam, was een mengeling van sigarenrook, boenwas en oude boeken.

'Gaat u zitten. Kan ik u iets aanbieden? Een glaasje port?'

Versavel wierp ostentatief een blik op zijn horloge en daaraan was te merken dat het nog te vroeg was voor alcohol, maar daar trok Van In zich niets van aan.

'Een glaasje port is uitstekend', zei hij.

'En voor meneer?'

'Meneer drinkt water', zei Van In nog voor Versavel de vraag kon beantwoorden die aan hem gericht was.

Meneer Blontrock verdween door een zijdeur.

'Ik denk dat we hier onze tijd aan het verdoen zijn', zei Versavel nogal nors toen Blontrock de deur achter zich dichttrok.

Van In strekte zijn benen voor zich uit, legde zijn handen in zijn nek en liet zich lui onderuitzakken in de chesterfield.

'Is het hormonaal of word je gewoon een dagje ouder?'

'Wat heeft dat ermee te maken?'

'Je zeurt, Guido. En dat ben ik niet van je gewend.'

'Oké. Ik zal mijn best doen om dat niet meer te doen.'

Versavel streek over zijn snor. Zijn lippen vormden een dunne streep, maar dat was moeilijk te zien door de snor. De toespeling van Van In op zijn gezondheid deed hem verstijven. Viel het dan zo erg op dat hij zich niet goed voelde? Van In kon toch niet weten dat hij al een paar weken last had van zure oprispingen en amper nog een hap door zijn keel kreeg?

'Meneer Blontrock verbergt in ieder geval niet dat hij van gokken houdt.'

Op een kaarttafel bij het raam stond een huisroulette. Ernaast lag een mini-tableau met daarop stapeltjes fiches.

'Echt verslaafd kan hij niet zijn', zei Versavel.

'Waarom niet?'

'Gokverslaafden verspelen alles. Of ze verkopen alles om te kunnen spelen.'

'Je lijkt wel een expert.'

'Heb ik je nooit verteld dat...'

'Nee, dat heb je me nooit verteld, Guido.'

Versavel sloeg zijn ogen op en keek naar het plafond, dat versierd was met geometrische figuren in stucwerk.

'Mijn vorige vriend was een gokker. Ik heb hem aan de deur gezet toen ik erachter kwam dat hij huishoudgeld verduisterde. Je kunt je niet voorstellen hoe erg het is...'

De zijdeur ging open. Meneer Blontrock kwam binnen. Hij duwde een serveerboy voor zich uit met daarop een fles oude port, glazen en een karaf mineraalwater.

'Ziezo.'

Hij parkeerde de serveerboy tussen de chesterfields, pakte de fles en schonk de glazen vol. De port had een licht robijnrode kleur en geurde naar donker fruit en hout. 1975, stond er op het etiket. Van In hield zijn glas tegen het licht, liet de drank walsen en nam pas daarna een slokje. Versavel had wellicht gelijk. Ze waren hun tijd aan het verdoen, maar dat was geen ramp. Hij had nog nooit port van een dergelijke kwaliteit geproefd.

Merel Deman was drieëntwintig en woog sinds kort negenenvijftig kilo. Daar was ze best trots op. Mensen die haar vroeger niet hadden gekend, zouden nooit geloven dat ze een jaar geleden nog het dubbele woog. In haar handtas bewaarde ze foto's uit die periode. Die liet ze zien als iemand haar verhaal in twijfel trok. Het had moeite gekost om bijna zestig kilo af te vallen maar ze had haar doel bereikt: een maatje 38. Ze ging voor de spiegel staan en liet de badjas die ze na de douche had aangetrokken van haar schouders glijden. Haar figuur kon ermee door maar haar borsten hadden het extreme gewichtsverlies niet ongeschonden doorstaan. Ze hingen als slappe theebuiltjes op haar buik. Ze trok snel ondergoed aan en liep weg van de spiegel. Gelukkig kwam ook aan die kwelling een einde. Vanmiddag werd ze geopereerd. Ze stak een pepermuntje in haar mond, trok kleren aan en schonk een glas melk in. Het euforische gevoel waarmee ze gisteravond was gaan slapen, werd nu nog sterker. Geen theebuiltjes meer, ze kon haar geluk wel uitschreeuwen. Over een paar weken kon ze haar bh uitdoen in het bijzijn van een jongen zonder dat ze zich daarvoor hoefde te schamen. Wat verlangde ze daarnaar. Ze dronk haar glas leeg, slikte het pepermuntje door en pakte het koffertje dat ze gisteravond had gepakt. Veel zat er niet in. Alleen wat essentiële spulletjes. Met een beetje geluk hoefde ze maar één nachtje in het ziekenhuis te blijven. De verzorging achteraf kon ambulant gebeuren. Ze sloot zorgvuldig de voordeur van haar flat af en rende uitgelaten de trap af. Buiten scheen de zon en er liepen heel wat mensen op straat, maar zelfs al had het geregend en was er geen hond op straat te bespeuren geweest, dan nog had Merel de man niet gezien die haar vanaf de overkant scherp in het oog hield. Hij droeg een linnen broek, een modieus streepjeshemd en een jasje van soepel leer. Zijn blik ging schuil achter de spiegelende glazen van een dure zonnebril. Dat meisje daar dat op de fiets stapte was een goede kandidate. Ze had geen partner en volgens de inlichtingen waarover hij beschikte ook geen familie. En dat was een niet te onderschatten voordeel. Nathan Six zette zijn zonnebril af en wreef zijn ogen uit met de rug van zijn hand. Als alles meeviel, zou hij de komende maanden een pak poen verdienen. De spelers waren stuk voor stuk miljonairs en ze waren bezeten van het gokken. De Spelmeester had alles perfect uitgekiend. Nathan keek Merel na tot ze uit het zicht was verdwenen en stak daarna de straat over.

Het gebouw dateerde uit de jaren vijftig en zag er een beetje verwaarloosd uit. De sloten van de voordeuren waren van goedkope makelij. Nathan Six liep naar de tweede verdieping, waar Merel woonde. Het kostte hem geen dertig seconden om bij haar binnen te raken. Het appartement was netjes onderhouden en gezellig ingericht. In de woonkamer had Merel een intieme sfeer gecreëerd door een muur chocoladebruin te verven, maar daar had Nathan Six geen oog voor. Gezelligheid was niet aan hem besteed. Hij liep naar de ladekast en trok de bovenste lade open. Er lagen allerhande spullen in die niet bij elkaar hoorden: een boek, een haardroger, twee handdoeken, een nog niet uitgepakte set wijnglazen, batterijen, een fietspomp en een doosje met haarkleurmiddel. In de tweede lade vond Nathan drie ringmappen, vier fotoalbums, een stapeltje handleidingen en een blikken doos. Hij pakte de doos en sloeg het deksel open. Er zaten brieven in. Sommige waren op gekleurd papier geschreven en ze begonnen allemaal met 'Liefste Merel'. Nathan las er een paar en stopte er een in zijn binnenzak. Daarna bladerde hij de fotoalbums door en bekeek de kiekjes die Merel de voorbije jaren had verzameld. De meeste waren vakantiefoto's. Hij maakte een van de foto's los en stopte ze bij de brief in zijn binnenzak. Het gaf hem een kick nu al iets te bezitten van iemand die hij misschien zou moeten vermoorden. In de keuken pakte hij een stapel borden uit de kast en gooide ze in de vuilnisbak.

De kans was klein dat Merel zou merken dat er een brief en een foto verdwenen waren, maar ze zou de borden missen en niet weten wat er aan de hand was. Nathan vroeg zich af wat er door haar hoofd zou gaan als ze de borden in de vuilnisbak aantrof. Hij glimlachte. Ze zou onvermijdelijk tot de conclusie komen dat er iemand in haar appartement was geweest. En dan zou ze geen moment rust meer kennen.

'Speelt u vaak in het casino?'

Van In zette het glas port voorzichtig neer en kruiste zijn benen. Hubert Blontrock schrok niet van de vraag. Integendeel. Hij glimlachte minzaam.

'Ik speel graag en ik hou van Dostojewski. Meer nog, het is Dostojewski die mijn nieuwsgierigheid voor het spel heeft gewekt. Als ik destijds *De speler* niet had gelezen zou ik wellicht nooit een voet in een casino hebben gezet.'

'Hebt u gisteren gespeeld?'

'Ik ben met pensioen, commissaris. Ik speel bijna iedere dag.'

De ogen van Blontrock twinkelden als verafgelegen sterren tijdens een wolkeloze zomernacht.

'Oostende, Blankenberge of Knokke?'

'Meestal in Blankenberge.'

Versavel nipte aan zijn glas water. Hij begreep niet goed waar Van In naartoe wilde. Waarom sprak hij hem niet meteen aan op de bizarre verklaring die hij vannacht had afgelegd?

'Alleen of met vrienden?'

Blontrock aarzelde zichtbaar. Toen Van In hem afwachtend aankeek, probeerde hij zich een houding te geven door naar zijn glas port te grijpen en een slokje te nemen.

'Ik ontmoet mijn vrienden meestal in de speelzaal.'

'Ach zo.'

Van In pulkte met zijn duim en wijsvinger aan de onderkant van zijn neus, pakte een haartje beet dat al een tijdje op zijn zenuwen werkte en trok eraan. Hij kreeg er een traan van in zijn ogen maar het haartje bleef staan. Als er haar uit je neus begint te groeien, word je binnen de kortste keren impotent, had Hannelore gisteren gelachen toen ze hem voor de spiegel had betrapt met een pincetje. Hij had het pincetje laten vallen, haar bij de schouders vastgegrepen en haar op het bed gegooid. Daardoor stond het haartje er vandaag nog.

'Is daar iets mis mee?'

'Natuurlijk niet. Ik vraag me gewoon af wat mensen drijft om hun zuurverdiende centen zomaar weg te gooien. Of vergis ik mij en kloppen de verhalen over spelers die met een kleine inzet een fortuin winnen?'

Er viel een bundel zonlicht door het venster naar binnen die de grijze kop van meneer Blontrock een zilveren aureool gaf. Hij zag er plotseling veel wijzer uit.

'De roulette blijft een kansspel, commissaris, en er is maar één winnaar: het casino.'

'Dat dacht ik ook. Maar als mensen dat weten, waarom...'

'...spelen ze dan nog?'

'Inderdaad.'

Meneer Blontrock gaf met zijn vinger aan dat ze een momentje geduld moesten oefenen. Toen stond hij op en liep naar de kaarttafel. Hij pakte de huisroulette en het matje waarop de nummers stonden.

'Geef me een getal tussen nul en zesendertig.'

'Dertien.'

'Oké.'

Blontrock liet het rad draaien en gooide het kogeltje tegen de klok in. Het stuiterde terwijl het ronddraaide en maakte daarbij een tikkend geluid, om pas na een halve minuut op een nummer te vallen.

'34.'

Blontrock pakte het kogeltje en liet het rad opnieuw draaien.

'Theoretisch hebt u één kans op zevenendertig dat de kogel op dertien valt, maar ik hoef u waarschijnlijk niet te bewijzen dat die redenering niet klopt. Het gebeurt soms dat je het honderd of tweehonderd keer moet proberen voor het lukt.'

Van In zette zijn ellebogen op tafel en ondersteunde zijn hoofd met zijn handen. Zijn moeder had hem meermaals het tragische verhaal verteld van overgrootvader Benoît, een rijke handelaar in stoffen die op het einde van de negentiende eeuw het hele familiefortuin verspeeld had en daarna zelfmoord had gepleegd en ze had hem evenveel keren voorgehouden dat zij wellicht rijk waren geweest als grootvader Benoît zijn zaak beter had beheerd. Het was natuurlijk allemaal lang geleden en zijn voorouders hadden het familiefortuin ook op een andere manier kunnen kwijtspelen, maar het bleef Van In een raadsel hoe een spel waarvan iedereen wist dat je het niet kon winnen nog zoveel mensen bleef boeien.

'En wat krijg ik als het toch in één keer lukt?'

'Vijfendertig keer de inzet.'

De kogel viel op het nummer zes. Blontrock pakte de kogel en liet de roulette opnieuw draaien.

'Een ervaren gokker speelt natuurlijk zelden een plein', zei hij terwijl hij de kogel voor de derde keer in de draaischijf gooide.

'Een plein?'

Van In trok zijn wenkbrauwen op en keek naar Versavel, die niet de minste interesse toonde voor wat er gebeurde en al de hele tijd voor zich uit zat te staren. Wat scheelde hem toch?

'Een plein wil zeggen dat je op één nummer inzet. Er zijn natuurlijk nog veel andere manieren om te spelen.'

Blontrock leek zich aardig te amuseren. Terwijl hij bleef proberen dertien te draaien, gaf hij een overzicht van de verschillende spelmethodes. Het kwam erop neer dat je op twee cijfers kon spelen, op drie, op vier, op een rij, op een serie of op een combinatie ervan. De speelmogelijkheden waarmee je je kansen kon vergroten, leken bijna eindeloos.

'En dan vergeet ik nog te zeggen dat je ook op zwart of rood kunt spelen of op paar en onpaar.'

Van In wierp een blik op zijn polshorloge. Het was bijna halftwaalf en hij had Blontrock nog altijd niet verteld waarom hij hem was komen opzoeken. En Versavel had al twee keer zitten gapen.

'Er is nog één ding dat ik u wil vragen, meneer Blontrock. Toen mijn collega's u vannacht in een min of meer beschonken toestand aantroffen, hebt u iets gezegd over een geheim dat u kwelde en u liet optekenen dat de roulette binnenkort veel slachtoffers zou maken. Kunt u mij daar vandaag iets meer over vertellen?'

Meneer Blontrock probeerde zijn gezicht in dezelfde plooi te houden en niet te laten merken dat de zenuwen door zijn lijf gierden. Hij had die vraag al een hele tijd verwacht – een commissaris van de lokale opsporingsdienst brengt een dronkelap niet zomaar een beleefdheidsbezoek. Dat hij nu schrok was te wijten aan het feit dat Van In de vraag zo lang had uitgesteld dat hij die niet meer verwachtte.

'U herinnert zich toch nog dat u dat verklaard hebt, meneer Blontrock?'

De zon verdween achter een wolk en ontnam Blontrock

de stralende aureool waardoor hij er plots weer een stuk gewoner uitzag.

'Als ik dat gezegd heb, moet ik wel heel veel gedronken hebben.'

Hij glimlachte maar zijn mondhoeken trilden en hij stak zijn handen in zijn broekzakken opdat ze niet zouden merken dat ze beefden. Willy had hem gisteravond verzekerd dat het spel hoe dan ook zou doorgaan en dat hij zich moest haasten wilde hij er nog aan deelnemen. Het aantal spelers was beperkt tot veertig en ze hadden er al achtendertig.

'Denk goed na, meneer Blontrock. Ik zou echt niet in uw schoenen willen staan als er binnenkort een melding binnenkomt dat er in een of ander casino een moord is gepleegd.'

'Ik kan me niet voorstellen dat ik zoiets heb gezegd.'

Blontrock ontkende niet dat hij iets gezegd had, maar hij gaf het ook niet toe. En dat werkte op Van In zijn zenuwen. Hij hield niet van wattige mensen.

'Hebt u gisteren dan met niemand in het casino gesproken?'

Blontrock fronste zijn voorhoofd en deed alsof hij diep nadacht. Ondertussen schudde hij lichtjes zijn hoofd.

'Ik zou het echt niet meer...'

'U zei net nog dat u uw vrienden in de speelzaal ontmoette. Was er gisteren dan niemand die u kende?'

Van In sloeg een scherpe toon aan. Blontrocks neusvleugels begonnen te trillen van opgekropte spanning. Dat merkte Versavel, die hem de hele tijd al nauwlettend in het oog hield. Dat deed hij vaker als Van In iemand aan de tand voelde en het gebeurde niet zelden dat die observaties nuttige informatie opleverden.

'Monique was er.'

Monique was niet bepaald een vriendin, maar hij kon

onmogelijk toegeven dat hij minstens een halfuur met Willy Gevers had staan kletsen.

'Niemand anders?'

'Niet dat ik mij kan herinneren.'

'Was u toen al dronken misschien?'

De vraag bracht Blontrock in verwarring. Zijn ogen gingen heen en weer als die van een opgejaagd dier. Hij dronk zelden of nooit alcohol in de speelzaal, dat zou iedere croupier getuigen als de commissaris hen daarover zou ondervragen, en als hij dronk was hij matig. Het was bijna drie jaar geleden dat hij zich nog bewust een stuk in zijn kraag had gezopen. De datum waarop de politie hem was komen melden dat zijn dochter zich tegen een boom te pletter had gereden, stond haarscherp in zijn geheugen gegrift: 18 oktober 2002.

'Ik weet echt niet wat me overkomen is, commissaris. Het is jaren geleden dat ik nog dronken was.'

Blontrock kon op het laatste nippertje vermijden dat hij op zijn onderlip beet. Hij balde zijn vuisten in zijn broekzakken en keek Van In recht in de ogen. Waar maakte hij zich eigenlijk druk om? Hij hoefde zich toch niet als een klein kind te verantwoorden omdat hij gisteren een glas te veel had gedronken? Het leek wel of de commissaris zijn gedachten kon raden. Hij pakte zijn glas, dronk het met één slok leeg en wisselde een blik met zijn assistent, die het hele gesprek stilzwijgend had gevolgd. De man stond op en klopte een denkbeeldig stofje van zijn schouder. Van In volgde zijn voorbeeld en hij stak zijn hand uit naar Blontrock.

'Ik hoop dat we u niet te lang lastig hebben gevallen. Maar u begrijpt wellicht ook dat wij ons werk moeten doen', zei hij heel formeel.

Blontrock drukte de uitgestoken hand. Zijn polsslag

daalde en hij probeerde min of meer ontspannen te glimlachen.

'Dat spreekt toch voor zich, commissaris.'

Van In liet zijn hand los en liep naar de deur. Voor hij de klink vastpakte, draaide hij zich plotseling om.

'Maar mocht u zich later toch nog iets herinneren van gisteren, aarzel dan niet om contact met me op te nemen.'

Hij haalde een kaartje uit zijn portefeuille en gaf het aan Blontrock.

Toeristen hebben drie onhebbelijke eigenschappen: ze willen veel voor weinig geld en liefst zo snel mogelijk. Een doorsnee bezoek aan Brugge duurt gemiddeld twee uur en in die tijdspanne willen ze de hele stad zien en er ook alles over weten. Je kon het de Bruggelingen niet kwalijk nemen dat ze zich aan de wensen van de bezoekers probeerden aan te passen onder het motto: het geld dat ze bij ons spenderen, kunnen ze nergens anders meer kwijt. De meeste restaurants serveerden dan ook relatief goedkope menu's, met gerechten die ze zo vanuit de magnetron op de borden konden kwakken. Vispannetjes bijvoorbeeld, een stoofpotje dat voor zestig percent uit saus bestond en voor de rest stukjes rubberachtig weefsel bevatte dat naar vis smaakte. De gemiddelde toerist vond dat allemaal niet erg, maar Van In meed dit soort etablissementen als de pest. Hij hield een lijstje bij van eethuizen waar nog eerlijk voedsel op tafel kwam. De Vlaamsche Pot in de Helmstraat was daar een van. Het restaurant was gezellig ingericht, de wijn was lekker en betaalbaar en in de winter serveerden ze er konijn met pruimen.

'Wat denk je van die Blontrock?'

Van In trok een stoel naar achteren en ging bij het raam zitten. Versavel nam plaats aan de overkant. Het was lang geleden dat ze tijdens de diensturen samen uit eten waren geweest. Niet omdat hoofdcommissaris De Kee dat ten strengste had verboden – Van In lapte zo'n oekaze toch aan zijn laars – ze hadden het de voorbije weken zo druk gehad dat de gelegenheid zich niet had voorgedaan. Vandaag viel alles mee. Ze hadden niet veel om handen en er stond houtduif op het menu.

'Hij was in ieder geval niet op zijn gemak.'

Van In stak een sigaret op en inhaleerde de rook tot hij ervan moest hoesten. Vorige week was hij in de bossen van Tilleghem een eindje gaan lopen met Simon en dat was hem niet goed bevallen. Na honderd meter had hij steun moeten zoeken tegen een boom en het had niet veel gescheeld of hij had zijn middagmaal uitgekotst. Toen de hoestbui over was, kwam de ober de bestelling noteren.

'Ik neem de duif', zei Van In. 'En jij?'

'Doe mij maar een slaatje', zei Versavel.

Van In bestelde nog een fles Canon Fronsac. Versavel hield het bij mineraalwater. De drank werd vrijwel onmiddellijk geserveerd, samen met een bordje met hapjes: kleine stukjes toast met verse garnalensalade en plakjes mild gerookte heilbot.

'Het lijkt mij een normale man.'

Van In nam een vluchtige trek van zijn sigaret en duwde ze daarna uit in de asbak. Het leverde hem een goedkeurende blik van Versavel op.

'En toch was hij bang.'

'Zou hij toch iets te verbergen hebben?'

'Ik denk het wel', zei Versavel.

In zijn lange carrière bij de politie had hij al duizenden mensen geobserveerd, hij schatte zelden iemand verkeerd in.

'De vraag is natuurlijk, waarom? Het verhaal dat hij in

beschonken toestand opdiste, lijkt zo onwaarschijnlijk dat...'

'...dat het onwaarschijnlijk is dat hij het uit zijn duim heeft gezogen', zei Versavel.

Hij prikte een stukje heilbot aan zijn vork en bracht het naar zijn mond. De georganiseerde misdaad was al een tijdje actief in het noorden van West-Vlaanderen, vooral aan de kust, waar de meeste casino's stonden. Had Blontrock per ongeluk een gesprek opgevangen tussen maffiosi waarin een of ander duister project ter sprake was gekomen en had hij in een opwelling van verantwoordelijkheidszin de politie daarvan op de hoogte willen brengen? Het was een plausibele these. Hij legde ze voor.

'Wie weet.'

Van In pakte een toastje met garnaal en stopte het in zijn mond. De mayonaise kwam niet uit een potje, de garnalen waren dik en ze zaten boordevol smaak. September was de maand bij uitstek om ze te consumeren.

'Zal ik onze vrienden bij de federale eens polsen of zij misschien iets afweten van een criminele operatie in het gokmilieu?'

Van In schudde zijn hoofd en pakte nog een toastje.

'Het heeft geen zin om slapende varkens wakker te maken, Guido.'

'Zijn het geen honden?'

Van In veegde zijn mond af met een servet.

'Mij ook goed.'

2

De straat waar Hubert Blontrock woonde, lag er verlaten bij zoals bijna alle andere straten in de buurt. Het was halfelf. Brugge was een dode stad. Zelfs al was lady Godiva voorbijgereden, niemand had haar opgemerkt. Nathan Six gleed als een schim langs de gevels van rode baksteen. Hij droeg een spijkerbroek en een zwarte windjak. Een baseballpet met neergeslagen klep maakte hem bijna onherkenbaar. In zijn rechterhand hield hij een diplomatenkoffertje met versterkte hoeken en een cijferslot. De Spelmeester had hem vanmiddag gebeld met de mededeling dat Hubert Blontrock de politie op bezoek had gekregen en hem vervolgens de opdracht gegeven de oude gokker daarover duchtig aan de tand te voelen. Nathan Six belde aan en wachtte tot het licht in de gang aanging voor hij zijn pistool tevoorschijn haalde. Daarna ging het allemaal ongelooflijk snel. De deur was nog maar op een kier, of Nathan zette er zijn schouder tegen en gooide er zijn hele gewicht tegenaan, met als gevolg dat Blontrock zijn evenwicht verloor en achteroverviel. Nathan glipte naar binnen, schopte de deur achter zich dicht, ging schrijlings op de verdwaasde Blontrock zitten en zette de loop van het pistool op zijn voorhoofd.

'Eén verkeerd woord en je bent dood. Begrepen.'

Blontrock knikte. Hij duizelde van de val en zijn elleboog

was gevoelloos van de klap, maar de man met het pistool gunde hem geen uitstel. Hij veerde op en zette twee stappen achteruit terwijl hij zijn slachtoffer onder schot bleef houden. En dat deed hij in één vloeiende beweging.

'Alles uittrekken en meekomen.'

Blontrock keek de man met het pistool ongelovig aan. Waarom moest hij zich in godsnaam helemaal uitkleden?

'Ik ben niet gewapend', fluisterde hij schor.

Nathan Six kromde zijn vinger om de trekker. Zijn ogen verrieden geen enkele emotie, maar in zijn binnenste ontstond een warm en tintelend gevoel, dat vanaf nu alleen nog zou toenemen. In zijn hoofd zag hij beelden uit een oude oorlogsfilm en de dialoog die erbij hoorde. Die kwam hem goed van pas.

'Ik spaar je leven als je doet wat ik zeg', zei hij op een zo dramatisch mogelijke toon.

Het werkte. Blontrock krabbelde overeind en deed als een willoze robot wat van hem gevraagd werd. Hij droeg alleen een pyjama en een kamerjas. Veel hoefde hij niet uit te trekken. Eerst de kamerjas, daarna het jasje en de broek. Bij de broek aarzelde hij even, maar een dwingend gebaar met het pistool was voldoende om ermee door te gaan. Vroeger vond hij het de normaalste zaak dat jonge meiden zich uitkleedden terwijl hij in de buurt was. Dat hij nu hetzelfde moest doen voor het oog van een andere man, ervoer hij als een diepe vernedering.

'Naar binnen.'

Blontrock ging voor. In de salon annex bibliotheek stond een armstoel in Lodewijk XVI-stijl. Nathan gebood hem erop te gaan zitten en zijn armen op de leuningen te leggen. Daarna maakte hij zijn koffertje open, haalde er twee paar boeien uit en klonk Blontrock aan handen en voeten vast aan de armleuningen en poten van de stoel. Het was een komisch gezicht. Een dikke naakte man geboeid op een antieke stoel.

'Ik zal u de vraag één keer stellen zonder dat ik u pijn doe, meneer Blontrock. Daarna beslis ik hoeveel pijn u moet lijden voor ik geloof wat u zegt. Is dat duidelijk?'

'Wat wilt u in godsnaam van me weten?'

Nathan ging met gespreide benen voor Blontrock staan en keek hem diep in de ogen. Hij hield ervan mensen pijn te doen en hij genoot van het machtsgevoel dat het hem bezorgde.

'Wat hebt u de politie vanochtend verteld?'

'De politie?'

Blontrock kreeg het benauwd toen hij besefte waarom de man bij hem was binnengedrongen.

Hij wilde waarschijnlijk weten of er iets was uitgelekt over het gesprek dat Willy Gevers met hem had gevoerd in het casino.

'Uw tijd zit erop, meneer Blontrock.'

Nathan draaide zich om, boog zich over het opengeklapte koffertje en haalde er vier lange smalle repen gewatteerde stof uit. Blontrock keek hem met verbaasde ogen aan. Hoe kon je iemand pijn doen met een paar repen stof? Zelfs toen Nathan hem ermee aan handen en voeten vastbond en hij daarna de stalen boeien verwijderde, kon Blontrock zich niet voorstellen wat hem te wachten stond. Het was pas toen hij een metalen kastje uit het koffertje haalde en het snoer afrolde dat erbij hoorde dat hij zich realiseerde wat de man van plan was. Aan de ene kant van het snoer zat een elektrode en aan de andere kant een bananenstekker die in het kleine stopcontact aan de achterkant van het metalen kastje paste. De draaiknop die op het kastje was gemonteerd diende ongetwijfeld om de stroomsterkte te regelen.

'Ik heb de politie niets verteld.'

'Niets', glimlachte Nathan. 'Naar verluidt zijn ze langer dan een uur bij u op bezoek geweest.'

'Met niets bedoel ik niets speciaals. Ze kwamen in verband met een klacht die een van mijn buren tegen mij heeft ingediend', probeerde Blontrock zich nog te redden, maar het was te laat. Nathan bevestigde de elektrode met kleefband op zijn testikels, sloot het snoer aan op het kastje en voorzag het van stroom door middel van een ander snoer.

'Ik hou niet van mensen die liegen, meneer Blontrock.'

Nathan haalde een kleine rubberen bal uit zijn zak, kneep de neusvleugels van Blontrock dicht tot hij niet anders kon dan zijn mond opendoen om adem te halen, propte de bal er in en verzegelde alles met kleefband om te verhinderen dat hij de bal uitspuwde. Daarna ging hij bij het kastje staan, dat hij op een bijzettafeltje had geplaatst en draaide de knop in de laagste stand. Blontrock wipte op en neer. Het vet op zijn buik deinde in golfjes mee. De dierlijke schreeuw die uit het diepste van zijn keel opsteeg, werd gesmoord door de rubberen bal. Hij probeerde zich wanhopig los te rukken maar de boeien van gewatteerde stof zaten stevig om zijn polsen en enkels. Er kwam geen eind aan de pijn die als een gloeiend mes door zijn testikels en ingewanden sneed. Nathan Six liet hem drie minuten kronkelen van de pijn voor hij de knop terug naar links draaide.

'Kwamen ze in verband met Willy Gevers? Knik voor ja en schud met je hoofd voor nee.'

De ogen van Blontrock puilden uit hun kassen. Zijn hart klopte als bezeten in zijn borstkas, maar gelukkig verdween de pijn even vlug als zij werd toegebracht. Als hij knikte zou zijn beul hem ongetwijfeld vermoorden, schudde hij nee dan zou hij ongetwijfeld doorgaan met hem te folteren.

'Uw tijd is om', zei Nathan toen het antwoord op zich liet wachten.

Hij draaide aan de knop en verhoogde de stroomsterkte. Blontrock begon over zijn hele lijf te schudden. Zijn uitpuilende ogen sprongen bijna uit hun kassen en het droge hout van de Lodewijk XVI-stoel kraakte onder het gedaver. Zo erg ging hij tekeer. Nathan Six stak een sigaret op, nam een paar trekjes en tikte de as af in een metalen asbakje met deksel dat hij altijd bij zich had en waarin hij straks ook het peukje zou deponeren. Hij had tijd, desnoods de hele nacht.

Hubert Blontrock ging iedere donderdag kaartspelen bij vrienden en iedereen die hem kende, wist dat hij dat voor geen geld wilde missen. Miel Vanhove keek dan ook vreemd op dat zijn vriend de deur niet kwam openmaken. Hij belde opnieuw aan en wachtte gespannen af. Minuten verstreken, maar hij hoorde niemand. Hier klopt iets niet, dacht Vanhove. Hij haalde voorzichtig het mobieltje uit zijn binnenzak dat hij met Kerstmis van zijn dochter had gekregen, zocht het nummer van Blontrock op in het geheugen en drukte op het groene hoorntje om het te bellen. Er nam niemand op. Vanhove probeerde zijn vriend drie keer te bellen, telkens met een tussenpoos van een paar minuten. Hij kreeg geen antwoord.

Na het douchen droogde Van In zich grondig af met een grote badhanddoek. Toen hij daarmee klaar was, ging hij op de weegschaal staan. Er lichtte een getal op dat hem deed glimlachen: 84,6. In twee weken was hij bijna vijf kilo afgevallen. En ook de spiegel gaf hem gelijk. Hij ging er en profil voor staan en trok zijn buik in.

'Nog zes maanden trainen en je mag modeshows lopen.'

Hannelore stond glimlachend in de deuropening. Ze had hem altijd gekend met een buikje en een laagje spek om zijn lenden en daar kon ze best mee leven. Voor haar hoefde hij niet te vermageren.

'Lach maar.'

'Ik zou niet durven.'

Ze beet op haar onderlip en haar ogen begonnen te twinkelen.

'Ik heb nog nooit de liefde bedreven met een gespierde man', flapte ze er plotseling uit.

'Oh nee? Wat hebben we gisteren dan gedaan?'

Hij schuifelde op haar toe, haalde diep adem en liet zijn borstkas zwellen. Ze zag er heel appetijtelijk uit in haar dunne nachthemd en ze stond bovendien in tegenlicht. Het silhouet van haar benen en dijen door de stof deed zijn bloed sneller stromen.

'Toen was je nog niet zo gespierd, schat.'

Ze trok zich tegen hem aan en liet haar koele hand over zijn schouder naar beneden glijden.

'Hoeveel tijd hebben we nog?'

Van In schortte haar nachthemd op en trok haar mee naar de spiegel.

'Tien minuten.'

'Dan hebben we geen tijd te verliezen.'

Hij sloeg zijn armen om haar middel, tilde haar op en zette haar op het tafeltje waarop normaal handdoeken lagen en enkele rollen toiletpapier maar dat Hannelore gisteren had leeggemaakt omdat ze het een likje verf wilde geven. Het was net groot en hoog genoeg om te doen wat hij van plan was.

Versavel belde voor één keer te vroeg aan, maar in plaats van zich ongerust te maken omdat er niet meteen werd opengemaakt wachtte hij tien minuten voor hij het opnieuw probeerde. Kon Van In nog rustig zijn sigaretje roken. Hij had goed gegokt. Toen hij voor de tweede keer aanbelde, klonk er gestommel op de trap.

'Sorry dat ik je zo lang heb laten wachten, Guido. Hannelore stond onder de douche en ik zat op het toilet.'

'Dat is je aan te zien.' Versavel wees naar de purperen bloeduitstorting in de hals van zijn vriend. 'Als ik jou was zou ik een sjaaltje omdoen.'

Van In legde zijn hand op de blauwe plek en veinsde verontwaardiging.

'Met vrouwen heb je niets dan last.'

'Zegt de man die trots is dat zijn vrouw hem af en toe een liefdesmerk toebrengt.'

'Het is al goed, Versavel.'

Van In draaide zich om en trok de gordel van zijn badjas aan. Hij had bijna geen geheimen voor Versavel wat zijn seksleven betrof. Hem iets verzwijgen had toch weinig zin. Hij zag het altijd als ze gevreeën hadden. Blauwe plek of geen blauwe plek.

'Koffie?'

Versavel maakte een afwerend gebaar toen Van In zijn arm uitstrekte om de koffiepot te pakken.

'Straks zijn we nog te laat, Pieter. Bovendien is er net een oproep binnengelopen.'

'Moord?'

Versavel schudde zijn hoofd.

'Een vriend van Hubert Blontrock beweert dat hij hem al sinds gisterenmiddag niet meer kan bereiken. Of we een kijkje willen gaan nemen bij hem thuis.'

'Waarom heb je dat niet eerder gezegd?'

'Ik kon je toch moeilijk van het toilet halen', grijnsde Versavel. 'En je het genot ontnemen om erna nog een sigaret te roken.'

'Geef me vijf minuten.'

Van In kruiste Hannelore op de trap. Ze had inderhaast een spijkerbroek aangetrokken en een wollen truitje met knoopjes waarvan ze de mouwen had opgestroopt. De spijkerbroek zat als gegoten en ze had de drie bovenste knoopjes van haar truitje niet dichtgeknoopt waardoor het saaie kledingstuk erg sexy oogde.

'Problemen?'

Ze gaf Versavel een zoen en schonk hem ongevraagd een kop koffie in.

'Die Blontrock die we gisteren aan de tand hebben gevoeld, reageert niet op de deurbel en neemt de telefoon niet meer op.'

'Misschien wil hij gewoon met rust gelaten worden.'

Versavel nam een slokje koffie en knikte.

'Dat zien we straks wel.'

'Hebt u ons gebeld?'

Miel Vanhove gooide een halfopgerookte sigaret op de grond en doofde ze met zijn hiel. Gisteren had hij Hubert de hele dag proberen te bereiken. Het was hem niet gelukt. Vanochtend had hij het nog een paar keer geprobeerd. Zonder resultaat.

'Hubert en ik zijn al meer dan dertig jaar vrienden. Hij heeft nog nooit een afspraak gemist. Er moet hem iets overkomen zijn.'

Van In monsterde Vanhove. De man droeg een keurig pak en hij sprak een soort opgepoetst Brugs dat ook voor een niet-West-Vlaming verstaanbaar was. En hij zag er het type niet uit dat snel in paniek raakte. Maar woog het vermoeden dat Blontrock iets ernstigs overkomen was voldoende zwaar om het huis binnen te dringen? Het zou immers de eerste keer niet zijn dat de politie de rekening van een geforceerde deur gepresenteerd kreeg als na een interventie bleek dat er niets aan de hand was.

'Is zijn vrouw er dan niet?'
'Marie-Louise logeert bij haar zuster in Mechelen.'
'Waarom hebt u haar dan niet gebeld?'
Het klonk nors maar zo had Van In het niet bedoeld. Vanhove begreep het duidelijk anders.
'Omdat ik het nummer van haar mobieltje niet heb', reageerde hij verontwaardigd.
Wat dacht die flik wel? Dat hij een idioot was?
'Kent u misschien iemand die over een reservesleutel beschikt?'
Het gebeurde wel vaker dat oude mensen een reservesleutel bij hun kinderen of nabije familie in bewaring gaven voor het geval ze zich per ongeluk zouden buitensluiten.
'Ik zou het niet weten.'
Vanhove keek ongeïnteresseerd om zich heen. Voor hem was de maat vol. Hij koesterde van jongs af aan al niet veel sympathie voor de politie, die hij een zootje debiele machtswellustelingen vond. De manier waarop Van In hem behandelde, bewees weer eens dat hij gelijk had. Actie ondernemen deden de twee flikken evenmin, ze bleven naar de voordeur kijken alsof ze een mirakel verwachtten.
'Misschien kunnen we gemakkelijker via de buren binnen', stelde Versavel voor nadat hij de massieve voordeur eens goed had bekeken.
'Mij goed.'
'Zal ik Bruynooghe en Carine bellen voor het geval...'
Versavel maakte de zin niet af. Van In knikte al toen hij 'Bruynooghe' hoorde. Als Blontrock iets was overkomen, konden ze best wat hulp gebruiken.

Dokter Decoopman glimlachte naar Merel, die nog moeite had om haar ogen open te houden. Ze was een paar uur geleden geopereerd. De narcose was nog niet helemaal uitgewerkt.

'Hoe voelt u zich?'

Merel probeerde ook te glimlachen hoewel ze zich nog behoorlijk suf voelde, maar glimlachen naar de dokter was het minste wat ze kon doen. Als alles naar wens was verlopen, had ze nu twee stevige borsten en hoefde ze zich nooit meer te schamen om zich in aanwezigheid van een man uit te kleden.

'Is het een beetje gelukt?'

Dokter Decoopman pakte haar hand vast en kneep er zachtjes in.

'Je zult je eigen ogen niet geloven', zei hij.

Het was minstens tien jaar geleden dat Van In nog een ladder had beklommen. Erg enthousiast was hij niet. De scheidingsmuur tussen de tuin van Blontrock en die van zijn buurman was bijna vier meter hoog. Versavel deed alsof zijn neus bloedde, maar hij wist verdomd goed dat Van In zich niet op zijn gemak voelde. Hem een beetje plagen kon geen kwaad.

'Ben je het al gewoon daarboven?'

Van In keek naar beneden. Zijn benen trilden en er stond zweet in zijn handpalmen, maar hij viel liever dood dan toe te geven dat hij zich op een relatief kleine hoogte niet veilig voelde.

'Iedereen krijgt de plaats die hij verdient', riep hij. 'Blijf jij maar waar je bent. Op de onderste trede.'

'Maak je geen zorgen over mij. Ik red me wel.'

De buurman van Blontrock, een gepensioneerde handelsreiziger, luisterde met stijgende verbazing naar de dialoog tussen de twee politiemensen. Waarover hadden ze het eigenlijk? Hij kon er geen touw aan vastknopen.

'Zie je iets?'

Van In stond nu bijna boven aan de ladder.

'Momentje.'

Hij stak zijn hoofd boven de muur en keek naar beneden. Aan de achterkant van het huis had Blontrock een moderne veranda laten aanbouwen. De schuifdeur die toegang gaf tot de tuin, stond op een kier.

'Ik denk dat we geluk hebben', riep Van In terug.

Hij daalde de ladder af en stak onmiddellijk een sigaret op.

'Laten we Bruynooghe dat varkentje wassen of...'

'Nee. Doe jij het maar.'

'Ik?'

'Ja, jij.'

Uiteindelijk kwam de brandweer eraan te pas omdat de buurman maar over één ladder beschikte die lang genoeg was en ze er twee nodig hadden om over de muur te kunnen klimmen. Van In bedankte de gepensioneerde handelsreiziger voor zijn medewerking en liep toen samen met Versavel naar buiten waar ze bij de voordeur van Blontrock wachtten tot de brandweerman die over de muur was geklommen kwam openmaken.

'De man heeft in ieder geval smaak', zei Van In toen ze de hal betraden.

'Laten we hopen dat hem niets overkomen is', reageerde Versavel bezorgd.

Die hoop werd niet bewaarheid. Toen Van In de deur van de salon annex bibliotheek openmaakte, zag hij het naakte lichaam van Hubert Blontrock meteen liggen. Het leed geen twijfel dat hij dood was. De helft van zijn hersenpan was weggeslagen. Het vloerkleed lag bezaaid met stukjes verkleurd weefsel.

'Volgens mij is hij door de mond geschoten', zei Van In.

Zelfmoord leek zo goed als uitgesloten. Dan hadden ze het wapen in de nabijheid van het lijk moeten vinden.

'Zal ik de cavalerie bellen?'

'Ja, doe dat maar.'

Van In stak een sigaret op en liep terug naar de hal. Het was eerst afwachten tot de wetsdokter en de mensen van de technische recherche hun werk hadden gedaan voor hij in actie kon komen. Hij hoopte dat dokter Zlotkrychbrto dienst had. Het was al een hele tijd geleden dat ze elkaar nog hadden gezien.

'Je hebt gelijk, Pjetr. Hij is met een schot door de mond afgemaakt.'

Van In, Versavel en Zlotkrychbrto hadden zich teruggetrokken in de keuken omdat het forensisch onderzoek in de salon nog altijd aan de gang was en ze het alle drie beter vonden Klaas Vermeulen daarbij niet al te veel voor de voeten te lopen, want daar had het hoofd van de technische recherche een hartgrondige hekel aan. Van In stak weer een sigaret op. De zoveelste al. Het feit dat Blontrock naakt was zat hem niet lekker.

'Is zijn vriend hier nog?'

'Vanhove.'

'Ja, die.'

'Ik denk het wel.'

'Wil je hem dan even halen?'

'Oké.'

Versavel stond op en liep naar buiten. Nog geen twee minuten later was hij terug met meneer Vanhove, die stug voor zich uitkeek. Van In bood de man een stoel aan en probeerde het ijs te breken door hem een sigaret te presenteren maar hij ving bot. Vanhove bleef stug voor zich uitkijken. Het nieuws dat Blontrock dood was, had hem diep geraakt.

'Ik weet dat dit niet het gepaste moment is, meneer Vanhove, maar er is één vraag die ik u nu moet stellen. En neem me het alstublieft niet kwalijk dat ik u daardoor misschien kwets.'

Versavel fronste zijn wenkbrauwen en ook Zlotkrychbrto keek verbaasd op. Ze wisten allebei dat Van In zich nooit verontschuldigde voor hij een vraag stelde. Zelfs Vanhove begreep niet goed waaraan hij de tactvolle aanpak te danken had. Hij reageerde dan ook een stuk milder dan even daarvoor.

'Stel uw vraag maar, meneer de commissaris.'

Van In stelde de vraag, maar in plaats van die te beantwoorden begon meneer Vanhove te schreeuwen en te schelden.

'Vuile flik. Hoe durf je Hubert daarvan te verdenken? Hij was verdomme getrouwd. Met mannen had hij niets te maken. Je moet zelf een smeerlap zijn om iemand daarvan te beschuldigen.'

Van In liet Vanhove uitrazen. De argumenten waarmee hij de reputatie van zijn vriend verdedigde, stelden niet veel voor – Van In wilde de getrouwde mannen die het met andere mannen deden de kost niet geven –, maar de heftigheid waarmee hij tekeerging, maakte hem bijzonder geloofwaardig. Als hij gelijk had, bleef wel de vraag waarom Blontrock naakt was voor hij vermoord werd. Een medewerker van Vermeulen had zijn pyjama gevonden en daar zat geen spat bloed op.

'Zorg ervoor dat meneer Vanhove veilig thuis raakt, Guido.'

Van In stond op, liep naar de salon en informeerde naar de stand van zaken. Klaas Vermeulen stond hem tegen zijn zin te woord. Iedereen wist dat het tussen die twee niet boterde, maar ze moesten nu eenmaal met elkaar samenwerken. Eén eigenschap hadden ze echter wel met elkaar gemeen. Ze hadden respect voor mensen die hun vak kenden, dus hadden ze ook respect voor elkaar hoewel ze dat nooit zouden toegeven. Vermeulen mocht dan een blaaskaak zijn, hij zag zelden iets over het hoofd.

'We hebben textielvezels aangetroffen op de linkerleuning van de stoel die naast het slachtoffer staat', zei hij toen Van In hem vroeg of hem iets speciaals was opgevallen.

'Waren ze afkomstig van zijn pyjama?'

'Ik denk het niet', zei Vermeulen. 'De vezels zaten aan de onderkant van de leuning.'

'Heb je de andere leuning ook getapet?'

Vermeulen keek Van In aan met een vernietigende blik.

'Natuurlijk.'

'De poten ook?'

Hoewel Vermeulen in zijn binnenste kookte van verontwaardiging, begreep hij dat Van In de vraag niet stelde om hem op stang te jagen.

'Momentje. Ik trek het even na.'

Vermeulen deed navraag bij zijn medewerkers, maar niemand had eraan gedacht de poten van de stoel te tapen.

'We maken er meteen werk van', zei hij.

Tapen is een relatief nieuwe techniek bij het forensisch onderzoek die zo voor de hand ligt dat het bijna niet te begrijpen is dat het zolang geduurd heeft voor iemand op het idee is gekomen. Eigenlijk komt het erop neer dat forensische experts een speciale tape aanbrengen op voorwerpen of lichaamsdelen waarvan ze vermoeden dat ze in contact gekomen zijn met materiaal van of uit de omgeving van de dader. Bij verwijdering van de tape blijven minuscule deeltjes van dat materiaal vastzitten in de lijm waardoor ze niet verloren gaan en geanalyseerd kunnen worden. Meestal gaat het om lichaamseigen vocht van de dader, maar soms kan ook een stuifmeelkorrel of een vezel de speurders kostbare informatie verschaffen.

Het tapen van de poten van de Louis XVI-stoel nam slechts enkele minuten in beslag.

'Zie je iets?'

Van In stond naast Vermeulen, die met een sterke loep de lijmlaag op de tape bestudeerde.

De vezels die ze aan de onderkant van de armleuning hadden aangetroffen waren nogal grof. Sommige kon je zelfs met het blote oog zien. Als het vermoeden van commissaris Van In klopte en er gelijksoortige vezels op de poten waren achtergebleven viel dat de visu te constateren. En het vermoeden klopte. Vermeulen richtte zich op, wees naar een plek in het midden van de tape en gaf Van In de loep.

'Ik denk dat je gelijk hebt', zei hij.

Laat een leek een opname van een echografie zien en de kans is groot dat hij de foetus niet eens opmerkt, anders dan een gynaecoloog, die feilloos en in een oogopslag hoofdje, handjes en voetjes van de vrucht weet te identificeren. Van In worstelde met een gelijkaardig probleem. Hoe goed hij ook zijn best deed, hij slaagde er niet in de vezels te herkennen die Vermeulen hem had aangewezen. Hij zag alleen het onregelmatige oppervlak van de lijmlaag.

'Kun jij uitmaken of het dezelfde vezels zijn?'

Vermeulen hield zijn hoofd schuin en snoof alsof hij de geur van wild had opgevangen. Hij genoot ervan dat Van In een beroep moest doen op zijn expertise.

'Dat zal verder onderzoek moeten uitwijzen', zei hij met een fijne glimlach om zijn lippen. 'Maar ik denk dat het dezelfde zijn.'

Van In was er bijna zeker van dat Vermeulen uit zijn nek kletste – niemand kon met het blote oog vaststellen of het om dezelfde vezels ging – maar hij had geen zin om daarover te bekvechten. Het feit dat er vezels op de armleuningen en de poten van de stoel zaten, ondersteunde de these die bij hem was opgekomen toen Vermeulen de vezels ter sprake had gebracht.

'Goedemorgen, heren.'

Van In en Versavel herkenden de stem meteen. De anderen draaiden zich nieuwsgierig om. Een onderzoeksrechter in spijkerbroek is geen alledaags gezicht, een beeldschone onderzoeksrechter in spijkerbroek bijna een unicum. Hannelore stapte op Vermeulen toe en schudde hem de hand. Zijn in witte overalls gehulde medewerkers kregen een knikje. Daarna wierp ze een blik op Blontrock, die nog altijd op zijn rug op de grond lag. Collega's hadden haar vroeger gezegd dat het allemaal wel zou wennen, maar ze hadden ongelijk. Lijken bleven haar misselijk maken. Van In kwam bij haar staan en gaf haar ongezien een bemoedigend kneepje in haar bil. De strakke spijkerbroek en het terugverende vlees onder de stof deden hem aan vanochtend denken. Hannelore maakte een eind aan zijn vunzige gedachten. Ze gaf hem een por tussen zijn ribben.

'Heeft iemand enig idee waarom hij vermoord is?'

In de kamer waren geen sporen van geweld en op het eerste gezicht was er niets verdwenen. In een van de slaapkamers had Bruynooghe een portefeuille gevonden waarin meer dan achthonderd euro zat en het hele huis stond vol met kunstvoorwerpen. Van In ging dichter bij haar staan.

'Heb ik je gisteren niets verteld over...' probeerde hij in haar oor te fluisteren, maar ze liet hem niet uitspreken.

'Wat heb je nu weer voor me verzwegen?'

Hannelore kruiste haar armen en keek hem streng aan. Ze speelde de rol van dominante echtgenote-onderzoeksrechter wel vaker en ze beleefde er bijzonder veel plezier aan dat Van In er telkens weer met beide voeten in trapte. Hij reageerde zoals ze verwacht had. Hij trok het gezicht waarop ze destijds verliefd was geworden. Dat van een stout jongetje dat zijn onschuld staande probeert te houden.

'Het was al laat toen ik thuiskwam en...'

Hij kon moeilijk in het openbaar zeggen waarom hij ook vanochtend de kans niet had gekregen het haar te vertellen.

'Blontrock is twee nachten geleden opgepakt wegens openbare dronkenschap', zei Versavel.

'Is hij daarom vermoord?'

'Ik denk het niet.'

Van In vertelde in een paar woorden waarom ze Hubert Blontrock eergisteren aan de tand hadden gevoeld.

'Hij had misschien speelschulden', zei Hannelore.

'Dat zou kunnen, maar het lijkt me zeer onwaarschijnlijk.'

De zon schoof vanachter een donkergrijze wolk en gooide een vlek licht door het raam naar binnen. Een zonnestraal trof het blad van een achttiende-eeuwse ladekast die tussen de open haard en een fraaie Luikse staande klok stond. Het blad van gefineerd kastanjehout was bedekt met een fijn laagje stof. In het midden ervan was een cirkel met een diameter van ongeveer twintig centimeter waar geen stof lag. Binnen de omtrek ervan glansde het hout alsof het nog maar net geboend was.

'Wie weet heeft de moordenaar toch iets meegenomen', zei Van In.

Hij bestudeerde de cirkel in het stof. Het kon bijna niet anders of het voorwerp dat op de ladekast had gestaan, was onlangs verplaatst of weggenomen.

'Waar zijn Bruynooghe en Carine?'

Versavel sloeg zijn ogen op.

'Ik denk dat ze boven zijn.'

Zijn woorden waren nog niet koud of de deur ging open en Bruynooghe kwam naar binnen. Hij hield een zwarte aktetas onder zijn arm gekneld.

'Iets gevonden, Robert?'

'Reken maar.'

Bruynooghe was een forse diender van de oude stempel die nog geloofde in recht en orde. Mensen die een misdaad begingen, mochten hun gerechte straf niet ontlopen. Wie zijn billen brandt, moet op de blaren zitten, was zijn devies.

'Laten we naar de keuken gaan', zei Van In. 'Daar is het rustiger.'

Hij nam de aktetas aan die Bruynooghe hem aanreikte, maar hij maakte hem pas open in de keuken. De inhoud ervan bewees in ieder geval dat Blontrock zich niet aangetrokken voelde tot zijn seksegenoten. De foto's die Van In op de keukentafel uitspreidde, spraken voor zich.

Hannelore bekeek ze vluchtig. Het leken illustraties uit de *Kamasoetra* en Blontrock was onmiskenbaar de man die de standjes uitprobeerde.

'Blontrock heeft het grootste deel van zijn leven een hotel uitgebaat waar je kamers per uur kon huren, maar dit lijkt me eerder een bordeel.'

Van In pakte de foto's een voor een op en bestudeerde ze aandachtig. Ze waren allemaal scherp en goed belicht, alsof ze door een vakman waren genomen. En dat kwam in dit soort milieus niet vaak voor.

'Straks vallen je ogen nog uit hun kassen', sneerde Hannelore.

Van In sloeg zijn ogen op en hij schudde zijn hoofd.

'Het is niet wat je denkt, Hanne.'

'Maak dat je grootje wijs.'

Een gezonde dosis jaloersheid kan een relatie pittig kruiden, zolang een mens maar niet begint te overdrijven. Met het ouder worden kon Hannelore er steeds minder goed tegen dat Van In oog had voor andere vrouwen, zeker niet als ze jonger en volgens haar knapper waren dan zij. Ze moest toegeven dat ook zij niet ongevoelig bleef voor mannelijk lichaamsschoon en soms met behoorlijk wat interesse naar een man kon kijken. Wat was er nu eigenlijk verkeerd aan naar iemand te kijken?

'Dank je voor het compliment, schat', reageerde hij dubbelzinnig.

'Onnozelaar.'

Ze lachten.

Door een kier van de deur zag Van In twee brandweermannen passeren. Ze rolden een brancard door de gang. Daarop lag een lijkenzak.

Nathan Six zette het bronzen beeldje dat hij bij Blontrock had gestolen in de kast op een plank waar nog een plekje vrij was tussen twee zilveren kandelaars. Het beeldje stelde Hermes voor, de Griekse god van onder meer de reizigers. Het was ongeveer dertig centimeter hoog en dateerde uit de tweede helft van de negentiende eeuw. Nathan Six was niet geïnteresseerd in de waarde ervan, hij had het meegenomen omdat het in de tas paste die hij bij Blontrock in een van de kasten had gevonden. Daarna stak hij het licht aan en trok de gordijnen dicht. Tegen de muur hing een plasmascherm en het rek ernaast stond propvol met dvd's. Hij koos er eentje uit en legde het schijfje alvast klaar op de speler. In de keuken stond nog wat koud varkensgebraad en een fles wijn. En in de proviandkast lag nog een grote zak chips met paprika. Nathan Six stak een sigaar op en zette het gebraad, de wijn en de chips op een dienblad. Hij at nooit aan tafel, maar altijd op de bank terwijl hij televisie keek. Eigenlijk had hij maar twee passies in zijn leven: televisie kijken en mensen doden. Als kind en later als jongeman had hij misschien wel tweeduizend films gezien in de bioscoop. Soms ging hij er vier keer in de week heen, wat er ook vertoond werd. Hij bekeek alles. Liefst alleen, op zijn favoriete plekje op de tiende rij. Hij werd geil van het gezoem van de grote projectoren die je vroeger kon horen draaien in de ouderwetse slecht geïsoleerde bioscoopzalen, waar een ticket amper vijftig cent kostte en waar je je in rode pluchen stoelen kon nestelen. Voor hij zich op de bank installeerde, pakte hij de dvd van de recorder en stopte het schijfje in de lade. Vanavond stond *Seven* op het programma.

Nathan schopte zijn schoenen uit, sneed het vlees in dikke plakken en ontkurkte de wijn. Hij was vier uur bezig geweest met Blontrock en het had één keer niet veel gescheeld of de stroomstoten die hij door zijn lichaam gejaagd kreeg, waren hem fataal geworden. Maar Nathan kende zijn vak. Geen slachtoffer stierf zonder zijn toestemming. Hij pakte een plak vlees en propte die in zijn mond. Als hij Blontrock mocht geloven, wist commissaris Van In alleen dat er binnenkort een aantal mensen vermoord zouden worden en dat die moorden in verband stonden met de roulette. Het was geen onbelangrijke informatie, maar Nathan Six vond niet dat het spel daarom afgelast moest worden. Hij had er vandaag nog met Willy over gesproken en ook hij vond dat de politie over onvoldoende aanwijzingen beschikte. Maar de uiteindelijke beslissing om ermee door te gaan, lag bij de Spelmeester.

Er stopte een taxi voor het huis van Blontrock. Een oudere vrouw met blauw geverfd haar betaalde de chauffeur en wachtte daarna tot hij het portier voor haar openmaakte.

'Mevrouw des huizes?'

Het vraagteken lag in Versavels ogen.

'Zou best kunnen', zei Van In.

Hij stapte op haar toe, stelde zich voor en vertelde in een paar woorden wat er was gebeurd. De gruwelijke details liet hij bewust achterwege. De vrouw bekeek hem van top tot teen, snoof alsof ze verkouden was en gaf daarna met een knikje te kennen dat ze hem geloofde. In haar ogen bespeurde hij geen greintje verdriet en de spottende ondertoon in haar stem deed vermoeden dat de moord op haar echtgenoot haar niet echt had geschokt.

'Ze hebben het stoffelijk overschot van uw man zo-even overbracht naar het mortuarium. Na de autopsie kunt u daar afscheid van hem nemen als u dat wenst.'

Mevrouw Blontrock had haar man eenenveertig jaar geleden leren kennen op de kermis. Hij was naast haar komen staan bij de autoscooters, waar vroeger alle meiden rondhingen die een bink wilden versieren en het duurde niet lang voor ze met elkaar begonnen te kletsen. Tijdens de eerste rit met de autoscooters legde hij zijn arm om haar schouder en toen was het allemaal heel snel gegaan. De eerste tongkus, gefriemel onder de bloes en daarna de bosjes in. Ze waren verliefd geworden en halsoverkop met elkaar getrouwd. Wat op het eerste gezicht een domme beslissing leek – Hubert Blontrock was niet alleen werkloos, hij kon bovendien zijn handen niet thuishouden als er andere vrouwen in de buurt waren –, bleek later toch nog goed te komen toen zij zich met de financiën begon te bemoeien en de tweede slaapkamer verhuurde aan bronstige ontrouwe paren die het anders in de wagen moesten doen.

'Is er iets gestolen?'

Marie-Louise Blontrock draaide zich half om naar Van In, die haar op de voet volgde.

'Ik denk het niet.'

'Dat zien we dan wel', zuchtte ze.

Het duurde geen dertig seconden of ze merkte dat het bronzen beeldje op het dressoir verdwenen was. Ze wees met haar vinger naar de cirkel in het stof die Van In al eerder had opgemerkt.

'Was het een kostbaar beeld?'

'Geen idee', zei Marie-Louise Blontrock. 'Hubert was verslingerd aan rommel waar een redelijk mens geen euro aan wil besteden.'

Ze beschreef het beeld en toen ze er ook bij vermeldde dat de figuur een soort helm droeg met aan weerszijden vleugeltjes, wist Versavel dat het om een afbeelding van de god Hermes ging.

'Zat uw man in de problemen?'

Ze stonden midden in de zitkamer annex bibliotheek en hoewel er voldoende fauteuils en stoelen stonden, nodigde mevrouw Blontrock hen niet uit om te gaan zitten. Versavel bestudeerde hoe ze bewoog en hoe ze reageerde op de vragen die Van In haar stelde. Op straat had ze zich nogal hautain en zelfverzekerd gedragen, maar nu leek ze te aarzelen.

'Problemen', herhaalde ze. 'Hubert zat altijd in de problemen, maar...'

'Die waren nooit zo erg dat iemand hem erom zou vermoorden.'

'Nee, dat denk ik niet.'

Mevrouw Blontrock slaakte een zucht, voelde met een routineus gebaar of haar kapsel nog goed zat en verwijderde een denkbeeldig stofje van haar boezem.

'Kunt u iets meer over uw man vertellen? Over de mensen met wie hij omging en de activiteiten die hij...'

'Hubert was een fervente gokker', onderbrak ze Van In. 'En hij verkeerde niet altijd in de fraaiste milieus. Is het dat wat u wilt weten?'

Van In knikte en nam ongevraagd plaats in een van de chesterfields. Mevrouw Blontrock gaf niet de indruk dat ze hem die vrijpostigheid kwalijk nam. Integendeel. Ze verontschuldigde zich en stelde voor om koffie te zetten.

Het was ruim na de middag toen Van In en Versavel afscheid namen van mevrouw Blontrock. Van de stugge manier waarop ze hen in het begin had behandeld, bleef niet veel over. En daar was een simpele verklaring voor. Van In was niet ingegaan op haar voorstel dat ze koffie zou zetten en toen ze hem vroeg of hij iets anders wilde drinken had hij zijn voorkeur laten blijken voor whisky, een drank die ook zij heel erg apprecieerde. Met alle gevolgen van dien. Ze hadden met hun beiden een fles Glenfiddich soldaat gemaakt.

'Wat denk je?' vroeg Van In toen ze in de Golf stapten.

'Het is in ieder geval niet de eerste keer dat mevrouw Blontrock whisky drinkt op een nuchtere maag', zei Versavel.

In normale omstandigheden maakt sterkedrank de tongen los, en mensen vertellen onder invloed dingen die ze anders verzwijgen, maar mevrouw Blontrock had geen krimp gegeven. Eigenlijk had ze niet meer verteld dan wat ze al wisten.

De spelers kwamen de zaal met kleine tussenpauzes binnen. Het waren zonder uitzondering mannen, de meeste van middelbare leeftijd. Ze droegen allemaal een pak en glimmend gepoetste schoenen. Op een tafel aan de zijkant stonden koelemmers met flessen champagne van een duur merk en glazen, maar nergens was een ober of een dienster te bespeuren die de spelers kwam bedienen. Wie zin had in een glaasje, nam er zelf een. Vooraan pronkte een originele roulettetafel in het gedempte licht van een ouderwetse luchter. Belgische parlementairen moeten zich soms in allerlei bochten wringen om bepaalde wetten aan het grote publiek verkocht te krijgen. Zo verbiedt bijvoorbeeld een wet het bezit van een radar waarmee je snelheidscontroles te slim af kunt zijn, maar je mag die dingen wel verkopen. Met gokken is het net hetzelfde. Het mag eigenlijk niet, behalve in casino's. In België zijn dat er zeven, maar iedereen weet dat er nog op veel meer plaatsen wordt gegokt. In hotels, volkscafés of obscure achterkamertjes, het maakt allemaal niet uit. Je hebt geen casino met bijbehorende roulettetafels nodig om je geld kwijt te spelen. Met kaartspelen en dobbelen valt ook behoorlijk veel geld te winnen of te verliezen. Alles hangt af van de inzet. Een roulettetafel in een privé-speelzaal komt echter zelden voor.

Willy Gevers drukte een van de spelers de hand. De man die hij verwelkomde, heette Evarist Oreels, een kleine man met een steil oplopend voorhoofd en donkerbruine ogen die als glazen knikkers het licht weerkaatsten maar die voor de rest geen enkele emotie verrieden. Evarist Oreels mocht dan een onnozele naam zijn, het bedrijf dat dezelfde naam droeg was dat helemaal niet. Wie kende E&O niet? Vlamingen die een beroep deden op niet-dringend ziekenvervoer, kwamen steevast bij een filiaal van E&O terecht. Het bedrijf had in iedere provincie verscheidene vestigingen en het beschikte over een indrukwekkende vloot moderne ziekenwagens. De vergrijzing van de bevolking had Oreels geen windeieren gelegd. De voorbije vijftien jaar was zijn omzet steil blijven stijgen en aan die trend leek voorlopig nog geen einde te komen.

'Duurt het nog lang?'

Zorg ervoor dat je hem niet tegen jou in het harnas jaagt. Gelukkig had de Spelmeester hem ervoor gewaarschuwd dat Oreels een ongeduldige man was en een driftkikker.

'Ik informeer meteen bij Nathan Six hoe lang het nog duurt', zei Willy Gevers met een brede glimlach. 'Wilt u me even excuseren.'

Eigenlijk was hij blij dat hij een reden had om bij Oreels weg te lopen. De meeste spelers waren meervoudig miljonair, Oreels was de enige die zich sinds de invoering van de euro nog miljardair mocht noemen. Hij liep naar achteren en groette ondertussen de andere gasten in de zaal die hij passeerde. De meesten kende hij niet persoonlijk. Hij wist alleen dat het allemaal onverbeterlijke gokkers waren die geen weerstand konden bieden aan een nieuwe verlokking. De Spelmeester had ze persoonlijk geselecteerd en niemand, behalve Hubert Blontrock, had een moment geaarzeld om eraan deel te nemen. Basejumpers wilden van steeds lagere gebouwen springen, druggebruikers hadden hun leven veil voor een nieuwe cocktail, sommige rijke mensen spendeerden fortuinen aan decadente spelletjes. Straks zou hij de inzet noteren en de kogel laten beslissen wie er binnen vierentwintig uur zou sterven.

3

Van In lag op zijn rug met zijn handen in zijn nek. Aan zijn kin bungelde een druppel zweet en hij ademde zwaar. Nog één keer, dacht hij. Zijn gezicht verkrampte toen hij zijn bovenlichaam oprichtte met behulp van alleen maar zijn buikspieren. Honderd vijftig zitoefeningen, dat waren er tien meer dan gisteren. Toen hij een paar weken geleden met de training was begonnen, kon hij van zo'n resultaat alleen nog maar dromen. Nu was het eindelijk zover. Hij kreunde van genot toen hij zich na die laatste inspanning languit kon uitstrekken op de mat.

'Nog een paar weken en je bent weer zo goed als nieuw.'

Van In sloeg zijn ogen op en hij keek recht in het grijnzende gezicht van zijn persoonlijke trainer, een jonge kerel met vierkante schouders en uit tropisch hardhout gesneden spieren.

'Ik weet niet of ik het zo lang volhoud, John.'

'Als je opgeeft, stuur ik een huurmoordenaar op je af.'

John had het huis dat hij een half jaar geleden van zijn grootmoeder had geërfd, tot een moderne gymzaal omgetoverd. Hij had al zijn spaarcenten geïnvesteerd in de verbouwing en in de aankoop van apparatuur. Van In was een van zijn eerste klanten geweest en hij was niet van plan hem zonder slag of stoot te laten gaan.

'Die kun je niet betalen.'

Van In krabbelde overeind en veegde met zijn bovenarm het zweet van zijn voorhoofd.

'Dan zit er niets anders op dan je chanteren.'

'Wees maar gerust', zei Van In. 'Ik zet door tot het bittere eind.'

John was de enige die wist waarom Van In zich drie keer per week in de gymzaal kwam afbeulen en hij had beloofd dat aan niemand te verklappen.

'Nog een kopje koffie, Guido?'

Hannelore strekte haar arm uit naar de koffiekan nog voor hij 'ja' kon zeggen, schonk zijn kop vol en reikte hem de suiker aan. Daarna begon ze de boterhammen klaar te maken voor de kinderen, die nog in bed lagen. Nu was het nog even rustig. Over tien minuten, als ze naar beneden kwamen gestommeld, zou het dat niet meer zijn. Gelukkig was Versavel een beetje vroeger dan gewoonlijk.

'Hij houdt het lang vol, vind je niet?'

Ze sloeg haar ogen op en keek hem afwachtend aan. Ze kon bijna niet geloven dat hij niet wist waarom Van In een keer per week 's ochtends voor dag en dauw (de andere twee keer ging hij 's avonds) naar de gymzaal trok. Versavel voelde haar priemende blik, maar voor hij kon zeggen dat hij het ook niet wist, zwaaide de voordeur open.Van In droeg een nauwsluitende spijkerbroek en een T-shirt met daarover een vuurrood sportjasje. Als hij zijn buik introk, kon je bijna niet meer zien dat die over zijn broekband puilde.

'En? Heb je goed kunnen trainen?'

Hannelore stond op en gaf hem een zoen. Hij rook fris naar douchegel. Terwijl ze hem zoende, liet ze haar hand onwillekeurig over zijn buik glijden. Ze raakte er een beetje opgewonden door. Als Versavel er niet was geweest, had ze...

'Scheelt er iets?'
Hannelore haalde haar hand van zijn buik.
'Met mij of met jou?'
'Met jou natuurlijk.'
Van In ging aan tafel zitten en schonk een kop koffie in.
'Met mij is er niets mis', zei Hannelore.
Van In knikte en nam een slok koffie.
'Zo hoor ik het graag', glimlachte hij.
Hannelore draaide zich naar Versavel en haalde hulpeloos haar schouders op. Was er dan niemand die haar kon zeggen wat er aan de hand was?

Hoewel Zlotkrychbrto niet bang hoefde te zijn dat familieleden van de man van wie hij het borstbeen aan het doorzagen was hem voor de rechter zouden dagen wegens een of andere medische fout, hanteerde hij de cirkelzaag met evenveel precisie als een chirurg een scalpel bij een nog levende patiënt. Hij was zo intens met zijn werk bezig dat hij zelfs niet merkte dat Van In en Versavel de autopsieruimte binnenkwamen. Het was pas toen Van In zijn hand op Zlots schouder legde dat hij zich realiseerde dat er bezoek was.
'Wat kom jij hier in vredesnaam doen, Pjetr?'
Hij legde de cirkelzaag stil en deponeerde het nog snerpende apparaat op het autopsieblok achter de voeten van Hubert Blontrock die van wit marmer leken. Van In wendde zijn hoofd af van het imposante naakte lichaam waarvan de buik nog bol stond. De fletse geur die uit de geopende borstkas opsteeg deed hem bijna kokhalzen.
'Ik dacht dat je de autopsie gisteren had gedaan, maar toen ik bij de balie naar jou informeerde, hoorde ik dat je er nog aan moest beginnen.'
Van In had nog maar één keer een autopsie bijgewoond

en dat was hem niet goed bekomen. Toen de dienstdoende patholoog-anatoom het schedeldak afnam, de hersenen eruit haalde en in een metalen kom liet glijden, was hij in elkaar gezakt en het had tien minuten geduurd voor hij weer bij zijn bewustzijn was gekomen. Dat was twintig jaar geleden gebeurd en sindsdien had hij vriendelijk bedankt telkens als hij gevraagd werd een post mortem bij te wonen. Tien minuten geleden, toen hij te horen kreeg dat Zlotkrychbrto nog maar pas met de autopsie was begonnen, had hij in een bui van ijdele overmoed beslist zijn afkeer voor opengesneden lijken te overwinnen en de autopsie toch bij te wonen. Hoefde hij het verslag van Zlotkrychbrto niet af te wachten.

'Ik ben gisterenmiddag iemand tegen het lijf gelopen', zei Zlotkrychbrto verontschuldigend. 'En je weet hoe dat gaat.'

Van In knikte. Als Zlotkrychbrto zei dat hij iemand tegen het lijf was gelopen, kon je er donder op zeggen dat die iemand geen man was en dat ze in het ziekenhuis werkte. Zlotkrychbrto mocht dan geen adonis zijn, hij was arts en het was genoegzaam bekend dat verpleegkundigen er veel voor overhadden om een arts binnen te halen.

'Marie-Jo of Chantelle?'

Zlotkrychbrto keek Van In verbaasd aan.

'Ik ken niemand die zo heet, Pjetr.'

Hij fronste zijn voorhoofd, draaide zich om, pakte de cirkelzaag en zette ze aan. Het vrouwtje dat hem gisteren een paar heerlijke uren had bezorgd, heette Vera.

'Maar je hebt je wel geamuseerd?'

'Ik amuseer me altijd, Pjetr.'

Zlotkrychbrto grijnsde breed en zette de cirkelzaag op het half doorgezaagde borstbeen. Van In wendde het hoofd af. Hij had al een hekel aan tandartsboren en frezen die duizenden omwentelingen per minuut maakten, maar het jankende geluid van de cirkelzaag beviel hem nog minder. Er kwamen vreselijke beelden in zijn hoofd waardoor zijn maag ineenkromp, een gevoel dat almaar erger werd toen de vlijmscherpe zaagtandjes door het borstbeen sneden en er een geur van verbrand haar uit het lijk opsteeg. Hij zette een stap achteruit en wachtte tot Zlotkrychbrto de longen en het hart had verwijderd en gewogen.

'Is je iets opgevallen voor je aan het slagerswerk begon?'

Er liep een straaltje lichaamsvocht via een geultje in het autopsieblok naar een afvoerpijpje. Ook dat geluid vond Van In vreselijk.

'Er zaten lijmsporen om zijn mond en op zijn linkertestikel.'

'Tape?'

'Waarschijnlijk wel.'

Zlotkrychbrto groef met beide handen in de buikholte en haalde de lever eruit. De aanblik van de lillende homp donkerbruin vlees deed Van In naar zijn buik grijpen. Het zou zeker nog een tijd duren voor er bij hem nog gebakken lever op tafel kwam.

'En ik heb een stukje rubber aangetroffen in zijn keel.'

Van In probeerde het misselijke gevoel van zich af te zetten, dat nu ook bezit nam van zijn borststreek.

'Heb je nog andere sporen van geweld aangetroffen?'

Zlotkrychbrto haalde zijn schouders op. Bij een eerste oppervlakkig onderzoek had hij er geen aandacht aan besteed, maar toen hij het lijk een tweede keer grondiger op sporen van geweld onderzocht, had hij toch maar beslist om in zijn verslag te noteren dat de linkerteelbal van Blontrock een rood vlekje vertoonde.

'Heb je daar een verklaring voor?' vroeg Van In toen Zlotkrychbtro hem daarvan op de hoogte bracht.

'Volgens mij is het een oppervlakkige brandwonde.'

Zlotkrychbrto ging aan het hoofdeinde van het autopsieblok staan en maakte zich klaar om de zwaar gehavende schedel van Blontrock te verwijderen. Van In vond dat hij zijn best had gedaan. Hij gaf Versavel een teken dat hij weg wilde.

'Oh excuseer.'

Hannelore schudde haar hoofd en glimlachte ondanks het feit dat haar grote teen waarop hij per ongeluk getrapt had behoorlijk veel pijn deed.

'Het gaat wel', zei ze moedig.

De jonge advocaat die bij haar in de lift stond was knap en had grote hazelbruine ogen.

'Moet u vandaag nog pleiten?'

Het was ongetwijfeld zijn eerste dag op de rechtbank, anders had hij haar herkend en geweten dat ze geen advocate was. De lift kwam tot stilstand op de begane grond. Hij duwde de deur open en liet haar voorgaan.

'Ik ben onderzoeksrechter Martens', zei ze met een afwachtend glimlachje om haar lippen. 'En wie bent u?'

'Mijn naam is Olivier. Olivier Vanderpaele.'

'Vanderpaele', herhaalde Hannelore. 'Zoals...'

'Inderdaad, mevrouw Martens. Vanderpaele zoals kanunnik Vanderpaele op het beroemde schilderij van Van Eyck.'

Het schilderij was een van de pronkstukken van het Groeningemuseum. Geen Bruggeling die het niet kende.

'Ik heb u hier nog nooit eerder gezien', zei Hannelore.

Ze liep met hem mee door de gang zonder dat ze besefte dat ze eigenlijk die richting niet uit moest. Ondertussen vertelde Olivier haar dat hij een maand geleden van Lier, waar hij meer dan tien jaar had gewoond, naar Brugge was verhuisd en hij beantwoordde zonder schroom de vraag waarom hij na al die tijd van Lier naar Brugge was verhuisd.

'Ik ben onlangs gescheiden', zei hij. 'Roxanne heeft het huis in Lier gekregen. Ik woon voorlopig bij een collega. Maar met een beetje geluk verhuis ik binnenkort misschien naar de Beenhouwersstraat. Ik ga er straks een huis bekijken.'

Hannelore durfde hem niet te vragen waarom zijn ex-vrouw het huis had gekregen, hoewel ze het eigenlijk wel wilde weten. Had hij haar bedrogen en was zij naar de rechter gestapt, die haar in het gelijk had gesteld? Of had ze hem verlaten omdat ze zich niet langer aan zijn bizarre seksuele fantasieën wilde onderwerpen? Hoe voelde het eigenlijk om ruw door een man genomen te worden? Van In had haar een keer ruw op bed gegooid, haar slipje van haar...

'Weet u soms hoe ik het best van hier naar de Beenhouwersstraat loop?'

'Sorry', zei Hannelore en ze draaide haar hoofd in zijn richting: 'Ik was even in gedachten verzonken.'

'Ik vroeg de weg naar de Beenhouwersstraat.'

Onderzoeksrechter Martens was een stuk. Zoveel was zeker. Vrouwen die er na hun vijfendertigste nog altijd onweerstaanbaar knap uitzien, blijven dat meestal ook als ze ouder worden. Haar huid was gaaf en strak en Olivier was er bijna zeker van dat niet veel mannen het verschil zouden merken mocht ze geen bh dragen.

'Dat is toevallig', lachte Hannelore. 'De Beenhouwersstraat is niet ver bij ons vandaan.'

Ze bleven noodgedwongen staan aan het eind van de gang op een plek waar geen van beiden iets te zoeken had. Olivier keek verbaasd om zich heen. Een deur leidde naar buiten en op de andere hing een bordje waarop een brandslang stond afgebeeld.

'Ik was eigenlijk op zoek naar het kantoor van de vrederechter van het tweede kanton.'

En ik was gewoon even mijn benen aan het strekken, wilde Hannelore zeggen, maar ze hield haar mond. Olivier Vanderpaele oefende een vreemde aantrekkingskracht op haar uit en ze wist niet goed hoe ze daarmee moest omgaan. Van In moest eens weten. De stoom kwam al uit zijn oren als hij nog maar vermoedde dat een man interesse voor haar toonde. Ze kon beter niet met vuur spelen en hem gewoon uitleggen waar het kantoor van de vrederechter zich bevond, maar dat deed ze niet.

'Het vredegerecht is ondergebracht in een ander gebouw', zei ze. 'Als u het niet erg vindt, loop ik even met u mee.'

Olivier Vanderpaele vond het natuurlijk niet erg dat zij met hem meeliep. In zijn hoofd speelde een symfonisch orkest het Halleluja uit de *Messiah* van Händel.

'Ik heb niet veel zin om nu al naar kantoor te gaan', zei Van In toen ze het ziekenhuis uitliepen.

Hij zag nog bleekjes van de confrontatie met de hersenen van Blontrock en hij snakte bovendien naar een sigaret. Hij had er in anderhalf uur geen gehad.

'L'Estaminet of Vlissinghe?'

'Wat is het dichtst bij?'

'Vlissinghe.'

Van In stak een sigaret op, stapte in de Golf en klapte het deksel van de asbak open.

'Doe maar Vlissinghe.'

Hij inhaleerde diep en blies de rook voor zich uit. Versavel trok het portier dicht en draaide het raampje open. Meeroken vond hij op zich niet zo erg, de lucht die hij in de stad inademde was even vervuild als die in de auto, het was de sigarettenlucht die zich in zijn kleren nestelde die hem stoorde. Er was gelukkig niet veel verkeer. De sigaret was nog niet opgerookt of ze waren er al. Versavel parkeerde de wagen aan de Sint-Annarei tussen twee bomen. Van In stapte uit de wagen. Dat ging een stuk eleganter dan een paar dagen geleden. En het was minder pijnlijk ook. Ze staken over en liepen de Blekersstraat in. De smalle straat was verlaten. Hoog boven hun hoofd kondigden ritselende bladeren het begin van de herfst aan. Het was er ook killer en donkerder dan bij de Reie omdat de zon te laag stond om er nog door te dringen. In de gelagzaal echter was het warm en licht. Van In ging aan de grote eiken tafel bij het raam zitten en stak weer een sigaret op.

'Een Duvel en een perrier?' vroeg Grietje, die plotseling van achter de tapkast opdook.

Van In zette een doodbiddersgezicht op en volgde met een gekwelde blik de rook die van het puntje van zijn sigaret naar boven kringelde.

'Doe voor mij maar koffie', fluisterde hij hoewel er niemand in de zaal zat die hem kon horen.

'Je bent toch niet ziek?'

Grietje veegde met een vochtige doek de tafel schoon en slofte hoofdschuddend naar de tapkast. Het ging niet goed met de wereld. Terroristen vermoordden onschuldige burgers, orkanen en tsunami's teisterden de Caraïben en Azië, de Belgische politiek zat in het slop en als bepaalde milieuactivisten het straks voor het zeggen hadden, kregen honden ook stemrecht. Maar Van In die koffie bestelde. Daar kon ze geen touw aan vastknopen.

'Die lijmresten op zijn teelbal zitten me dwars', zei Van In. 'Waarom kleef je in godsnaam tape op iemands ballen?'

De moordenaar had zijn slachtoffer aan handen en voeten met repen stof vastgebonden op een stoel. Waarom met repen stof? En waarom naakt?

'Ik zou het ook niet weten', zei Versavel.

Griet kwam er aan met een dienblad.
'Kan ik helpen?'
Ze zette Van In zijn kop koffie voor en goot met een vloeiend gebaar het mineraalwater in het glas.
'Ik denk het niet', zei Van In.
'Omdat vrouwen te dom zijn of omdat mannen niet kunnen verdragen dat vrouwen ook in staat zijn om problemen op te lossen?'
Grietje zette het dienblad op de tafel en plantte haar handen in haar heupen. Van In en Versavel waren klanten die tegen een stootje konden en het gebeurde wel vaker dat ze een veeg uit de pan kregen. Van In haalde zijn schouders op.
'Waarom ook niet.'
Hij legde haar het probleem voor zonder te zeggen over wie het ging natuurlijk. Alsof dat iets uitmaakte. De kranten hadden uitvoerig over de moord op Blontrock bericht. Ze was scherpzinnig genoeg om er zelf achter te komen met welke zaak hij bezig was, zoveel mensen werden er niet vermoord in Brugge.
'Heeft Blontrock zich onlangs laten onderzoeken in het ziekenhuis?' vroeg Grietje.
Van In deed geen moeite om te ontkennen dat het om Blontrock ging.
'Waarom vraag je dat?'
Grietje gooide haar hoofd in haar nek. Ze vond het best fijn dat de beste speurder van Brugge bij haar om advies kwam.
'Omdat ze bij onderzoeken soms elektroden op je lichaam aanbrengen.'
Van In, die vergeefs aan het proberen was het papiertje van een klontje suiker af te halen, staakte de poging en staarde Grietje met een verwonderde glimlach aan. Dokters

brachten inderdaad overal elektroden aan als ze iets wilden meten, maar wat viel er te meten op een testikel? Hij had er natuurlijk zelf op moeten komen. De repen stof waarmee Blontrock op zijn stoel was vastgebonden waren om te vermijden dat hij zichzelf zou verwonden wanneer hij stroomstoten kreeg toegediend. Om die reden had hij zich ook moeten uitkleden. De moordenaar had Blontrock gefolterd voor hij hem afmaakte. En folteren was een methode die gebruikt werd om informatie los te krijgen. De vraag was: welke informatie? Had het iets te maken met het vreemde verhaal dat Blontrock op het politiekantoor was komen vertellen? Waarschijnlijk wel.

'Ik denk dat ik toch maar een Duvel neem, Grietje.'

Hij schoof de koffie terzijde, duwde zijn sigaret uit in de asbak en stak meteen een nieuwe op.

In West-Europa weten de meeste mensen niet meer wat wreedheid is, ze kunnen zich amper nog voorstellen dat mensen in staat zijn hun medemensen op de meest beestachtige manier pijn te doen. Wie kan zich nog inleven in de situatie van een moeder die moet toezien hoe haar baby boven een vuurtje wordt geroosterd en daarna gedwongen wordt van het vlees te eten, wil ze voorkomen dat haar tweede kind hetzelfde lot ondergaat? Een sterk verhaaltje uit de Middeleeuwen? Nee, het gebeurde in ex-Joegoslavië amper een decennium geleden.

Hannelore hield bijzonder veel van lelies en het was lang geleden dat Van In haar nog eens had verrast met een bos bloemen. Voor iedere kwaal bestaat een remedie, voor ieder probleem een oplossing. Een man die te laat thuiskomt maar die toch de moeite heeft gedaan bloemen te kopen mag op veel begrip rekenen. Van In had de bloemen gekocht tegen de avond nog voor hij wist dat hij te laat zou thuis komen. Hannelore daarvan nu nog proberen te overtuigen was verloren moeite, hij liet de bloemen beter voor zich spreken.

'Hallo, ik ben thuis.'

Van In stapte de keuken binnen met de bos bloemen voor zijn gezicht, maar toen er niet meteen werd geantwoord, liet hij ze zakken. Er zat een gelikte kerel aan de keukentafel. Brede schouders, platte buik en Engelse handgemaakte schoenen.

'Mevrouw Martens is even naar de kelder', zei de indringer.

'Ach zo', zei Van In.

Hij legde de bos op het aanrecht en zorgde ervoor dat de lelies naar de kelderdeur keken. Zag ze ze meteen als ze boven kwam. Daarna stak hij een sigaret op. Wat was ze in vredesnaam gaan doen in de kelder? Toch geen fles wijn halen zeker? Er lagen nog acht flessen, waarvan vijf Saint-Juliens en hij had geen zin die te delen met een wildvreemde snoeshaan. De andere drie flessen trouwens ook niet.

'Ik kan me beter eerst voorstellen, commissaris', reageerde Vanderpaele alert toen hij merkte dat Van In zijn bezoek niet erg op prijs leek te stellen.

Hij schoof zijn stoel naar achter, stond op en stak zijn hand uit. Op dat ogenblik kwam Hannelore binnen.

'Fijn dat jullie al kennis hebben gemaakt.'

In haar rechterhand hield ze een fles wijn. Met de andere pakte ze de bos lelies van het aanrecht, keek Van In geamuseerd aan en zei: 'Bedankt voor de bloemen, schat.' Hij zou er niet om kunnen lachen dat ze een fles Saint-Julien uit de kelder had gehaald, maar de bos bloemen bewees dat hij iets goed te maken had. Bovendien was Olivier Vanderpaele een nieuwe collega. Hij kende de stad amper en de mevrouw van het makelaarskantoor met wie hij had afgesproken om het huis in de Beenhouwersstraat te bekijken was niet komen opdagen. Voor ze de kurkentrekker uit de lade van de keukenkast haalde, glimlachte ze nog eens naar Van In.

'Neem je ook een glas, schat?'

'Schat' was een woord waar Hannelore zuinig op was, ze gebruikte het zelden meer dan één keer per dag. Van In fronste zijn voorhoofd. Wat spookte die kerel hier in vredesnaam uit?

Ze leek zijn gedachten te raden.

'Meester Vanderpaele komt straks waarschijnlijk in de buurt wonen', zei ze. 'In de Beenhouwersstraat. Ik ben even met hem meegelopen.

'Ach zo', knorde Van In.

Ze was even met hem meegelopen. Er bestond toch zoiets als een plattegrond. En als ze zo nodig de dorstigen wilde laven, had ze hem een pilsje kunnen aanbieden.

'Ik heb gehoord dat u met een moordzaak bezig bent.'

Olivier Vanderpaele lette erop dat hij niet iedere beweging van Hannelore volgde, maar het kostte hem moeite zijn ogen van haar af te houden. Een gesprek aanknopen met de bosaap – zo noemde hij Van In in gedachten – zorgde misschien voor wat afleiding, hoewel hij moeilijk kon aannemen dat de flik iets zinnigs te vertellen had.

'Inderdaad', zei Van In.

'En, schat? Ben je al iemand op het spoor?' vroeg Hannelore toen er na het korte nietszeggende antwoord een pijnlijke stilte viel.

Ze ontweek zijn blik toen ze hem een glas wijn aanreikte. Pieter Van In was een jaloers baasje. Misschien was het toch niet zo'n goed idee geweest om Olivier thuis uit te nodigen en hem een glas wijn aan te bieden.

'Ik ben gebonden door het beroepsgeheim, Hanne. Dat zouden jullie toch moeten weten.'

Hij nam een slok van de wijn, draaide zich om en haalde zijn schouders op. Hij moest die gladjanus zo snel mogelijk de deur uit zien te werken. Kon hij daarna profiteren van het schuldgevoel waarmee hij haar had opgezadeld.

'Pieter maakt een grapje', probeerde Hannelore de situatie nog te redden, maar Olivier Vanderpaele had de boodschap begrepen. Hij dronk zijn glas leeg, bedankte Hannelore uitvoerig voor de gastvrije ontvangst en deed alsof hij plotseling dringend ergens naartoe moest. Van In liep met hem mee naar de voordeur. Wist hij tenminste zeker dat de gluiperd haar niet stiekem zou proberen te kussen.

'Je was weer een toonbeeld van charme', zei Hannelore toen hij weer aan tafel ging zitten.

'Ik moet die kerel niet.'

'Ik ook niet. Maar je kunt tenminste beleefd blijven.'

'Je mag blij zijn dat ik hem geen klap voor zijn smoel heb verkocht.'

Hannelore probeerde rustig te blijven. Ze wist dat een vonkje genoeg was om hem te laten ontploffen.

'Je was wel erg laat.'

Van In haalde zijn schouders op en nam een slok van de voortreffelijke wijn, terwijl hij zich afvroeg hoe hij haar zou kunnen overtuigen hem vanavond te vergezellen naar het casino.

Merel Deman trok de gordijnen dicht, ging voor de spiegel staan en trok voorzichtig haar trui uit. De bewegingen die ze daarbij maakte, deden pijn waardoor ze het gevoel kreeg dat de hechtingen ieder ogenblik konden openscheuren. Maak je maar geen zorgen, had dokter Decoopman haar nog vriendelijk toegefluisterd toen ze het ziekenhuis verliet. Over een paar maanden zie je er bijna niets meer van. In de sport-bh zagen haar borsten er mooi en stevig uit. Ze keek ernaar en aaide de bovenste rondingen. Als ze nu eens een strak truitje aantrok en een avondje ging stappen in plaats van zich thuis op te sluiten. Had ze meteen al een voorproefje van wat haar straks te wachten stond. Voor dansen was het nog te vroeg, maar dat belette niet dat ze zich niet kon laten bewonderen in een of andere discotheek. Ze had nog wat geld over van de operatie en als ze zich haastte, kon ze nog net de laatste trein naar Blankenberge halen, waar ze vroeger geregeld uitging.

Nathan Six zette zijn computer af, ging staan en bekeek de lijst met namen die hij net had uitgeprint en die nu voor hem aan de muur hing. Ze waren keurig genummerd van een tot zesendertig. Het had bloed, zweet en tranen gekost om de lijst samen te stellen, maar het was hem gelukt. Bij iedere naam hoorde een verhaal en bij ieder verhaal een getal. Niemand had ooit een mooiere seriemoord beraamd dan hij, Nathan Six. Het scenario klopte perfect en hoewel het plan logisch ineenstak, zou niemand erin slagen het te kraken omdat iedere stap bepaald werd door het toeval. Hij sloot de deur van zijn werkkamer zorgvuldig af. Mensen verdienden geen medelijden meer. De wereld was rot en corrupt. Niemand kon hem iets verwijten. Hij was het product van een egoïstische maatschappij die zich maar om twee dingen bekommerde: geld en genot. Iedereen had recht op het amusement dat hij of zij zich kon veroorloven. Hij liet zich op de bank vallen en pakte een boek van de salontafel. *Biecht van een seriemoordenaar* was de titel. Op de cover stond de foto van een breed grijnzende man met heldere ogen en een sterke, wilskrachtige kin. Ken Myers was achtenveertig. De voorbije vijfentwintig jaar had hij meer dan honderd vrouwen en meisjes verkracht, gemarteld en vermoord. Van het boek waren tot nu toe wereldwijd meer dan drie miljoen exemplaren verkocht. Het gerucht ging dat Ken Myers een voorkeursbehandeling genoot in de gevangenis en bewakers stiekem prostituees bij hem binnensmokkelden, maar dat werd door de autoriteiten met klem ontkend. Nathan sloeg het boek open en las nog eens de passage waar Myers beschreef hoe hij een meisje van zeventien africhtte tot ze alles deed wat hij haar opdroeg. Eén ding was zeker: iemand die het boek had gelezen, zou Ken Myers nooit meer vergeten. En wat is eeuwig leven meer dan blijven voortleven in de gedachten van anderen? Het enige verschil tussen Ken Myers en hem was dat hij nooit in de gevangenis zou belanden. Hij zou pas beroemd worden na zijn dood. Nathan legde het boek opzij en pakte een sigaar uit een kistje van ebbenhout, een Cohiba die in de winkel meer dan twintig euro per stuk kostte, maar die hij betrok bij een vriend die ze veel goedkoper kon krijgen.

Sommige mensen, mierenneukers tref je overal aan, vinden dat de renovatie van het casino van Blankenberge niet geslaagd is, Van In wist beter. Hij mengde zich zelden of nooit in dergelijke discussies. De gustibus et coloribus non disputandum est, zeiden de Romeinen en ze hadden gelijk. Hij gaf zijn jas aan de mevrouw van de vestiaire en nam die van Hannelore aan. Ze droeg een lange jurk van gladde satijnachtige stof met een v-vormig decolleté dat meer liet zien dan je op het eerste gezicht zou vermoeden. Van In vond dat ze er goddelijk uitzag.

'Heb ik je vandaag al gezegd hoe mooi je bent, schat?'

'De mensen kunnen je horen, onnozelaar.'

Ze keek schichtig om zich heen. Behalve de deurbediende, die met de rug van zijn hand een geeuw probeerde te camoufleren en een groepje oudere vrouwen die een eindje verderop zaten te kletsen was de grote hal van het casino leeg. Van In lachte.

'*Rien ne va plus, chérie.*'

Hoewel het dragen van stadskledij niet meer vereist was in casino's, had Van In een pak aangetrokken, een waarvan de broek een beetje te kort was volgens Hannelore, maar daar zou niemand aandacht aan besteden. Alle ogen zouden op haar gericht zijn, niet op hem. Na de verplichte registratie kregen ze een dagkaart. De deurbediende, die op een afstand een versufte indruk gaf, reageerde alert toen ze op hem toeliepen. Hij knikte vriendelijk en duwde de deur open die toegang bood tot de speelzaal. Die zag eruit zoals Van In het zich had voorgesteld: gelig licht, glanzend hout, een dik veerkrachtig vloerkleed en geroezemoes dat alleen werd overstemd door het getik van jetons die van het tableau werden geharkt en het stuiteren van de kogel in de race track. Aan de ovaalvormige bar zaten twee oudere vrouwen die op een 'skone' winst hadden gehoopt maar van een kale kermis waren thuisgekomen. De dames – ze waren afkomstig uit het zuiden van West-Vlaanderen – hadden het voorbije anderhalf uur meer dan zesduizend euro verloren. In hun Delvaux-handtas hielden ze nog net genoeg kleingeld over voor een drankje.

'Ben je echt van plan om te spelen?'

Hannelore sperde haar ogen wijd open toen Van In een briefje van honderd uit zijn binnenzak haalde en ermee naar een loket liep waar hij jetons kon kopen.

Casino's staan niet bekend om een open beleid. Wie niets weet kan niets verraden, is hun devies. Alleen mensen die er lange tijd werken komen er na een tijd soms achter wat er precies achter de schermen gebeurt. En meestal doen ook zij er dan het zwijgen toe. Voor hen kan discretie het verschil maken tussen een gouden handdruk of ontslag op staande voet. Casino's draaien nu eenmaal om geld. Letterlijk en figuurlijk. En op plekken waar veel geld van eigenaar wisselt, gelden strikte regels. Problemen worden meestal vroegtijdig gedetecteerd omdat de klanten voortdurend met camera's in het oog worden gehouden. Verdachte bewegingen of mensen worden gemeld bij de floormanager, die dan ook onmiddellijk maatregelen neemt om het probleem in de kiem te smoren.

'Ben je er zeker van dat hij het is?'

'Honderd procent.'

De floormanager knikte naar de magere kalende man die hem was komen melden dat het hoofd van de Brugse lokale opsporingsdienst net voor honderd euro fiches had gekocht. Strikt genomen mochten politiemensen de speelzaal niet in, maar in de praktijk kwam het nog zelden voor dat iemand om die reden de toegang werd geweigerd. De floormanager stelde zich alleen de vraag wat Van In hier kwam doen.

'Wie zit er aan tafel drie?'

'Max', zei de kalende medewerker.

'Laat hem meteen vervangen door Didier en zeg aan de pitt boss dat ik naar beneden kom.'

De kalende medewerker wachtte nog even om zeker te weten dat de floormanager niets meer toe te voegen had aan de instructies.

'Kan ik nog iets voor u doen, meneer Devilder?'

De floormanager krabde ongegeneerd tussen zijn dijen. Zijn donkere ogen stonden nadenkend. Hij zat al meer dan dertig jaar in het vak en hoewel hij wist hoe hij politiemensen moest aanpakken, sloop er een zweem van ongerustheid bij hem binnen. Van In genoot de reputatie onomkoopbaar te zijn en van zijn vrouw werd beweerd dat ze geen toegevingen deed als ze dacht het recht aan haar kant te hebben.

'Bied ze een drankje aan.'

De kalende medewerker knikte, pakte de telefoon en droeg de barman in de speelzaal op Van In en Hannelore een drankje aan te bieden.

'Geen Duvel, dat is jammer', zei Van In nadat een ober hem had gevraagd wat hij wilde drinken.

'Een glas champagne dan?'

Van In probeerde te doen alsof het aanbod hem verraste, hoewel hij heel goed besefte waaraan ze die vrijgevigheid te danken hadden. Hij trok zijn wenkbrauwen op en wendde zich tot Hannelore.

'Wat denk je, schat? Nemen we een glaasje champagne of heb je liever iets anders?'

'Doe mij maar een wit wijntje.'

Het was midden in de week en toch was er veel volk in de speelzaal, vond Hannelore. Ze liet haar blik over de achterhoofden en de ruggen van de spelers glijden. Aan de tafel vlakbij werd grof gespeeld. Een man van middelbare leeftijd met een papperig gezicht dat onder de couperose zat alsof hij zijn hele leven op het veld had gewerkt, verloor bij elke draai van het rad minstens vijfhonderd euro, een verlies dat hem blijkbaar niet kon deren. Hij speelde gewoon verder. Naast hem stond een atletisch gebouwde man die haar een beetje aan Olivier Vanderpaele deed denken, maar hij was het niet. Olivier droeg zijn haar korter in zijn nek, bovendien... Ze verdrong de rest van de gedachte omdat ze zich schaamde dat ze al bijna de hele avond aan hem dacht.

'Scheelt er iets?'

Hannelore richtte bruusk haar hoofd op waardoor haar kin naar voren schoot. Van In keek haar onderzoekend aan.

'Ik was even in gedachten verzonken', zei ze.

'Volgens mij zat je op Mars.'

Ze deed de hele avond al vreemd. Die poppenkastadvocaat had haar toch niet proberen te versieren? Hij bleef het merkwaardig vinden dat ze met hem was meegelopen naar de Beenhouwersstraat en hem daarna had uitgenodigd om thuis een glas wijn te drinken.

Hoe lang kenden ze elkaar nu? Een jaar of tien. Het kon toch niet dat ze hem na al die jaren...

'Commissaris Van In.'

Donald Devilder glimlachte. Zijn smoking zat als gegoten om zijn lichaam en zijn tanden schitterden als gepolijst platina. Er straalde gezag en gezondheid van hem af. Hij drukte Van In de hand en wendde zich daarna tot Hannelore.

'Mevrouw Martens. Welkom in ons casino.'

Hannelore was op de hoogte van de veiligheidsmaatregelen in een casino, maar ze schrok er toch van dat hun aanwezigheid zo snel was opgemerkt. Devilder was natuurlijk benieuwd of ze hier voor hun plezier of voor zaken waren. Van In, die net hetzelfde dacht, viel met de deur in huis.

'Kende u Hubert Blontrock?'

'Ik heb in de krant gelezen wat hem overkomen is', zei Devilder.

'U kende hem dus.'

'Hij kwam hier vaak over de vloer.'

Mensen die iets te verbergen hebben, beantwoorden een vraag zelden met 'ja' of 'nee', maar ze geven een ontwijkend of vaag antwoord dat ze later nog kunnen corrigeren. Dergelijke mensen maakten Van In kregelig, maar hij hield zich in en stelde de vraag opnieuw.

'Kende u hem persoonlijk?'

Devilder liet weer zijn ivoor zien en haalde nonchalant zijn schouders op.

'Wat noemt u persoonlijk, commissaris?'

Hij maakte een uitnodigend gebaar naar een tafeltje, waar een ober ondertussen twee ijsemmers had gezet. Uit de ene stak de hals van een fles champagne, uit de andere die van een witte bourgogne.

'Welk soort speler was hij?'

Ze gingen zitten. Devilder schoof Hannelores stoel naar achteren zodat ze gemakkelijk plaats kon nemen. Voor zo een vrouw zou hij zijn pink opofferen. Van In merkte de wellust in zijn ogen. Vroeger maakte hem dat kwaad, tegenwoordig was hij trots dat ze dat soort gevoelens bij mannen losmaakte. Ze was van hem, alleen van hem. Tenminste dat hoopte hij toch. Morgen zou hij Bruynooghe de opdracht geven de antecedenten van meester Olivier Vanderpaele na te trekken. Wie weet wat dat opleverde.

'Meneer Blontrock was eigenlijk een beroepsspeler.'

Devilder bediende Hannelore van de wijn, een voortreffelijke chablis, en ontkurkte daarna met een plofje de champagne, een gejaarmerkte Krug. Voor de prijs van de twee flessen kon een doorsnee gezin een weekeindje in Disneyland doorbrengen.

'Iemand die nooit meer verspeelt dan hij wint?'

'Zo kun je het omschrijven, commissaris.'

'Hij was dus niet verslaafd aan het spel?'

Devilder wiebelde met zijn hoofd.

'Laten we zeggen dat hij zijn verslaving onder controle had.'

'Bestaat zoiets?' vroeg Hannelore.

Aan de toon waarop ze de vraag stelde, kon je merken dat ze niet veel geloof hechtte aan de bewering van Devilder.

'Ik weet dat Blontrock een boekhouding bijhield en ik weet ook dat hij de voorbije zes maanden twee keer fors gewonnen heeft aan tafel drie.'

'Wat bedoelt u met fors?'
'Honderd twintig duizend.'
'Daar moet ik een heel jaar voor werken', grapte Van In.
Hannelore zette hem meteen op zijn plaats.
'Onnozelaar.'
Ze nam een slok van de chablis. Mmm. Zo lekker had ze hem zelden gedronken.
'Zin om het ook eens te proberen? Ik bied jullie een paar rondjes aan op kosten van het huis.'
Het was een gevaarlijk voorstel. Als iemand van de pers er ooit achter zou komen dat commissaris Van In en onderzoeksrechter Martens op kosten van het casino op de roulette hadden gespeeld, was hun reputatie geruïneerd. Devilder merkte de aarzeling. Hij haalde vijf fiches van twintig euro uit zijn broekzak en legde ze op een stapeltje op tafel.
'Eén keer draaien en je bent ze kwijt.'
'Echt waar?'
'Anders zouden wij binnen de kortste keren onze deuren mogen sluiten.'
Hannelore keek Van In aan. Haar ogen blonken ondeugend en dat betekende dat ze er wel zin in had.
'Vooruit dan maar.'
Ze liepen naar tafel drie. Van In zette het stapeltje jetons op het tableau. Honderd euro. Veel mensen moesten een hele dag of nog veel langer hard werken om zoveel over te houden.
'Wat doen we ermee?'
Veel tijd om te beslissen was er niet. De andere spelers maanden hen tot actie aan met een schuine blik. Didier, de croupier van tafel drie, en Devilder wisselden een ander soort blik met elkaar.
'*26 en de buren*', zei Van In.

Didier knikte en ontfermde zich over de jetons. Hij pakte de kogel tussen duim en wijsvinger en liet het rad draaien.

'*Rien ne va plus.*'

De kogel maakte een tikkend geluid telkens als hij op het gladde hout van de draaischijf stuiterde. Alle ogen waren op het kleine balletje gericht, behalve die van Pieter Van In. Hij stak een sigaret op en volgde de rook die hij uitblies naar het plafond.

'Ik denk dat we gewonnen hebben, schat.'

'Hoezo?'

Hannelore wees naar het rad. De kogel was op het nummer 35 gevallen, de verste buur van 26. Didier maakte het winnende getal bekend en schoof Van In fiches ter waarde van zevenhonderd euro toe.

'Beginnersgeluk', lachte Devilder. 'Het komt vaker voor.'

Van In knikte en zette de zevenhonderd euro in op *10 en de buren*. Hij won opnieuw. Vierduizend negenhonderd euro dit keer. Het gerucht dat er aan tafel drie grof werd gewonnen verspreidde zich als een lopend vuurtje door de speelzaal. Vijf minuten later pakten zich minstens vijftig mensen samen bij tafel drie.

'Laten we er nu mee stoppen, schat.'

Hannelore kon haar ogen niet geloven. De stapels fiches groeiden zienderogen aan. Het geroezemoes van de omstanders klonk steeds luider. Sommigen raakten in een beate extase. Ze sloegen hun ogen op alsof ze een of ander opperwezen wilden danken voor de gunsten die de onbekende speler vandaag mocht ontvangen. Anderen stonden zenuwachtig te dringen om zo dicht mogelijk in de buurt van de winnaar te komen; de verstandigsten begonnen in te zetten op de nummers die Van In speelde.

'Wanneer Blontrock dit overkwam, legde hij de helft van

zijn fiches aan de kant en speelde verder met de rest tot hij ze kwijt was of zijn inzet weer verdubbelde', zei Devilder toen hij Van In verbaasd het hoofd zag schudden.

Er lagen voor minstens twintigduizend euro fiches. Dat was iets minder dan hij in een jaar verdiende. Tijdens het voorbije halfuur had hij vier keer een fors bedrag ingezet, hij had drie keer gewonnen. Wat zou er gebeuren als hij alles inzette op *26 en de buren*? Stel je voor dat hij won. Met honderd veertig duizend euro kon hij een huisje kopen in het Zuiden en wie weet... Zenuwen gierden door zijn keel en zijn stem beefde toen hij zei: 'Alles op *26 en de buren*.'

4

Het was rustig en helder weer, de zee leek bijna een spiegel. Aan de horizon dreven silhouetten van vrachtschepen voorbij, haarscherp afgetekend tegen de staalblauwe lucht alsof ze uit karton waren geknipt. Het mooie vergezicht lokte jammer genoeg weinig bewonderaars. De toeristen sliepen nog en de autochtonen vertoonden zich 's morgens zelden of nooit op de Zeedijk. Je zag er alleen mensen die de hond nog even uitlieten voor ze gingen werken of kroegvliegen die naar huis waggelden na een nachtje stappen. Aan de westkant van de havengeul waar het duinengebied begon, was het nog rustiger. Het met gebrande schelpen verharde pad dat zich van Blankenberge naar Wenduine door de duinen slingerde, lag er verlaten bij. Felix Louagie woonde al meer dan dertig jaar aan zee en hij had in al die tijd nog maar één keer een ochtendwandeling overgeslagen, op de dag dat zijn vrouw in haar slaap was overleden nu bijna vier jaar geleden. Hij zette zijn fiets tegen een paal en beklom de helling die naar het westerstaketsel en de duinen leidde. Boven op de dijk aan de havengeul liet hij zijn blik over de horizon dwalen en snoof de frisse zeelucht met volle teugen op. Over het strand was het ongeveer drie kilometer lopen naar Wenduine. Heen en terug was dat een fikse wandeling, zeker voor een man van achtenzestig jaar. Het deed deugd en er viel altijd iets te beleven. Niet-kenners vergeleken het strand soms met een woestijn waar niets te zien viel behalve zand en kiezel, maar voor Felix Louagie was iedere wandeling een ontdekkingstocht. Hij kon zich uren vergapen aan de kleur van het zand, de verscheidenheid van schelpen en wieren, de aangespoelde rotzooi, de glooiingen en de heuveltjes die onder invloed van water en wind constant veranderden van vorm. Het bleef hem fascineren. Hij had oog voor het kleinste detail. De voetsporen in het zand vielen meteen op. Hij bekeek ze aandachtig. Ze waren bijzonder diep en leidden naar een ondiepe put. Felix Louagie liep er naartoe. In de put lag een vrouw. Op haar buik. Haar gezicht keek naar links. Ze droeg een donkergrijs trainingspak en rode sportschoenen. Felix Louagie schatte haar niet ouder dan dertig jaar. Ze was dood. Dat wist hij heel zeker. Hij had vroeger genoeg lijken gezien.

'Straks steekt Blankenberge Antwerpen naar de kroon', zei Van In voor hij uit de Golf stapte.

'Als havenstad?'

Versavel trok de sleutel uit het contact en maakte zijn veiligheidsgordel los.

'Nee, Guido. Als misdaadstad. Dit is al de tweede moord in minder dan zes maanden. Als het zo voortgaat, ben ik genoodzaakt hier een appartement te huren.'

'Als je gisteren je winst had gepakt, kon je er bijna een kopen.'

Hannelore had vanochtend uitvoerig verslag uitgebracht over het desastreuze bezoek aan het casino. Ze hadden ruzie gemaakt omdat Van In gisteren niet alleen de twintigduizend euro had verspeeld die hij had gewonnen, maar ook het geld dat hij bij zich had.

'Het is al goed, Guido. Ik heb mijn lesje wel geleerd.'

Van In had de nacht verplicht op de bank doorgebracht en Hannelore had hem geen zoen gegeven toen hij thuis wegging en dat was bijna nog nooit gebeurd. Hij liet zijn schouders rollen en haalde een paar keer diep adem. De frisse zeelucht drong diep in zijn longen door. Toen de overdosis zuurstof pijn begon te doen stak hij een sigaret op. Versavel hield hem hoofdschuddend in de gaten. Verse lucht opsnuiven en daarna rook inhaleren, je kon evengoed een witte overall aantrekken en daarna in de mijnen gaan werken.

'Gokken is even verslavend als roken, Pieter.'

Van In kon bijzonder kwaad worden als iemand hem de les probeerde te spellen, zeker als die iemand gelijk had.

'Ik heb je toch gezegd dat ik mijn lesje geleerd heb', snauwde hij Versavel toe, die hem gelukkig goed genoeg kende om te weten hoe hij een bitse ruzie kon vermijden.

'Ik zwijg erover. Oké?'

Van In slikte de wrevel in die de opmerking van Versavel bij hem had opgewekt. Hij had de hele nacht liggen woelen op de bank. Het getik van de fiches en het geluid van de ronddraaiende kogel was hem blijven achtervolgen. Begrepen ze dan niet dat hij gisteren in minder dan een halfuur twintigduizend euro had gewonnen?

'Je denkt toch niet dat ik geïnteresseerd ben in zo'n onnozel spelletje?'

'Natuurlijk denk ik dat niet. Verstandige mensen laten zich niet vangen door onnozele spelletjes.'

Het was op het randje, maar Van In ging niet in op de sneer van Versavel. Hij had al genoeg ellende thuis.

'Weet jij eigenlijk al meer over het slachtoffer?' vroeg hij.

Versavel schudde zijn hoofd.

'Ik weet alleen dat ze geen papieren bij zich heeft en dat ze vermoedelijk niet van Blankenberge is. Niemand van de plaatselijke inspecteurs kent haar.'

'Wie heeft haar gevonden?'

'Felix Louagie, een gepensioneerde rijkswachtkapitein, die elke ochtend dezelfde wandeling maakt', zei Versavel gedempt.

Van In draaide zich met een ruk om. Hoewel de politiehervorming al jaren een feit was en de naam rijkswacht nog amper werd gebruikt, steeg zijn adrenaline nog altijd telkens als iemand de naam noemde.

'Dat meen je niet.'

Versavel knikte.

'Ik kan er ook niets aan doen', zei hij op een toon van je-gaat-nu-toch-niet-daarover-beginnen-te-zeuren.

'Hebben de collega's hem al ondervraagd?'

'Ik denk het wel.'

'Goed zo.'

Van In nam een trek van zijn sigaret, die al voor de helft vanzelf was opgerookt door een zacht briesje dat zo-even was komen opzetten. En dat was zonde van het geld. Hij nam haastig twee trekken achter elkaar, gooide het peukje op de grond en bleef staan op de top van de duin. Hannelore had een kwartier geleden gebeld dat ze ter plaatse zou komen en dat vond hij een beetje vervelend gezien de omstandigheden, maar aan de andere kant was hij blij dat hij haar niet de hele dag hoefde te missen.

'We kunnen beter nog even wachten tot Hannelore er is', zei hij. 'Tegen die tijd is de ploeg van de technische recherche wellicht ook gearriveerd.'

Dokter Zlotkrychbrto ademde zwaar van de inspanning die hij had geleverd. Hij was het niet gewend om door mul zand te ploeteren.

'Gaat het een beetje?'

Van In had de tocht van de plaats waar het lijk lag naar het westerstaketsel, waar de auto's geparkeerd stonden, een halfuur geleden gemaakt en hij had ondervonden dat de capaciteit van zijn longen flink was toegenomen sinds hij drie keer per week ging trainen.

'Gutverdumme.'

De corpulente arts zette zijn tas op de grond en veegde het zweet van zijn voorhoofd met de rug van zijn hand. Hannelore, die ondertussen was aangekomen, begroette hem met een zoen op zijn wang. Ze kreeg er een glimlach voor terug. Zlot dronk meer dan goed was voor een mens, maar hij had zo'n groot hart dat de meeste van zijn vrienden die ondeugd voor lief namen. Hannelore was geen uitzondering. Ze was dol op hem.

'Je gaat toch weer niet klagen, zeker', lachte ze. 'In Polen moest je zo ver lopen voor je bij een toilet kwam.'

Zlotkrychbrto schepte graag op over de barre omstandigheden waarin hij vroeger had geleefd en gewerkt en verweet 'westerlingen' dat ze niet meer tegen een stootje konden, maar sommige van zijn sterke verhalen klonken zo ongeloofwaardig dat Hannelore het niet kon laten hem dat af te toe onder de neus te wrijven. Maar Zlotkrychbrto liet zich niet kisten. Hij deed er nog een schepje bovenop.

'Het was nog veel erger, lieve meid. Ik moest naar het volgende dorp lopen als ik ook toiletpapier wilde.'

'Ja', lachte Hannelore. 'Dat waren nog eens tijden.'

Mensen die te vaak met dood en ellende in aanraking komen, ontwikkelen een speciaal gevoel voor humor. De confrontatie met het lijk van de jonge vrouw had Hannelore geen goed gedaan. Ze kon niet goed om met dode mensen. De gedachte dat het wellicht weer om een moord ging maakte haar boos en opstandig. En dat probeerde ze te compenseren met flauwe grapjes. Wat was een mensenleven tegenwoordig nog waard? Tien euro? Vijf minuten genot? Een roofmoord leek onwaarschijnlijk vanwege de locatie en ook lustmoord leek uitgesloten omdat het slachtoffer volledig was aangekleed.

'Voor de verkoop van wasautomaten of voor die van toiletpapier?' lachte Zlotkrychbrto.

'Bespaar ons de rest', kwam Van In tussenbeide. 'Vertel me liever hoe de vrouw gestorven is.'

De grapjes van Zlotkrychbrto evolueerden meestal van ordinair over grof naar ranzig en hij had de kwalijke gewoonte er eindeloos mee door te gaan als niemand hem tot de orde riep en zelfs dan nog gebeurde het vaak dat hij zich daar niets van aantrok, maar dit keer reageerde hij meteen.

'Je hebt gelijk, Pjetr.'

Zlotkrychbrto kleedde de vrouw uit, onderzocht haar op verwondingen en kneuzingen en hij bepaalde het tijdstip waarop ze overleden was.

'Hoe lang is ze al dood?'

De meeste wetsdokters deden daar geen uitspraak over tegen speurders, ze stuurden hen pas na de lijkschouwing een officieel rapport toe. Dat deed Zlotkrychbrto ook, behalve als hij met Van In samenwerkte.

'Een uur of zes.'

Van In wierp een blik op het polshorloge van Versavel. Het was kwart voor tien. Beroepsdieven weten dat ze het best hun slag slaan tussen twee en vier uur 's nachts omdat mensen dan het diepst slapen. De moordenaar had het tijdstip en de locatie goed gekozen. De kans was bijna onbestaande dat iemand hem of haar op dat uur in de duinen had opgemerkt.

'Doodsoorzaak?'

Hoewel het lijk op het eerste gezicht geen tekenen van geweld vertoonde, durfde Van In er zijn hand voor in het vuur steken dat de jonge vrouw geen natuurlijke dood was gestorven. Zlotkrychbrto haalde zijn schouders op. Niets wees erop dat de vrouw een gewelddadige dood was gestorven.

'Ik zou het niet weten, Pjetr. Het enige dat ik wel met zekerheid weet, is dat de vrouw onlangs een borstcorrectie heeft laten uitvoeren. Maar ja...' voegde hij er met een zucht aan toe, 'om dat te constateren hoef je geen patholoog-anatoom te zijn.'

Van In en Hannelore fronsten hun wenkbrauwen gelijktijdig.

'Wat is onlangs?'

'Een dag of twee. Misschien wel korter.'

Twintig jaar geleden, toen borstcorrecties nog even zeldzaam waren als racefietsen van koolstofvezel, had Van In waarschijnlijk met een paar telefoontjes kunnen achterhalen welke chirurg de ingreep had gedaan. Tegenwoordig lieten zoveel vrouwen zich siliconen aanmeten dat het opsporen van de chirurg in kwestie een bijzonder tijdrovende klus werd.

'Weet jij soms iets af van esthetische chirurgie, Zlot?' vroeg Van In weinig overtuigd.

Zlotkrychbrto was geen expert op dat gebied. Hij sneed uitsluitend lijken open en hoefde zich geen zorgen te maken over hechtingen en littekens achteraf, maar hij was de enige dokter in de buurt aan wie hij het kon vragen. Het antwoord liet geen seconde op zich wachten.

'Ik ken veel mensen die dringend aan een facelift toe zijn. En geloof me: een lelijke muil valt te verhelpen maar van een flik maak je nooit een Einstein.'

Zlotkrychbrto voelde zich beledigd door de vraag van Van In. Hij mocht dan patholoog-anatoom zijn, hij kende het verschil tussen gewoon naaien en haute couture.

Van In was zich van geen kwaad bewust.

'Heb ik iets verkeerds gezegd?'

'Nee', zei Hannelore, die best begreep waarom Zlotkrychbrto zich gekwetst voelde. 'Het gaat erom hoe je iets vraagt.'

Zlotkrychbrto keek Hannelore aan en glimlachte breed. Hij had een boontje voor haar en dat liet hij graag blijken, zelfs als ze niet voor hem in de bres sprong.

'Aan haar kan een esthetisch chirurg in elk geval geen cent verdienen', sneerde hij. 'Wat van jou niet gezegd kan worden. De wallen onder je ogen laten optrekken alleen al...'

Terwijl ze kibbelden, kamden speurders van de technische recherche strand en duinen uit op zoek naar een bruikbaar spoor, met een geduld en een verbetenheid die alleen maar respect en bewondering konden afdwingen. Zulk zoekwerk nam uren, soms dagen in beslag. Hun aandacht mocht geen ogenblik verslappen. Maar het ergste was dat hun werk niet bijster werd geapprecieerd. Als ze niets vonden, kregen ze het verwijt dat ze niet hard genoeg hadden gezocht, vonden ze wel een aanwijzing die de verdachte de das kon omdoen, dan ging de speurder die met het onderzoek belast was met de eer lopen.

'De eerste die ophoudt met lullen krijgt van mij een zoen.'

De discussie over wie welk lichaamsdeel best liet vervangen of opkalefateren had lang genoeg geduurd, vond Hannelore. Straks vergaten ze nog dat ze met een moordzaak bezig waren.

'Ik ken maar één of twee chirurgen die "naaiwerk" van een dergelijke kwaliteit afleveren', zei Zlotkrychbrto.

Hij kreeg drie zoenen nog voor Van In kon vragen hoe ze heetten. Versavel kwam bij hem staan.

'Nu weet ik wat ik moet doen om je te laten ophouden met zeuren.'

Versavel legde zijn arm om de schouder van zijn overste

en maakte aanstalten om hem een zoen te geven. Twee inspecteurs van de Blankenbergse politie bekeken het tafereel met stijgende verbazing.

'Ik heb gehoord dat er in Brugge vreemde dingen gebeuren', zei de ene. 'Maar wie had kunnen vermoeden dat Van In homo was.'

De andere inspecteur, die meer oog had voor Hannelore, haalde zijn schouders op.

'Homo of niet. Ik zou best in zijn plaats willen zijn.'

'Dat meen je niet.'

'Toch wel', knikte de andere. 'Heb je dat wijf van hem al eens goed bekeken?'

Versavel parkeerde de Golf naast een donkerblauwe Bentley coupé. Hij had nog nooit een Bentley coupé gezien, hij wist zelfs niet dat ze bestonden. Maar het logo op de grille loog niet.

'Ik denk dat Zlotkrychbrto gelijk heeft', zei hij.

'Denk je dat het zijn wagen is?'

'Ik zou niet weten wie zich anders zo'n machine kan veroorloven', zei Versavel, die in tegenstelling tot Van In een en ander afwist van auto's.

Een doorsnee Bentley kostte algauw tweehonderd vijftig duizend euro, een coupé was zeker een heel stuk duurder.

'We kunnen het hem straks zelf vragen', zei Van In.

Bij de ingang stond een bord met daarop in grote letters: *Cosmipolis*. Ze volgden het pijltje en kwamen in een ruime hal waar het licht overvloedig binnenstroomde door een dak van spiegelglas. Een reusachtige metalen pyloon sneed de ruimte horizontaal doormidden. Het ding leek uit het niets te komen, maar toen Van In zich omdraaide en naar boven keek, zag hij dat de constructie ondersteund werd door een ander stuk van de pyloon. Het geheel deed bijzonder modern aan, net als de banken. Die waren rechthoekig en van leer dat in felle kleuren was geverfd.

'Je voelt je in ieder geval niet in een kliniek', zei Van In.

'Nee', antwoordde Versavel, die met een bewonderend oog de litho's en schilderijen aan het keuren was die de strakke ruimte sierden.

Ze liepen naar de balie, die net als de rest van het interieur bijna futuristisch oogde. Een meisje van een jaar of vijfentwintig – ze was groot, slank en bijzonder knap – vroeg met een spontane glimlach: 'Kan ik u helpen, meneer?'

Geen enkele andere esthetisch chirurg was gezegend met een betere reclame voor zijn praktijk dan dokter Decoopman. Met zo'n meid achter de balie hoefde hij niemand te overtuigen van zijn kunde. Het voorbeeld sprak voor zich.

'Ik ben commissaris Van In en dit is hoofdinspecteur Versavel. Kunnen we dokter Decoopman even spreken?'

Het meisje glimlachte, slaakte een zuchtje en keek Van In meewarig aan.

'Er zijn mensen die sneller een audiëntie bij de koning krijgen dan een consult bij dokter Decoopman. Hij heeft de laatste tijd zoveel werk dat er een lange wachtlijst is.'

Uit de mond van iemand anders had het antwoord arrogant geklonken, maar het meisje glimlachte zo lief dat Van In het haar niet kwalijk kon nemen.

'Ik heb maar twee minuten van zijn tijd nodig', zei hij. 'En het gaat om een moordzaak.'

Het meisje leek te aarzelen. Ze wierp een blik op haar polshorloge. Het was tien voor twaalf. Dokter Decoopman was vanaf ongeveer zes uur deze ochtend aan het opereren. Om halfeen nam hij meestal een kwartiertje pauze en ze wist dat hij het niet fijn vond dat ze hem dan stoorde, maar aan de andere kant kon ze de commissaris moeilijk afschepen.

‘Hebt u nog een momentje? Ik zal zien wat ik voor u kan doen.’

Ze nam de hoorn op en toetste het nummer van de operatiekamer in. Het duurde meer dan een minuut voor een van de verpleegkundigen die bij de operatie assisteerden, opnam en nog eens drie keer zo lang voor ze het antwoord van dokter Decoopman doorgaf.

‘De dokter kan u over een kwartiertje ontvangen’, zei het meisje toen ze ophing. ‘Kan ik u ondertussen iets te drinken aanbieden? Een kop koffie of hebt u liever iets fris?’

Van In nam koffie, Versavel hield het bij water. Ze gingen op een van de veelkleurige leren banken zitten. Bij de praktijk van de orthodontist zaten nog enkele mensen te wachten.

‘Wist jij dat er zoiets bestond in Brugge?’

‘Ik heb er ooit iets over gelezen’, zei Versavel.

Het glazen dak boven zijn hoofd weerspiegelde de ruimte eronder en alles wat zich erin bevond. Hij voelde zich als een vogel op een tak. Alles zag er anders uit. De banken leken langwerpige schoendozen, de balie een sikkelvormige tafel. Van de mensen zag hij de bovenkant van hun schedel. In het midden van Van Ins kruin bespeurde hij een kalende plek. Benieuwd of hij het zelf al had gemerkt.

‘Er is ook een haarkliniek.’

Versavel gaf een teken met zijn ogen in de richting van een bordje waarop *hairclinic* stond.

‘Tja’, zei Van In met een zucht. ‘Daar zou ik niet graag terechtkomen.’

Hij nam een slokje van de koffie die het meisje hem had gebracht. Mmm. Het was geen slappe ziekenhuisrommel maar echte koffie. Daarna wierp hij nog een vluchtige blik op het bordje van de haarkliniek. Hoewel hij hier hoogstwaarschijnlijk nooit een voet binnen zou zetten, vond hij het een hele troost dat niemand nog met een kale knikker door het leven moest. Tegenwoordig kon je met heel wat lichamelijke gebreken en onvolmaaktheden bij een dokter terecht. Dat was net zo gewoon geworden als een gehavende auto bij een carrossier afleveren. Alles kwam weer picobello in orde.

'Commissaris Van In.'

Dokter Decoopman droeg een grijs pak van perfecte Italiaanse snit en een bijpassende zijden das. Hij stak zijn hand uit toen Van In zich omdraaide. De gouden Rolex om zijn pols viel direct op.

'Ik stel het bijzonder op prijs dat u een paar minuten voor ons kunt vrijmaken, dokter', zei Van In.

'U boft', glimlachte Decoopman. 'Ik heb toevallig een uurtje vrij omdat een van mijn patiënten vanochtend heeft gebeld dat ze wat later komt.'

Ze liepen door een brede gang. Ook hier hingen aan de muren moderne schilderijen in vrolijke kleuren en een zeefdruk van Marilyn Monroe, het schoonheidsideaal bij uitstek.

'Wat vindt u ervan?'

Wat moest Van In daarop zeggen? Dat hij doodsbang was ooit in een operatiekamer te belanden en hij bijgevolg nooit zou kunnen begrijpen waarom mensen vrijwillig onder het mes gingen?

'Ik zou best eens willen kennismaken met uw binnenhuisarchitect.'

'Dat mag alleen op professionele basis.'

Dokter Decoopman duwde de deur van zijn consultatiekamer open en maakte een weids uitnodigend gebaar. Zijn ogen fonkelden.

'Mag ik vragen wat u daarmee bedoelt?'

'Mijn binnenhuisarchitect is ook mijn dochter', lachte

Decoopman. 'U hebt haar net ontmoet. Als het druk is in de kliniek, steekt ze een handje toe bij de receptie.'

Het ijs was nu volledig gebroken. In plaats van hen in zijn bureau te ontvangen ging dokter Decoopman hen voor naar een ruimte ernaast, die als salon was ingericht en waar hij na een dag hard werken even kwam uitblazen voor hij naar huis ging.

Versavel herinnerde zich plotseling wat hij destijds over de man had gelezen. Hij was de eerste chirurg in Vlaanderen die een televisieploeg in zijn operatiekamer had toegelaten en dat had nogal wat kwaad bloed gezet bij collega's, die vonden dat hun confrater zich verlaagde door mee te werken aan een televisieprogramma. Iedereen wist natuurlijk dat ze gewoon stikjaloers waren, maar dat belette de beroepsvereniging van de artsen niet een proces tegen hem aan te spannen wegens oneerlijke concurrentie. Het was een lange strijd geworden, die uiteindelijk door hem gewonnen werd, maar het had geen einde gemaakt aan de afgunst. Wat niemand hem echter kon verwijten was dat hij zijn vak niet kende. Zlotkrychbrto had het raak geformuleerd: er was confectie en er was haute couture.

'Weet u dat...'

Dokter Decoopman vertelde kort hoe de kliniek was ontstaan en welke plannen hij nog koesterde.

'Maar ik vermoed dat jullie hier niet zijn om een rondleiding te krijgen', zei hij na een kwartier. 'Waarmee kan ik u helpen?'

Van In ging in zijn binnenzak en viste er de polaroid uit die genomen was van het meisje dat Felix Louagie, de gepensioneerde rijkswachtkapitein, dood had aangetroffen op het strand tussen Blankenberge en Wenduine.

'Kent u haar?'

Dokter Decoopman bekeek de foto gedurende vijf volle

seconden. De hand die een halfuur geleden nog feilloos een scalpel hanteerde, trilde.

'Ik heb Merel drie dagen geleden geopereerd.'

Hij legde de foto op de salontafel en streek met een vermoeid gebaar door zijn haar. De operatie had bijna vier uur geduurd en hij was bijzonder tevreden over het resultaat. Als alles geheeld was, zouden de nieuwe borsten haar opnieuw zelfvertrouwen schenken. Nu was ze dood en dat vond hij heel jammer.

'Drie dagen geleden?'

Versavel keek dokter Decoopman ongelovig aan. Toen ze zijn blindedarm hadden verwijderd, had hij tien dagen in het ziekenhuis moeten blijven.

'De meeste van mijn patiënten zijn ambulant. Alleen zij die na de middag worden geopereerd, overnachten hier.'

De kliniek beschikte over vier kamers, die qua comfort en inrichting niet moesten onderdoen voor een kamer in een luxehotel.

'Dat wist ik niet', zei Versavel terwijl hij gegeneerd over zijn snor streek.

Hij werd oud en hij liep achter, twee dingen die hij haatte.

'Eigenlijk hebben we geluk dat Zlotkrychbrto het werk van zijn collega's kent', grapte Van In toen ze een uur later in de auto stapten.

Dokter Decoopman was erg behulpzaam geweest. Hij had het dossier van Merel Deman opgevraagd en de gegevens eruit overgeschreven die ze nodig hadden. Daarna hadden ze nog een tijdje zitten kletsen tot een patiënte arriveerde die vanochtend had gebeld dat ze wat later zou zijn. De vrouw sprak met een Zuid-West-Vlaams accent. Ze wilde 'skone' blijven en dat mocht best wat kosten.

'Een moord op een meisje dat zich pas heeft laten opereren, nota bene om mooier door het leven te gaan', mijmerde Versavel.

Hij ging hoofdschuddend achter het stuur zitten en stak de sleutel in het contact. Hij werd moedeloos van al de ellende waarmee ze bijna dagelijks werden geconfronteerd. Het was bijna onbegrijpelijk dat de wereld was ontstaan uit een banale knal en dat daaruit leven was gekomen, maar het was nog onbegrijpelijker dat de meest bloeddorstige soort die evolutie had overleefd.

'Trek het je niet al te veel aan, Guido.'

Van In stak een sigaret op en draaide het raampje open. Hij koesterde dezelfde gevoelens als zijn vriend maar hij vond het verloren tijd om daar al te lang bij stil te staan. Er was werk aan de winkel. Bij de meeste moorden kon je bijna met zekerheid stellen dat de moordenaar en het slachtoffer elkaar kenden. Om de verdachte op het spoor te komen, volstond het meestal om een aantal mensen uit de omgeving van het slachtoffer te ondervragen. De kans was groot dat de moordenaar tot die kring van mensen behoorde. Bij Merel hadden ze pech. Haar ouders waren gestorven en ze had een broer die in Denemarken woonde en met wie ze zelden nog contact had. Ze had evenmin een partner en leefde naar eigen zeggen erg teruggetrokken vanwege haar negatieve zelfbeeld. Die informatie hadden ze van dokter Decoopman, die een en ander discreet had nagetrokken toen Merel hem vertelde dat ze de operatie onmogelijk kon betalen. Het sierde hem dat hij met haar was overeengekomen dat ze zijn honorarium in maandelijkse termijnen mocht afbetalen.

'Ze moet toch vrienden gehad hebben', zei Versavel, die moeilijk kon begrijpen dat een jong meisje als een kluizenaar leefde.

‘Laten we eerst even bij haar thuis een kijkje gaan nemen’, zei Van In. ‘Misschien worden we daar iets wijzer.’

Versavel knikte en draaide de contactsleutel om. Merel Deman woonde in de Boeveriestraat in een pand dat eigendom was van het OCMW. Ze hoefden geen slotenmaker te bellen om het slot open te boren. De conciërge van het gebouw beschikte over een reservesleutel van iedere flat.

Was het toeval dat Olivier Vanderpaele L’Estaminet binnenstapte een van die zeldzame keren dat Hannelore er kwam lunchen?

‘Hoi.’

Hij stak zijn hand op en bleef weifelend wachten tot ze hem aan haar tafeltje uitnodigde. Toen ze dat niet direct deed, kwam hij dichterbij en vroeg onbeschaamd of hij bij haar mocht komen zitten.

Hannelore had net een Griekse salade besteld en een glas rode wijn. Ze riep spontaan de ober terug. Waarom eigenlijk? Ze was er bijna zeker van dat Vanderpaele haar wilde versieren en ze mocht er niet aan denken wat er zou gebeuren als Van In toevallig binnenkwam. Gelukkig kwam hij hier zelden ’s middags.

‘Komt u hier vaak alleen?’

Olivier Vanderpaele wond er niet veel doekjes om.

‘Nee’, zei Hannelore. ‘Pieter en ik komen hier meestal alleen ’s avonds.’

Vanderpaele knikte. Ze had hem net duidelijk gemaakt dat de kust veilig was. En dat vond hij bijzonder fijn. Iedere minuut die hij alleen met haar kon doorbrengen was een godsgeschenk.

‘Ik kom hier voor het eerst’, zei hij.

‘Hebt u L’Estaminet zelf ontdekt of heeft iemand het u aanbevolen?’ vroeg ze luchtig.

Vanderpaele mocht niet merken dat ze wat piekerde omdat zij en Van In vanochtend ruzie hadden gemaakt. Ze wist uit ervaring dat de meeste mannen meteen avances begonnen te maken als ze merkten dat er iets mis was in een relatie.

'Geen van beide. Ik ben u gewoon gevolgd', zei hij zonder omhaal.

Hannelore, die net naar haar glas greep om een slokje te nemen, stootte het bijna omver. Het was niet de eerste keer dat een collega haar probeerde te versieren, maar nooit had iemand dat zo boudweg gedaan. Haar eerste gedachte was hem eens flink de mantel uit te vegen, maar bij nader inzien moest ze toegeven dat ze het eigenlijk minder erg vond dan ze eerst gedacht had. Vanderpaele was een bijzonder knappe kerel en volgens bepaalde collega's bij wie ze stiekem informatie over hem had ingewonnen ook nog eens een bevlogen jurist. In stripverhalen verschijnt soms een klein duiveltje als de tekenaar wil illustreren dat zijn held of heldin zich op het slechte pad begeeft of daartoe in de verleiding wordt gebracht. Hannelore verdreef het duiveltje uit haar gedachten en wachtte op het engeltje. Vanderpaele was een arrogante vrouwenversierder en ze had er niet verstandig aan gedaan bij collega's naar hem te informeren.

'Advocaten doen dat soort dingen toch niet. Je was beter...'

Ze maakte de zin niet af toen ze zich plotseling realiseerde dat ze hem onbewust had getutoyeerd.

'...privé-detective geworden?'

Hannelore keek hem verbaasd aan. Kon hij misschien haar gedachten raden?

'Maar dat ben je natuurlijk niet', lachte ze een beetje schaapachtig terwijl ze het schaamrood naar haar wangen voelde stijgen.

'Nee. Natuurlijk niet. Jij weet best waarom ik je tot hier ben gevolgd.'

'Wil je me iets vragen in verband met het huis dat je gaat huren of...'

Ze aarzelde. Of wat? Het zweet brak haar uit. Nog nooit had een man haar met zo weinig woorden in het nauw gedreven. Het leek of hij door haar heen kon kijken. Op dat moment voelde ze zijn blik op haar borsten rusten.

'Nee, Hannelore. Ik wil je niets vragen in verband met het huis.'

Hij schudde zijn hoofd terwijl hij naar haar borsten bleef staren.

'Als ik jouw man was, zou ik je nooit alleen uit eten laten gaan.'

Vanderpaele gaf niet alleen ongegeneerd toe dat hij haar gevolgd was, hij verklaarde ook nog eens zonder blikken of blozen dat hij een affaire met haar wel zag zitten. Hannelore kreeg het nu beurtelings koud en warm.

'Ik vind u erg vrijpostig, meester...'

'Zeg maar gerust Olivier', onderbrak hij haar. 'Je mag me meester noemen als ik dat echt voor je mag zijn.'

Zijn ogen glinsterden en de blik op haar borst voelde verschroeiend aan. Verstond ze het slecht of insinueerde hij schaamteloos dat hij een meester-slavinverhouding met haar wilde beginnen? Zonder iets te vragen schonk ze haar glas bij uit de fles die ze had besteld.

'Ik denk dat u beter aan een andere tafel kunt gaan zitten, meester Vanderpaele.'

Een andere man had misschien gedaan wat van hem gevraagd werd, Vanderpaele echter schonk zichzelf een glas wijn in, hief het en bracht een toost uit op Hannelore.

'Je weet niet wat je mist, meid.'

Ze voelde dat zijn knie de hare raakte. Het duurde bijna vijf seconden voor ze erop reageerde.

'Als u niet gaat verzitten, doe ik het.'

'Ik maak u toch niet bang?'

Olivier kon met zijn blik doen wat hij wilde. Zijn ogen keken nu zacht en begrijpend in plaats van begerig. Hannelore moest moeite doen om ze te ontwijken. Aan de ene kant was Vanderpaele een man die haar afstootte, maar anderzijds kon ze niet ontkennen dat hij haar een beetje opwond. Die laatste gedachte joeg het schaamrood weer naar haar wangen.

'Ik denk dat het tijd is dat ik ervandoor ga, meester Vanderpaele.'

Hannelore stond op, pakte haar handtas en liep naar buiten.

De Griekse salade bleef onaangeroerd op de tafel staan. Olivier Vanderpaele schoof het bord en het bestek naar zich toe en begon te eten. De gedachte dat het voedsel dat in haar mond hoorde in die van hem belandde, gaf hem een bijzonder prettig gevoel.

De conciërge, een spichtige vrouw van een jaar of vijftig met afhangende schouders en een met diepe rimpels doorgroefd gezicht, glimlachte toen Versavel haar een complimentje gaf over de keurig geboende vloer in de hal.

'Ik doe het twee keer per jaar met echte boenwas, meneer', zei ze nietsvermoedend.

Van In draaide zich om en glimlachte naar de vrouw.

'Twee keer per jaar', zei hij. 'En met echte boenwas nog wel? Doet dat geen pijn?'

Versavel stompte hem in de rug en stak zijn hand uit naar de conciërge.

'We brengen de sleutel straks terug, mevrouw.'

De vrouw aarzelde. Eigenlijk mocht ze nooit een sleutel afgeven, maar de heren waren van de politie en bovendien zag de oudste er als een betrouwbare kerel uit.

'Ik ben de hele dag thuis', zei ze en ze gaf Versavel de sleutel.

Huiszoekingen nemen minder tijd in beslag als je op voorhand weet waarnaar je moet zoeken. Van In slaakte een zucht toen ze de woonkamer van Merel binnengingen. Er stonden vier kasten en die zaten allemaal propvol.

'We kunnen misschien beter eerst de slaapkamer aanpakken', zei hij moedeloos.

Mensen die iets te verbergen hebben, verstoppen dat meestal in de slaapkamer. Tenminste als Van In de statistieken mocht geloven.

'Mij goed. Dan neem ik de keuken.'

'Wat bedoel je met: ik neem de keuken?'

'Je zei toch dat jij de slaapkamer ging doen?'

'Ik zei "we", Guido.'

Het gebeurde niet vaak dat Van In en Hannelore bijna op hetzelfde moment thuiskwamen, maar het gebeurde bijna nooit dat ze hem bij het binnenkomen geen zoen gaf.

'Scheelt er iets met de kinderen?'

Hij had Simon en Sarah al horen huilen nog voor hij halverwege de Vette Vispoort was.

'Ik denk dat ze een of andere kinderziekte krijgen.'

Hannelore probeerde ze allebei te troosten, maar hoe ze ook haar best deed, het hielp niets. Ze gingen nog harder huilen. Het duurde tot kwart voor negen voor ze zwegen en ze hen in bed kon stoppen

'Eindelijk.'

Hannelore schopte haar schoenen uit en liet zich neervallen op de bank. Van In zat tegenover haar in een luie stoel met een Duvel binnen handbereik. De vierde al sinds hij was thuisgekomen, want door de ellende met de kinderen hadden ze nog niets kunnen eten.

'Je drinkt te veel, Pieter.'
'Ik heb honger.'
'Eet dan iets.'
'Zeg dan wat ik moet eten, schatje. Een blik selderijstronken en een flesje ketchup zijn het enige dat we nog in huis hebben.'
Er was ook nog een blik witte bonen in tomatensaus, maar Van In stierf liever de hongerdood dan dat hij daarvan een hap nam. Maar hij zou het niet volhouden tot morgen als hij niets te eten kreeg. Uit eten gaan was uitgesloten. Daarvoor was geen van beiden in de stemming en bovendien hadden ze geen oppas voor de kinderen.
'Bestel een pizza. Ik ga vroeg naar bed.'
Ze zei niet 'Ga je mee?', dus veronderstelde Van In dat ze nog kwaad was.
'Ik heb meer trek in een portie frieten met mayonaise en een frikandel.'
Ze rekte zich uit, waardoor haar truitje naar boven schoof en hij haar gladde buik kon zien. Als hij om frieten ging, zou hij daarna ongetwijfeld nog even de kroeg binnenstappen en het zou best kunnen dat hij daar bleef hangen. En dat was geen slecht vooruitzicht voor iemand die toch de nacht op de bank zou moeten doorbrengen.
'Doe wat je niet laten kunt, schat.'
Ze had Olivier Vanderpaele de hele dag uit haar hoofd proberen te zetten, maar het was haar niet gelukt. De morbide insinuatie die hij had gemaakt, had in haar fantasie beelden doen ontstaan waarover ze zich ongelooflijk schaamde.
'Krijg ik nog een zoentje?'
Van In was opgestaan en boog zich over haar. Hij kreeg een vluchtige zoen.
'Tot straks.'

'Tot morgen', zei ze.

Van In trok de deur achter zich dicht en liep door de Vette Vispoort naar de Moerstraat. Het had geen zin zich op te winden over Hannelore, dus liet hij zijn gedachten afdrijven naar de huiszoeking die ze vanmiddag hadden verricht. Hij vroeg zich af welke foto er in het album van Merel ontbrak en waarom iemand een stapel borden waar niets aan mankeerde, in de vuilnisbak had gegooid.

5

Wie de verleiding probeert te weerstaan maakt ze alleen groter. Het aforisme kwam niet uit de mond van een of andere diepzinnige filosoof, het was een dwanggedachte die al meer dan een halfuur door Van Ins hoofd spookte. Hij lag op zijn zij op de bank. Met opgetrokken knieën en zijn hoofd schuin op de armleuning. Zijn nek begon stijf te worden en zijn rug deed al langer pijn. Het was niet de eerste keer dat hij de nacht op de bank doorbracht en meestal hield hij daar geen ongemakken aan over. Nee, eigenlijk was de bank best comfortabel. De stijve nek en de zere rug vormden een excuus om op te staan, een sigaret te roken en te beslissen of hij al dan niet zou toegeven aan de verleiding die hem bleef achtervolgen sinds hij roulette had gespeeld. Vroeger had hij nooit begrepen hoe mensen zo stom konden zijn hun geld tot de laatste cent te verspelen. Nu vocht hij zelf tegen de dwingende stem in zijn hoofd die zei dat hij vanavond nog naar de speelzaal moest en tegen het nijpende gevoel in zijn keel dat niet zou overgaan als hij niet luisterde naar die dwingende stem in zijn hoofd. Eigenlijk had hij in zijn leven al veel geluk gehad. Hij had geen slechte jeugd gehad en meer vriendinnetjes dan de meeste van zijn klasgenoten. En ook zijn carrière bij de politie was zo goed als vlekkeloos verlopen. Aan Versavel had hij een echte vriend. Hannelore en de kinderen waren het beste dat hem ooit was overkomen. En hij was bijna zo gezond als een vis. Bijna. Het leven was te kort om het als water door je vingers te laten lopen. Hij voelde zich wel gelukkig, maar was dat ook zo? Ze verdienden behoorlijk maar daar hielden ze aan het eind van de maand niet veel van over. Als ze onverwachte kosten hadden, moesten ze die noodgedwongen van hun spaargeld betalen. Het was toch ongelooflijk dat je aan de speeltafel in een klein uur een jaarloon kon winnen? De dwingende stem in zijn hoofd zei echter niet dat hij die winst ook in één keer had verspeeld. Een pijnscheut in zijn nek dwong hem rechtop te gaan zitten. Hannelore sliep vast en het was de eerste keer niet dat hij er na een ruzie stilletjes vandoor ging. Eigenlijk had hij de beslissing al genomen. De vraag was alleen nog: hoe raak ik op dit uur nog in Blankenberge?

De taxichauffeur bedankte Van In met een glimlach voor de fooi die hij kreeg toegestopt. Van klanten die hij naar het casino reed kreeg hij meestal een fooi, van hen die hij naar huis moest brengen nooit. Hij was er één keer binnengeweest met een paar vrienden onder het motto: een mens moet alles één keer in zijn leven proberen en het was gelukkig bij die ene keer gebleven. Hij begreep niet dat mensen hun zuurverdiende centen zomaar konden vergooien.

De man die bij de deur van de speelzaal stond, herkende Van In, knikte en hield de deur voor hem open. Nog geen tien seconden later wist Donald Devilder dat commissaris Van In in de speelzaal was. Hij belde onmiddellijk de baas en vroeg hem hoever hij mocht gaan. Daarna liet hij de croupier bij wie Van In aan tafel stond, vervangen door iemand die meer ervaring had met het manipuleren van de kogel. Geld, drugs en vrouwen. Mannen kregen er nooit genoeg van.

Van In gaf de taxichauffeur die hem om halfvijf in de Moerstraat afzette een ruime fooi en liep haastig door de Vette Vispoort naar huis. Hij had in een paar uur bijna zevenduizend euro gewonnen maar daar zou Hannelore niet blij mee zijn. Hij zegde in stilte een gebedje en hoopte dat ze nog sliep. Aan de voordeur trok hij zijn schoenen uit, stak de sleutel voorzichtig in het slot en draaide hem tergend langzaam om. Klik. Hij wachtte ruim een minuut voor hij de deur durfde open te duwen. Toen het stil bleef, sloop hij als een kat naar binnen en duwde de deur weer behoedzaam in het slot. Oef. Niemand had iets gehoord. Dit zal me nooit meer overkomen, dacht hij toen hij zich weer op de bank installeerde. Hij had amper gedronken en dat maakte het schuldgevoel alleen nog groter, waardoor het minstens nog een uur duurde voor hij de slaap kon vatten.

Tijdens de rit van de Vette Vispoort naar het politiebureau was het behoorlijk stil in de Golf. Van In kon zich bijna niet van de indruk ontdoen dat Versavel wist wat er vannacht gebeurd was en door het stilzwijgen zijn afkeuring liet blijken.

'Hoe gaat het met Frank?'

Frank was de vaste vriend van Versavel. Ze kenden elkaar al meer dan tien jaar, maar het gebeurde bijna nooit dat Van In naar hem informeerde. De laatste keer dat hij dat spontaan had gedaan, was toen hij bijna met Carine Neels in de koffer was gedoken.

'Met Frank gaat het goed.'

Versavel liet zijn antwoord vergezeld gaan van een schuine blik. Van In bleef recht voor zich uit kijken. Hij moest zijn geheim aan iemand kwijt en Versavel was de enige die... Van In schudde onwillekeurig zijn hoofd.

'Scheelt er iets?'

'Met mij?'

'Nee, met dat ventje dat in je hoofd rondspookt.'

'Ik heb gisteren niets gedronken, Guido.'

Versavel reed het Zand op, waar het al behoorlijk druk was, maar dat vond hij niet erg. Of het er nu druk of rustig was, het plein bleef hem bekoren. Zelfs het Concertgebouw stoorde hem niet. De reactie van zijn vriend echter stemde hem tot nadenken.

'Is dat goed of slecht nieuws?'

Van In beet op zijn onderlip. Versavel mocht zijn beste vriend zijn, hij schaamde zich diep over wat hij vannacht had gedaan.

'Ik heb zesduizend achthonderd euro gewonnen.'

Versavel sloeg de Hauwerstraat in. Ze waren nog vroeg. Er was nog niet veel beweging rond het politiebureau.

'En nu het goede nieuws.'

'Dat was het goede nieuws, Guido.'

Van In vertelde wat er vannacht gebeurd was. Versavel verbleekte. Hij stapte uit en liep zonder nog een woord te zeggen naar binnen. Van In had moeite om hem te volgen op de trap. Hij kwam hijgend kamer 204 binnen, waar Carine op hem zat te wachten.

'Dokter Zlotkrychbrto heeft vijf minuten geleden gebeld. Hij verwacht jullie asap in zijn kantoor op de Markt.'

Iedereen wist wat de politiearts daarmee bedoelde. Van In keek naar Versavel. Het was nog vroeg, maar hij had verrekt veel trek in een Duvel.

'Ga je mee, Guido?'

Versavel parkeerde de Golf voor café Craenenburgh op de Markt. Hij was liever niet meegekomen omdat hij kwaad was op Van In, maar hij was zo nieuwsgierig naar het autopsieverslag dat hij het toch had gedaan. Zlotkrychbrto zat bij het raam aan zijn vaste tafel. Voor hem stond een vers ingeschonken Duvel. Gewone artsen, die hun patiënten het goede voorbeeld moesten geven, konden het zich niet permitteren 's ochtends vroeg in de kroeg te zitten, maar dat gold niet voor de Poolse politiearts. Zijn patiënten kregen hem pas te zien als ze dood waren.

'Goedemorgen, Pjetr.'

Hij stak zijn hand uit naar Van In en sloeg hem met de andere op de schouder. Versavel kreeg een zoen op zijn wang en een walm van alcohol in zijn neus. Hij keek beschaamd om zich heen. Gelukkig zat er nog niet veel volk in de gelagzaal.

Van In stak zijn hand op en bestelde twee Duvels en een perrier.

'En?'

'Het was een mooi meisje', zei Zlotkrychbrto. 'En ze zou nog veel mooier geworden zijn na de borstcorrectie, maar ja.'

Hij haalde zijn schouders op en nam een slok van zijn Duvel. Er waren mensen die hoopten dat ze langer van hun drankje konden genieten als ze er met kleine slokjes van dronken maar geen rekening hielden met een toevallige voorbijganger die hun glas per ongeluk omstootte. Merel Deman was een gezonde meid met een normale levensverwachting. En nu was ze dood. Vermoord nog wel. Iemand had haar glas omgestoten.

'Ben je achter de doodsoorzaak gekomen?'

Zlotkrychbrto knikte. Het had hem enige moeite gekost de plek te vinden waar de moordenaar Merel had ingespoten.

'Ze is eerst verdoofd en daarna heeft de moordenaar lucht in haar ader geïnjecteerd.'

'Ben je daar zeker van?'

Moordwapens zijn vaak ordinaire voorwerpen die overal voorhanden of gemakkelijk te verkrijgen zijn. Aan lucht was nergens een gebrek en spuitjes kon je overal kopen.

'Heel zeker.'

'Waarmee heeft hij haar verdoofd?'

'Temesta.'

Van In stak een sigaret op. Of Merel kende haar moordenaar en ze was vrijwillig met hem meegegaan of ze had zich laten meelokken door een onbekende. Maar waarom zou een meisje dat pas geopereerd is zich laten meelokken door een onbekende? Hij wist nu bijna zeker dat ze niet op het strand vermoord was. En hij vond het vreemd dat de moordenaar het risico had genomen het lijk over de duinen naar het strand te slepen. Tenzij hij natuurlijk in de buurt woonde en het strand de dichtstbijzijnde plek was waar hij het lijk kon dumpen.

'Is ze verkracht?'

'Nee.'

'Dat is vreemd.'

'Dat is jouw probleem, Pjetr. Jij bent de speurder.'

Twee moorden in bijna evenveel dagen. En dat na de waarschuwing van Hubert Blontrock, het eerste slachtoffer, dat Brugge overspoeld zou worden door een golf van moorden die allemaal iets te maken zouden hebben met de roulette. Blontrock was een gokker maar de kans was klein dat Merel Deman ooit een voet in een casino had gezet. Evenmin was er een verband tussen de manier waarop ze vermoord waren. Het enige punt van overeenkomst was dat bij allebei iets persoonlijks was verdwenen. Bij Blontrock een bronzen beeldje, bij Merel een foto uit een album. Er bestond bijna geen twijfel over dat het beeldje door de moordenaar was meegenomen, maar dat de moordenaar en niemand anders ook de foto uit het album had gehaald, was een wankele hypothese.

‘Speurder ja, maar geen Sherlock Holmes. Ik heb motieven nodig en verbanden. Het enige wat ik voor het ogenblik kan verzinnen is dat Blontrock en Merel speelschulden hadden die ze niet konden afbetalen en dat ze daarom...’

Van In maakte zijn zin niet af omdat hij er zichzelf op betrapte dat hij onzin aan het uitkramen was.

‘Laten we er dan even van uitgaan dat er geen verband bestaat tussen de twee moorden’, mengde Versavel zich in het gesprek. ‘Sterker nog. Laten we zelfs aannemen dat de moorden niets te maken hebben met het gokmilieu. Vergeet niet dat Blontrock dronken was toen hij verklaarde dat Brugge door een golf van moorden geteisterd zou worden.’

Versavel kon uren luisteren voor hij een opmerking maakte, maar als hij er een maakte mocht je er donder op zeggen dat ze gefundeerd was. Van In fronste zijn voorhoofd en hij keek zijn vriend nadenkend aan.

‘Misschien heb je wel gelijk’, zei hij.

‘Mevrouw de onderzoeksrechter.’

Hoewel Hannelore de stem van Olivier Vanderpaele herkende, deed ze alsof hij haar deed schrikken, maar toen ze zich omdraaide moest ze onwillekeurig glimlachen toen hij het op een loopje zette om haar in te halen. Alle confraters die zich op dat ogenblik in de gang bevonden, keken op. Sommigen leverden commentaar op het ongewone tafereel – iedereen ging ervan uit dat Hannelore niet te krijgen was –, de anderen die er het zwijgen toe deden, dachten net hetzelfde. Eén ding was zeker: over een halfuur zou iedereen die in het gerechtsgebouw werkte weten dat Hannelore en Vanderpaele waarschijnlijk iets met elkaar hadden.

‘Kan ik u een kop koffie aanbieden, mevrouw de onderzoeksrechter?’

Vanderpaele lachte jongensachtig en er twinkelden lichtjes in zijn ogen toen hij Hannelore aankeek.

'Nu meteen?'

Na wat hij gisteren geïnsinueerd had, zou ze niet mogen ingaan op de uitnodiging en dat had ze zeer zeker gedaan als Van In vannacht niet stiekem naar buiten was geslopen en pas een uur of vier later weer thuis was gekomen. In L'Estaminet was hij niet geweest. Dat had ze geverifieerd. Maar waar had hij dan wel uitgehangen? En met wie? Hij verdiende in ieder geval een lesje, dus zei ze: waarom ook niet. Vanderpaele keek even om zich heen om zich ervan te vergewissen dat Hannelore en hij nog steeds in het middelpunt van de belangstelling stonden. Toen dat het geval was, ging hij nog een stap verder. Hij legde zijn arm vriendschappelijk om haar schouder en troonde haar mee naar de cafetaria. Ze liet hem begaan.

'Ik stel voor de taken te verdelen', zei Van In. 'Wij onderzoeken de zaak-Merel Deman en jullie de zaak-Blontrock.'

Ze zaten met zijn allen aan de grote eiken tafel. Versavel maakte notities en Bruynooghe bladerde een dossier door. Carine was een en al oor. Van In mocht uit de telefoongids voorlezen, ze zou hem nóg interessant blijven vinden. De vergadering duurde anderhalf uur en ze besloten nog dezelfde dag een aantal mensen te verhoren.

'Meen je dat nu echt?' vroeg Versavel toen Carine en Bruynooghe de deur uit waren. 'Dat van die taken verdelen, bedoel ik.'

'Natuurlijk', zei Van In.

'Ik geloof er geen jota van.'

Van In die taken verdeelde, het klonk even geloofwaardig als een beeldschone vrouw die beweerde dat ze nog maagd was.

'En toch is het waar.'

'Ook dat je overleg met hen gaat plegen?'

Dat had Van In ook gezegd. Dat ze iedere dag overleg zouden plegen. Terwijl iedereen toch wist dat Van In zich verhield tot overleg als een vrome moslim tot Glenfiddich.

'We leven in de eenentwintigste eeuw, Guido. De tijd dat een speurder alles in zijn eentje onderzoekt is lang voorbij. Kom, laten we getuigen gaan verhoren.'

'Je houdt me toch niet voor het lapje?'

'Ik zou niet durven.'

Van In trok een verongelijkt gezicht. Versavel liep er al de hele dag bij als een verstoorde vogelverschrikker, het werd tijd dat er wat leven in de brouwerij kwam.

'Misschien heb je wel gelijk', zei Versavel toen ze de trap afliepen. 'Wie ben ik om je te veroordelen om wat je vannacht gedaan hebt.'

Volgens de bovenbuurvrouw stak Merel Deman af en toe een handje toe in De Zes Billetjes, een volkscafé in de buurt van het station waar behalve arbeiders ook studenten over de vloer kwamen. Het was er meestal druk en dat was vandaag niet anders. Toen Van In en Versavel binnenkwamen, zat de gelagzaal half vol. Aan de bar was het dringen om een plekje te vinden. Een blik was voldoende om te weten waarom het daar zo druk was. De dames achter de bar droegen korte rokjes en bloesjes met diepe decolletés. Vroeger werd het café uitgebaat door een moeder en haar twee dochters, die om volk te lokken hun klanten in korte rokjes bedienden. Vandaar de naam: De Zes Billetjes.

'Mag ik u even storen, mevrouw?'

Van In liet een van de dames zijn politiekaart zien en zei waarvoor hij hier was. De blik die hij daarvoor terugkreeg, kon je het best als apocalyptisch omschrijven.

'Kujje dovvo ip un andere kè nie wêre kommen?'

De vrouw sprak zo plat dat Van In, die nochtans een rasechte Bruggeling was, haar bijna niet verstond.

'Nee, mevrouw, ik kan niet op een andere keer terugkomen.'

'Scheelt er iets, Claire?'

De andere vrouw – van dichterbij zag ze er een stuk ouder uit dan Van In haar bij het binnenkomen had geschat – legde haar vaatdoek op de rand van de spoelbak en maakte een beweging met haar hoofd die voor allerlei interpretaties vatbaar was.

'Die flik komt vô Meerle.'

De oudere vrouw veranderde onmiddellijk van tactiek. Ze streek vluchtig door haar geverfde kapsel en kwam achter de bar vandaan.

'Sorry, commissaris. Claire werkt hier nog niet lang. En tegenwoordig vindt een mens niet zo gauw behoorlijk personeel.'

'U hoeft zich daarvoor niet te verontschuldigen, mevrouw. We willen u alleen even spreken. Hebt u een rustig plekje waar dat kan?'

De roddel dat onderzoeksrechter Martens gevallen was voor de charmes van meester Vanderpaele werd nog meer gevoed toen ze na de lunch nog koffie gingen drinken in een café in de Langestraat waar voornamelijk juristen kwamen.

'Ik denk dat ik het huis in de Beenhouwersstraat neem', zei Vanderpaele toen de ober de drankjes (Hannelore was al aan haar vijfde wijntje toe) serveerde.

'Zou je dat wel doen? Is een huis met vier slaapkamers niet een beetje te ruim voor een vrijgezel?'

Hannelore ondersteunde haar kin met haar linkerhand en keek hem aan terwijl ze voortdurend met haar ogen knipperde. Olivier Vanderpaele, dacht ze bij zichzelf, je weet niet wat je nu bij mij aan het aanrichten bent.

'Wie zegt dat ik vrijgezel zal blijven?'

Van het ene woord kwam het andere. Voor ze het goed beseften, waren ze over seks bezig.

'Er bestaan veel manieren om een vrouw op te winden', fluisterde Vanderpaele. 'Elkaar aanraken hoeft zelfs niet. Ik heb ooit iemand gekend die al opgewonden raakte als ze in een doe-het-zelfzaak langs de stand van de douchekoppen passeerde.'

'Daar hoor ik zeker niet bij.'

Hannelore probeerde onschuldig te glimlachen maar zelfs een blinde had gemerkt dat ze zich probeerde te verontschuldigen. Zelfs Van In wist niet dat ze af en toe...

'Natuurlijk niet', lachte Vanderpaele. 'De meeste vrouwen gaan veel geraffineerder te werk.'

Het net was dichtgeklapt, de buit binnen. De enige vraag die Vanderpaele zich nu stelde, was hoever hij vandaag nog kon gaan. Als hij te hard van stapel liep, zou ze wellicht afhaken. Aan de andere kant zou ze misschien ontgoocheld zijn als hij haar vandaag niet pakte. Wie weet wat ze miste. Zij en die halvegare commissaris waren al bijna tien jaar samen. Hoeveel keer deden ze het nog per maand? Een keer? Twee keer? Hij had haar daarover proberen uit te horen, maar tot nu toe had ze nog niets losgelaten.

'Soms kan een goedgeschreven boek wonderen doen', zei hij. 'Heb je dat soms ook dat je opgewonden raakt van een passage waar eigenlijk de dingen alleen gesuggereerd worden?'

De haartjes op Hannelores armen kwamen overeind, gevolgd door een aangename tinteling die zich even tussen haar schouders nestelde om drie seconden later zachtjes uit te sterven in haar lenden.

'Dat overkomt me wel af en toe', zei ze.

De achterkamer van café De Zes Billetjes was ruim en knus. Op de schoorsteenmantel hing een ingelijste foto van de echte zes billetjes. Een van hen leek zelfs een beetje op de huidige uitbaatster.

'Kan ik jullie iets te drinken aanbieden?'

Op een antieke ladekast stonden een tiental flessen sterkedrank en een dienblad met glazen.

'Nee, dank u', zei Van In.

Versavel schrok zich rot. Wat moest hij doen? Zichzelf knijpen om er zeker van te zijn dat hij niet droomde?

'Een kopje koffie dan?'

De waardin van De Zes Billetjes wees naar het Senseo-apparaat dat op het aanrecht stond, alsof ze duidelijk wilde maken dat het om een lekker kopje ging. Ze was nog slank voor haar leeftijd en ze had gespierde kuiten. Het was alleen jammer dat haar hals en de bovenkant van haar borsten gerimpeld waren door te vaak te zonnebanken. En haar rokje was te kort voor een vrouw van haar leeftijd.

'Graag', zei Van In.

Hij werd betaald om mensen te observeren, maar de ervaring had hem geleerd dat de eerste indruk die je van iemand opdeed niet altijd klopte met de werkelijkheid. Uit haar uiterlijk en taalgebruik viel af te leiden dat de waardin uit een volks milieu afkomstig was en dat ze waarschijnlijk haar hele volwassen leven niets anders had gedaan dan pilsjes tappen. De twee boeken op de vensterbank – ze lagen met hun rug naar hem toegekeerd zodat hij de titel en de naam van de auteur kon lezen – pasten echter niet bij het beeld dat hij zich van haar had gevormd. *De slinger van Foucault* van Eco en *De Ontdekking van de Hemel* van Mulisch waren nu niet bepaald boeken die je in de achterkamer van een volkscafé verwachtte aan te treffen.

'Er is toch niets met Merel gebeurd?' zei de waardin terwijl ze het reservoir van het koffieapparaat onder de kraan bijvulde.

Van In krabde achter zijn linkeroor. Ze kon nog niet weten dat Merel dood was. In de krant stond vanochtend dat er op het strand van Blankenberge een niet geïdentificeerd lijk was aangetroffen.

'Hebt u vandaag de krant al gelezen?'

De waardin draaide zich met een ruk om.

'Toch niet...'

Ze keek Van In verbijsterd aan.

'Ik vrees van wel.'

Mensen schrikken meestal hevig als ze vernemen dat een kennis dood is. Van In wist niet welke relatie de waardin met Merel had, maar aan haar reactie te merken had het nieuws haar diep geschokt. Ze legde een hand op het aanrecht en bracht de andere naar haar voorhoofd. Even dacht Van In dat ze flauw zou vallen. Versavel dacht net hetzelfde, maar hij sprong van zijn stoel en pakte de waardin bij de arm, terwijl Van In rustig bleef zitten

'Gaat het, mevrouw?'

Ze zette een wankele stap naar de tafel. Versavel ondersteunde haar. Van In kwam nu eindelijk ook in actie. Hij stond op en pakte haar bij haar andere arm.

'Ik dacht dat Merel nog in het ziekenhuis lag. Ze zou haar borsten laten doen.'

Van In schudde zijn hoofd en hielp haar op een stoel. De vrouw besefte nog niet goed wat er gebeurd was. De klap zou pas later komen. Daarom was het beter haar zonder uitstel te verhoren.

'Werkte Merel hier al lang?'

'Een paar maanden.'

'Kende je haar goed?'

De waardin knikte. Hoe lang zou ze haar tranen nog

kunnen bedwingen? Merel was als een dochter voor haar geworden. En nu was ze dood. Vermoord.

'Ze heeft me vorig jaar haar cursussen verkocht.'

Van In trok zijn oogleden op en hij wierp Versavel een vragende blik toe.

'Cursussen?'

De waardin schudde haar hoofd en vertelde dat zij zich vorig academiejaar als vrije leerling had laten inschrijven aan de Gentse universiteit om er Germaanse filologie te studeren. Mensen doen tegenwoordig de vreemdste dingen, maar een uitbaatster van een volkscafé die op oudere leeftijd nog een universitair diploma wil behalen is toch geen alledaagse gebeurtenis. Van In stak een sigaret op en luisterde verder terwijl Versavel voor iedereen koffie zette. Monique Vanhoorebeke, zo heette de waardin van De Zes Billetjes, had Merel leren kennen in de bibliotheek. Ze waren aan de praat geraakt en na een tijdje ook vriendinnen geworden omdat ze allebei dezelfde passie voor boeken deelden. Van In vroeg zich niet af wat Monique Vanhoorebeke bezielde dat ze haar tapkast wilde ruilen voor vuistdikke cursussen, hij probeerde zo snel mogelijk zoveel mogelijk informatie te verzamelen over Merel.

'Had ze een vriend?'

'Nee, maar ze wilde er wel een. Waarom dacht u anders dat ze haar borsten wilde laten corrigeren?'

De koffie was ondertussen klaar. Versavel reikte haar een kopje aan, dat ze gretig aannam.

'Merel zat daardoor een beetje in het slop. Ze had de operatie maanden geleden vastgelegd, lang voor ze ontslagen werd.'

'Ontslagen?'

Monique Vanhoorebeke nipte van haar koffie, die nog veel te heet was. Was het wel verstandig van haar om zoveel over Merel los te laten aan de politie? Wie weet kwam daar narigheid van.

De ex-werkgever van Merel verkeerde in verdachte milieus en ze had dingen over hem gehoord die ze liever wilde vergeten.

'Ik weet niet of ze echt ontslagen is. Ze werkt er in ieder geval niet meer.'

'Kunt u alstublieft een beetje specifieker zijn, mevrouw Vanhoorebeke, en me zeggen waar Merel werkte?'

'Merel werkte bij E&O.'

'E&O ziekenvervoer?'

'Ja die.'

De deur van de achterkamer ging open. Claire, de barmeid, stak haar hoofd naar binnen en schreeuwde in het platste Brugs dat ze de drukte niet meer aankon.

'En Berten ku wère nie van mun tetten blûven', voegde ze er nog aan toe.

Van In kon een glimlach niet onderdrukken. Bepaalde vrouwen schaamden zich tegenwoordig nergens nog voor.

Het West-Vlaamse filiaal van E&O bevond zich op het industrieterrein De Blauwe Toren. Het moderne trapeziumvormige gebouw had één verdieping. De benedenverdieping bood plaats aan ongeveer twintig ziekenwagens. Op de bovenste waren kantoren en een ruimte waar ziekenbroeders en chauffeurs werden opgeleid en/of bijgeschoold. E&O bestond al meer dan dertig jaar. De naam was een begrip in Vlaanderen. De manier waarop Evarist Oreels het bedrijf leidde, was bijzonder efficiënt. Hij was de baas en hij duldde geen enkele tegenspraak.

'Er zijn mensen die zeggen dat Oreels miljardair is', zei Versavel toen ze uitstapten. 'En dat allemaal met ziekenvervoer. Je moet er maar opkomen.'

'Oreels is geboren in het Kortrijkse, Guido. Daar maken ze van alles geld.'

Ze liepen naar de hoofdingang. Binnen wees een bordje hun verder de weg. Boven aan de trap liepen ze een jonge kerel tegen het lijf die hen naar het bureau van de directeur bracht, die Knop heette. Zo stond het toch op de deur. Meneer Knop bleek een strenge man met kort grijs haar, felle blinkende ogen en kleine piekfijn verzorgde handen. Van In had gezworen dat hij kunstnagels had.

'Ga zitten, heren. En waarmee kan ik u van dienst zijn?'

Hij wees Van In en Versavel twee stoelen aan en ging toen zelf aan zijn bureau zitten. Boven zijn hoofd hing een ingelijste foto van de koning die iemand de hand drukte. Het leed bijna geen twijfel dat die iemand Evarist Oreels zelf was.

'We komen in verband met een voormalige medewerkster', zei Van In. 'Ik vroeg me af of u iets meer over haar kon vertellen.'

Meneer Knop was bijzonder behulpzaam. Hij liet een medewerker het dossier van Merel brengen en bladerde het door tot hij vond wat hij zocht: het evaluatieverslag op basis waarvan Merel ontslag had gekregen. Hij haalde het uit de map en gaf het aan Van In.

'Merel kwam vaak te laat op het werk en als ik haar daarover aansprak, kreeg ik meestal de wind van voren. Als u begrijpt wat ik bedoel.'

Van In las het verslag vluchtig door. Er stond inderdaad dat Merel op 11 januari tien minuten te laat op de werkvloer was verschenen, met als excuus dat ze door een auto was aangereden en gevallen was. Haar chef had haar daarvoor op de vingers getikt en toen had ze iets lelijks teruggezegd.

'Orde moet er natuurlijk zijn', zei Van In.

Hij zei het met een uitgestreken gezicht, maar in zijn binnenste kookte hij van woede.

'Dat vind ik ook', zei meneer Knop

'Ik ook', knikte Van In. 'Parasieten verdienen het uitgeroeid te worden.'

'Wat bedoelt daarmee?'

Versavel voelde nattigheid. Van In had een hekel aan werkgevers die hun medewerkers louter als productie-eenheden beschouwden.

'Dat E&O een klotebedrijf is.'

Meneer Knop draaide zijn hoofd een paar keer mechanisch heen en weer terwijl zijn ogen Van In ongelovig aanstaarden. Sommige medewerkers hadden geen al te beste opvoeding genoten en nooit de kans gekregen verder te studeren, maar de man die voor hem zat vertegenwoordigde de wet en hij was commissaris, een functie waarvoor toch een zekere educatie vereist was.

'Heb ik u goed verstaan?'

'Dat hebt u zeer zeker, meneer Knop. En zeg maar tegen Oreels daar', Van In stond op en wees naar de foto aan de muur, 'dat ik het gezegd heb. Kom, Guido. We zijn weg. Niets stinkt erger dan fascistenzweet.'

'Heb je niet een beetje overdreven?'

Versavel startte de Golf en deed zijn veiligheidsgordel om. Van In haalde zijn schouders op en stak een sigaret op. Vroeger, toen katholieke organisaties nog het monopolie bezaten op liefdadigheid, had hij zich doodgeërgerd aan het feit dat mensen soms bepaalde voorwaarden kregen opgelegd wilden ze geholpen worden, maar tegenwoordig was het nog erger geworden. Alleen geld telde nog.

'Ons bezoek heeft in ieder geval niet veel opgeleverd.'

'Tja', zuchtte Versavel. 'Als je mensen op die manier aanpakt, moet je van hen niet verwachten dat ze spontaan meewerken.'

Van In blies de rook voor zich uit. Als Merel verkracht was geweest, had hij kunnen aannemen dat het om een lustmoord ging. Of om een roofmoord als de moordenaar geld of waardevolle spullen had meegenomen. Maar dat was niet zo. En aangezien ze geen partner had, ging het ook niet om een passionele moord. Hij vond gewoonweg geen motief dat kon verklaren waarom ze was vermoord. En dat vond hij bijzonder frustrerend.

'Misschien is ze een spook uit het verleden tegen het lijf gelopen.'

'Is het weer zover, ja?'

Versavel wierp een zijdelingse blik op zijn vriend, die ineengezakt naast hem zat en die de laatste tijd behoorlijk depressief kon worden als hij niet meteen een oplossing vond voor een probleem. Meestal liep hij dan de rest van de dag nukkig rond of hij begon over politiek te zeuren, een onderwerp dat hij anders vermeed.

'Wist je dat burgemeester Moens zich geen kandidaat meer zal stellen voor de verkiezingen van volgend jaar?'

'Nee, dat wist ik niet', zei Versavel.

Maar hij vroeg niet hoe Van In dat wist en ook niet waarom de burgemeester zich geen kandidaat meer zou stellen bij de komende verkiezingen.

'Naar verluidt heeft hij een appartement gekocht aan de kust.'

Versavel beperkte zich tot een instemmend gegrom hoewel hij wist dat Van In zou blijven doorbomen over burgemeester Moens als hij er niet in slaagde het gesprek over een andere boeg te gooien.

'En ik vind dat jouw conditie de laatste weken spectaculair verbeterd is.'

Hij had het onderwerp al een paar keer aangesneden maar Van In had hem telkens met een kluitje in het riet gestuurd. Of hij deed er het zwijgen toe.

'Ik doe mijn best.'

'Waarom eigenlijk?'

'Dat gaat je geen moer aan.'

'Toe, Pieter.'

'Ik vraag me af of Bruynooghe en Carine al iets meer aan de weet zijn gekomen.'

Van In duwde de sigarettenpeuk uit in de overvolle asbak en verbrandde daarbij bijna zijn vingertoppen. Het zou minstens nog een paar maanden duren voor hij Hannelore en Guido kon vertellen waarom hij zich ging afsloven in een gymzaal, een activiteit die hij uit de grond van zijn hart verfoeide.

Er dreef een lekkere geur van koffie in kamer 204. Van In keek argwanend om zich heen. Behalve Carine was er niemand.

'Waar is Bruynooghe?'

'Die is broodjes halen', zei Carine.

Ze droeg een spijkerbroek met lage taille. Haar ondergoed kwam er zo bovenuit en als ze zich vooroverboog, zag je welk soort slipje ze droeg. Vandaag had ze een blauwe string aan (een reetveter volgens het woordenboek van Bruynooghe).

'Gaan jullie overuren maken?'

Hij keek op de klok boven de deur. Het was bijna halfzes.

'Wie weet?' glimlachte Carine geheimzinnig.

Ze draaide zich om en ging achter hem staan. Hij voelde haar adem in zijn nek en haar lichaamswarmte door zijn hemd. Ze probeerde hem al jaren te versieren hoewel ze bijna zeker wist dat hij nooit voor haar zou vallen. Hij liet zelfs niet merken dat hij ervan genoot.

'Iets ontdekt?'

Ze bleef achter hem staan, maar hij draaide zich niet om.

'Meneer Blontrock zat er blijkbaar niet zo warmpjes bij als de uiterlijke tekenen van zijn rijkdom doen vermoeden. Volgens de bank heeft hij vorig jaar een nieuwe hypotheek genomen op zijn huis en van de aandelenportefeuille die hij gedurende twintig jaar aanlegde, blijft nog bitter weinig over. Op papier is hij failliet.'

'Je vergeet één ding, Carine. Zijn inboedel is een fortuin waard.'

'De inboedel dient als onderpand voor een lening die Blontrock onlangs heeft afgesloten.'

Carine kwam nog dichter bij hem staan. Van In voelde haar borsten in zijn rug priemen. Hij zette een stap vooruit en draaide zich om

'Hebben ze je dat zomaar verteld bij de bank?'

'Op het uitdrukkelijke verzoek van mevrouw Blontrock.'

'Jullie zijn dus eerst bij haar langs geweest?'

Carine knikte en schuifelde ondertussen een paar centimeter dichterbij.

'Eerst wilde ze er niet over praten. Ik moest beloven dat ik de gegevens niet zou opnemen in het proces-verbaal.'

'Dat is niet erg verstandig van je, maar...'

'Je denkt toch niet dat ik me daaraan zal houden, maar ik hoef jou toch niet te vertellen dat ik uiteindelijk krijg wat ik wil, ongeacht de prijs die ik ervoor moet betalen.'

Ze kwam weer een beetje dichterbij. Van In wierp een wanhopige blik om zich heen. Versavel was naar het toilet en Bruynooghe bleef maar weg.

'Ik heb eigenlijk wel trek in een kop koffie. Wil jij...'

'Tuurlijk.'

Nog geen drie minuten later was ze terug met twee kopjes geurige koffie. Ze glimlachte toen Van In haar verbaasd aankeek. Iedereen wist dat ze geen koffie kon zetten.

'Senseo', zei ze. 'Ik heb zo'n ding gekregen voor mijn verjaardag. Dus dacht ik dat jullie het zouden appreciëren dat ik er hier eentje zette.'

Het was de eerste keer dat Van In haar verjaardag was vergeten en hij wist hoeveel belang ze daaraan hechtte. Hij kon maar één ding doen om die fout recht te zetten. Hij pakte haar vast bij de schouders en gaf haar drie klinkende zoenen.

'Sorry dat ik je verjaardag vergeten ben.'

'Heb ik iets gemist?'

Van In hoefde zich niet omdraaien om te weten wie dat vroeg.

'Het is niet wat je denkt, Guido.'

Versavel haalde zijn schouders op en liep naar zijn bureau.

'Natuurlijk niet', gromde hij.

'Je hebt het ding dan toch gekocht', zei Van In.

John tuitte zijn lippen en knikte vastberaden.

'Jij hebt al een boel klanten aangebracht, Pieter.'

'Een boel is veel gezegd.'

'Elf van hen hebben een jaarabonnement genomen', zei John. 'Dat schuift lekker.'

Zijn gespierde, met olie ingewreven schouders en armen glansden in het licht van de buislampen van de gymzaal. Bijna alle toestellen waren in gebruik. Een meisje van een jaar of twintig – ze had een beeldig snoetje en lang bruin haar in een knot – trainde haar arm- en rugspieren aan een vreemdsoortige machine. Haar T-shirt was kletsnat tussen haar borsten en dat was op zich een fraai gezicht.

'Het is je gegund, John.'

Hij had John drie jaar geleden leren kennen tijdens een bezoek aan een gesloten afdeling van een psychiatrische instelling. Het mocht een wonder heten dat hij daar van de drugs af was geraakt en dat hij zich daarna op een vrij spectaculaire manier weer had geïntegreerd in de maatschappij. Toen hij de gymzaal opende, had Van In al zijn retorische gaven gebruikt om collega's en kennissen ervan te overtuigen meer beweging te nemen en hij had ze allemaal naar John's Gym gestuurd.

'Je mag hem inwijden, Pieter. En je krijgt daarbovenop nog tien beurten gratis.'

'Je gaat me toch niet wijsmaken dat een mens meer spieren krijgt door op zo'n ding te gaan staan.'

In welke wereld leefden we dat we ons niet langer hoefden af te sloven om onze conditie te verbeteren of op peil te houden? De trilplaat die John zich had aangeschaft, loste dat probleem in een handomdraai op. Je moest er alleen op gaan staan en een bepaalde houding aannemen. De trillingen die de plaat produceerde, versterkten de spieren die correspondeerden met de houding die je aannam.

'Probeer het en je zult merken dat het helpt', zei John.

Van In keek naar het meisje dat onvermoeid doorging met de zware training. Haar T-shirt werd steeds natter.

'Vooruit dan maar.'

Hij stapte op de plaat. De eerste trillingen bezorgden hem bijna een erectie.

Versavel zocht haastig dekking achter een geparkeerde auto toen Van In de gymzaal om een uur of acht uit kwam. Hij voelde zich schuldig omdat hij hem tot hier was gevolgd, maar dat gevoel verdween toen zijn vriend niet in de richting van de Vette Vispoort ging maar naar de Markt liep, waar hij een taxi nam. Versavel aarzelde niet. Hij noteerde de nummerplaat en belde de centrale.

6

'Pak hem vanavond maar bij zijn pietje', zei Devilder tegen de croupier die op het punt stond zijn collega af te lossen aan de tafel waar Van In speelde.

'Krijgt hij krediet?'

Officieel mag het casino geen krediet toestaan, maar een goede klant krijgt wat hij wil. Devilder aarzelde. Hij had de opdracht gekregen Van In te winnen voor het roulettespel en ervoor te zorgen dat hij terugkwam naar het casino. Hij was daarin geslaagd en het had het casino tot nu toe niets gekost, want Van In was de winst aan het verspelen die hij gisteren had gemaakt.

'Geef hem vijfduizend euro.'

De croupier knikte.

'Ga nu maar', zei Devilder.

Vijfduizend euro was een peulenschil voor een doorgewinterde speler, maar veel geld voor een commissaris. Ruim voldoende om hem in zijn macht te krijgen. Devilder stak een sigaar op en overzag de speelzaal als een generaal die zijn troepen inspecteerde. Een ober die een eindje verderop stond te lanterfanten, kreeg meteen de volle laag.

'Als ik je nog één keer betrap, mag je inpakken. Is dat begrepen?'

De ober verbleekte en perste zijn lippen op elkaar. Devilder genoot de reputatie streng en meedogenloos te zijn.

Een knappe meid kon een ontslag ongedaan maken door hem ter wille te zijn. Hij maakte geen enkele kans.

'Het zal niet meer gebeuren, meneer.'

'Vooruit dan', snauwde Devilder. 'Breng een fles champagne en twee glazen naar tafel zestien. Van het goeie spul. Begrepen?'

Devilder vond dat hij een beloning verdiende. Hij liep naar tafel zestien en begroette de vrouw die er zat met een zedige handkus. Ze glimlachte en vroeg of hij erbij wilde komen zitten.

'Heeft Riesten je weer alleen gelaten?'

Devilder was er behoorlijk trots op dat hij Evarist Oreels met 'Riesten' mocht aanspreken. Het was een voorrecht dat alleen vrienden en intimi hadden. Hij hoorde bij de laatste categorie. Het verschil met de anderen was dat hij niet alleen intiem was met Evarist maar ook met Sabine, diens vrouw die twintig jaar jonger was.

'Je kent zijn passie.'

Aan de uitdrukking op haar gezicht kon je niet merken of ze daar blij om was of dat ze het betreurde dat haar man meer aandacht besteedde aan de roulette dan aan haar. Het kon haar allang niet meer schelen hoeveel hij verspeelde. Er stond voldoende geld op haar naam om comfortabel van te leven mocht hij zich ooit failliet spelen.

'En jij kent die van mij', zei Devilder.

Evarist Oreels raakte zijn vrouw zelden nog aan. Het spel had hem impotent gemaakt, maar dat vond hij niet erg, net zoals hij het niet erg vond dat Devilder die taak op zich nam.

'Slapen we in de villa of boek ik snel nog een kamer in The Beach Palace?'

'Doe maar The Beach Palace', zei Sabine. 'Hoor ik tenminste nog de zee.'

Ze had best zin in een nachtje wilde seks met Devilder.

Hij was wel niet de meest charmante minnaar maar hij wist verdomd goed hoe hij een vrouw bijna eindeloos kon laten genieten. Ze kende geen enkel hulpmiddel dat het kon opnemen tegen zijn tong.

Van In zette zijn laatste fiches in op *26 en de buren*. Nog geen minuut later was hij alles kwijt. Wat jammer. Hij tastte in zijn broekzak. Er zat alleen nog wat kleingeld in. De bankbiljetten en de munten van een en twee euro had hij al verkwanseld.

'Kunt u even meneer Devilder voor me roepen?'

Van In keek op en wees met zijn hoofd in de richting van de tafel waar Devilder zat. Behalve de vrouw die er al meer dan een uur zat, was er ook nog een oudere man bij komen zitten die hij vaag meende te herkennen.

'Meneer Devilder wil voorlopig niet gestoord worden', zei de croupier. 'Misschien kan ik u helpen?'

Het oponthoud maakte de andere spelers zenuwachtig. Een schonkige vrouw met armen als hammen duwde Van In opzij.

'Zonder geld kun je niet spelen, maat.'

'En de man die met jou naar bed wil, moet behoorlijk geschift zijn', repliceerde Van In bits.

'Wat zeg je, maat?'

De vrouw kwam wijdbeens voor hem staan. De vetkwabben onder haar armen trilden als pudding. Spelen om geld maakt mensen agressief. Het scheelde geen haar of Van In verkocht de dikke mevrouw een klap voor haar gezicht. Zijn vuisten jeukten maar hij slaagde erin zich te beheersen. En hij hield daarbij geen rekening met Hannelore of de kinderen en nog minder met zijn functie, het argument dat hem ervan weerhield de dikke vrouw een dreun te verkopen was dat mensen van de veiligheid hem buiten zouden zetten. En daardoor zou hij niet meer kunnen spelen. Hij forceerde een glimlach.

'Mijn zin was nog niet af, mevrouw. Ik zei dat de man die met jou naar bed wil behoorlijk geschift moet zijn. Anders had hij allang de kleren van je lichaam gescheurd.'

De spelers lachten. De dikke vrouw keek Van In met grote ogen aan. Kreeg ze nu een compliment of beledigde hij haar? Het kon haar geen mallemoer meer schelen. Ze wilde spelen. En daarmee uit.

'Geef hem krediet of stuur hem weg, Jacques', zei ze tegen de croupier. 'Maar laat ons in godsnaam verder spelen.'

'Hij krijgt krediet', zei de croupier. 'Hoeveel had u gewild, meneer Van In?'

Van In krabde achter zijn oor. Aan de andere kant van de zaal drukte Devilder de oude man die bij hem stond de hand. De vrouw, die ondertussen ook was opgestaan, gaf hem een zoen op de wang. Evarist Oreels. De man die afscheid nam van Devilder, was Evarist Oreels. Van In herkende hem van de foto in het kantoor van meneer Knop.

Het werd Van In zwart voor de ogen toen hij zich liet neerploffen op zijn bureaustoel. Hij was doodmoe. Zijn kuitspieren deden pijn van het stappen. Hij had er meer dan vier uur over gedaan om van het casino naar het politiebureau te lopen. Naar huis gaan durfde hij niet. Versavel bellen evenmin. Het waas voor zijn ogen werd lichter. Hij wachtte even tot het helemaal helder werd en probeerde overeind te komen door met beide handen op het blad van zijn bureau te steunen. Het kostte enige moeite maar het lukte. Hij zette enkele stappen in de richting van het keukentje waar de koelkast stond, maar halverwege de kamer moest hij even blijven staan omdat het weer helemaal donker dreigde te worden in zijn hoofd. De gedachte dat hij vijfduizend euro van hun spaargeld had verspeeld, maakte hem misselijk. Hannelore zou het hem nooit vergeven. En ze had groot gelijk. Het geld was bestemd om de keuken te renoveren en daar wachtte ze nu al bijna acht jaar op. Verdomme, verdomme. Hij strompelde het keukentje in en trok de deur van de koelkast open. Er lag een oude, verdroogde plak cake in en een stukje kaas dat in vetvrij papier was gewikkeld. Er stonden ook twee Duvels in de deur. Hij verslond de cake en de kaas die nochtans al een beetje beschimmeld was van het liggen en spoelde alles door met Duvel.

Het duurde een tijdje voor Van In reageerde op de hand die hem door elkaar schudde. Hij trok zijn ogen open toen hij haar parfum rook.

'Wat heb je nu weer uitgespookt?'

Carine boog zich voorover, pakte hem vast bij zijn kin en duwde zijn hoofd naar achteren. Hij hoorde zijn nekwervels kraken en kreunde. Ze zei in stilte een dankgebed. Als mevrouw de onderzoeksrechter hem vannacht buiten had gezet, maakte ze weer een kans. Een blik op zijn schoenen, die onder het slijk zaten, was voldoende om te weten dat die these niet klopte.

'Wil je koffie voor me zetten?'

Van In keek haar aan met de blik van een golden retriever waardoor zij zin kreeg om bij hem op schoot te gaan zitten en hem te knuffelen.

'Natuurlijk wil ik koffie voor je zetten.'

'Ik ben blij dat je vannacht bij me gebleven bent, Guido.'

Hannelore stond achter Versavel, die op een stoel zat. Ze sloeg haar armen om hem heen en gaf hem een zoen. Ze had even gedacht dat Van In een andere vrouw had leren kennen in de gymzaal, maar dat vermoeden bleek gelukkig niet te kloppen. Dat hij gokte, vond ze in ieder geval minder erg.

'En ik vind het vreemd dat hij niet is komen opdagen', zei Versavel.

Hij legde zijn hand op die van haar. Hij had net het omgekeerde gedacht en eerder verwacht dat Van In een scheve schaats reed dan dat hij gokte. Gokken paste niet bij zijn karakter, maar de man van het taxibedrijf dat hij gisteren had gebeld was zeker: de chauffeur had Van In afgezet voor het casino van Blankenberge.

'Misschien is hij op kantoor.'

'Zal ik even bellen?'

Hannelore wilde ja knikken omdat ze doodongerust was en ze wilde weten waar hij uithing, maar ze zei nee omdat ze hem niet de indruk wilde geven dat hij onmisbaar was.

'Bel me liever van op kantoor als hij er is', zei ze. 'En zorg ervoor dat hij je niet hoort.'

'Doe ik.'

Versavel nam een slokje koffie. Het was weliswaar Hannelore die hem gevraagd had Van In te volgen en hij had het gedaan om haar gerust te stellen, maar eigenlijk was het niet erg netjes je beste vriend te schaduwen en te bespioneren. Hij had het zeker ook niet fijn gevonden dat Van In het bij hem deed. Hannelore leek zijn gedachten te raden.

'Ik weet dat ik je in een lastig parket heb gebracht, Guido, maar geloof me: je hebt ons allebei een dienst bewezen. Ik heb Van In de laatste tijd een beetje verwaarloosd en je kent hem. Hij voelt zich gauw verwaarloosd.'

Ze hadden sinds kort minder seks dan vroeger en het ging van kwaad naar erger. Vroeger als zij geen aanstalten maakte om te vrijen, deed hij het wel. Maar het was nu al twee dagen geleden dat ze het nog hadden gedaan en dat was voorheen nooit gebeurd.

'Beloof me dat je het hem niet vertelt', vroeg Hannelore nadat ze haar hart had gelucht. 'Je kent Van In. Hij zou razend zijn als hij het wist.'

Versavel glimlachte triest.

'Wees maar gerust, Hanne.'

Hij stak zijn hand uit naar het broodmandje, pakte een croissant en sneed hem open. Eigenlijk had hij niet veel honger, maar hij moest iets eten. Met een lege maag hield hij het niet uit tot vanmiddag. Hij dacht aan Van In terwijl hij een stukje van de croissant afbeet. Een gokker gaf alles op voor een spelletje, zelfs vrouw en kinderen. Hij mocht er niet aan denken dat het bij Van In ooit zover zou komen.

Nathan Six sloeg de krant open op de beurspagina en bekeek de fondsen waarin hij geïnvesteerd had. De meeste brachten goed geld op en dat deed hem fijntjes glimlachen. De spelers hadden bijna driehonderdduizend euro ingezet op het meisje en van dat bedrag streek hij een aardig percentage op. Hij vroeg zich af hoe hij het geld dit keer zou beleggen. Een ober bracht hem een kop koffie met een dubbele portie slagroom. Nathan Six betaalde hem tot op de cent met kleingeld. Geld was hem dierbaar en hij was eraan verslaafd. Hij kon uren doorbrengen met het becijferen van de groei van zijn vermogen. Hij wilde precies weten hoeveel er iedere dag bij kwam. Over twee dagen werd er weer gespeeld en volgens Willy Gevers nam de interesse voor het spel almaar toe. Het volgende slachtoffer was een oudere heer die het grootste deel van zijn tijd doorbracht met het sorteren en bekijken van zijn collectie munten. Zijn topstuk, een Antwerpse gouden ducaton, was meer dan vijfentwintig duizend euro waard. Nathan Six overwoog of hij de munt zou meenemen als hij het karwei had afgemaakt. De kans was groot dat de politie het nooit zou merken, maar mocht hij een dergelijk risico wel nemen voor een stom geldstuk? Hij pakte het schoteltje met de slagroom en deed er een flinke schep van in zijn koffie. Hij had het meegemaakt dat hij zich geen koffie kon permitteren, laat staan slagroom, maar die tijd was gelukkig voorbij. Hij had een dak boven zijn hoofd en hij sliep in een groot bed. De gedachte dat hij de nacht weer op straat zou moeten doorbrengen, bezorgde hem een benauwd gevoel. Nee, hij zou de nacht nooit meer op straat doorbrengen. Zoveel was zeker. En niemand zou hem nog afranselen zoals zijn vader dat vroeger deed als hij gedronken had. Nathan Six had een ellendige jeugd achter de rug en in normale omstandigheden was hij in de gevangenis beland of de rest van zijn leven zwerver gebleven. Het was bijna een mirakel dat hij de Spelmeester tegen het lijf was gelopen. Alleen de ziekte baarde hem zorgen, maar wie weet kwam er ook een oplossing voor dat probleem. Hij pakte een sigaar uit het kistje dat voor hem stond, stak ze op en blies de rook voor zich uit. Aan longkanker zou hij in ieder geval niet doodgaan.

'Hannelore is doodongerust, Pieter. Waarom bel je haar in godsnaam niet?'

Het bleef stil in kamer 204. Toen Versavel een halfuur geleden was binnengekomen, had hij Carine weggestuurd en haar gezegd dat ze onder geen beding gestoord wilden worden. Daarna had hij alles eerlijk opgebiecht. Van In was niet boos geworden. Integendeel. Hij had een paar keer goedkeurend geknikt terwijl Versavel hem de mantel uitveegde.

'Ik durf niet', zei Van In.

'Ze zal je niet opeten, Pieter.'

Van In zag er verschrikkelijk uit. Zijn ogen waren rood, zijn hoofd was gezwollen en er hing een vies luchtje in zijn kleren. Wat bleef er nog over van de man die hij zo bewonderde?

'Ze zal het me nooit vergeven dat ik een deel van onze spaarcenten vergokt heb.'

Berouw komt na de zonde. Junkies en gokkers maakten de mooiste beloften als ze aan de grond zaten. Versavel was zich ervan bewust dat het geen zin had Van In het geld voor te schieten maar hij stelde het toch voor.

'Ik vind het ongelooflijk edelmoedig van je dat je me het geld wilt voorschieten, Guido, en ik schaam me bijna dood dat ik overwogen heb om het te accepteren. Ik kan het niet. Dat begrijp je toch?'

'Doe het dan voor Hannelore.'

Versavel sloeg een strenge toon aan. Het haalde niets uit. Van In zat er nog steeds bij als een geslagen hond.

'Denk toch aan de kinderen.'

Van In keek heel even op. In zijn ooghoek blonk een traan. Zijn schouders schokten en voor Versavel nog iets kon zeggen, begon hij te huilen als een kind. Gelukkig liep er niemand door de gang die hem kon horen.

'Laat je maar gaan, Pieter.'

Versavel kreeg er zelf een prop van in zijn keel. Wat moest hij doen? Zijn vriend vastpakken en hem eens goed knuffelen? Wat was er toch mis met hem? Hij klaagde de laatste tijd niet meer over zijn gezondheid, dus dat kon het niet zijn. Werd het werk hem te veel en stond hij daardoor op de rand van een depressie? Er moest toch een oorzaak zijn voor de stommiteiten die hij uithaalde.

'Komaan kerel.'

Versavel ging naast Van In zitten en sloeg zijn arm om zijn schouder. Het gevolg was dat hij nog heviger begon te snotteren. Het was een vreemd gezicht. Versavel had een uniform aan en Van In zag eruit als een boef. Een foto van het tafereel had uitstekend gepast in de rekruteringscampagne die de federale politie voerde onder het motto: De politie, uw vriend.

Het duurde nog een paar minuten voor Versavel erin slaagde Van In te troosten. Toen het ergste voorbij was, liep hij naar de archiefkast en pakte de fles jenever die hij daar voor noodgevallen bewaarde.

'Rook rustig een sigaret en drink een paar borrels. Daarna gaan we douchen, schone kleren aantrekken en gaan we alles bij Hanne opbiechten. Oké?'

Van In keek zijn vriend dankbaar aan en er verscheen een glimlach om zijn lippen.

'Je bent een fijne kerel, Guido, en ik heb veel voor je over. Maar samen douchen. Nee.'

'Mag ik binnenkomen?'

Olivier Vanderpaele stak zijn hoofd naar binnen en lachte breed naar Hannelore, die lusteloos in een dossier zat te bladeren. Ze dacht voortdurend aan Van In. De voorbije twee uren had ze ettelijke keren de mogelijkheid overwogen om bij hem weg te gaan. Wat moest er van de kinderen worden als hij op die manier bleef leven? En van haar? Heel wat mensen uit haar omgeving vonden dat ze beter verdiende en staken dat ook niet onder stoelen of banken. Hield ze eigenlijk nog wel van hem of bleef ze gewoon bij hem omdat ze de stap niet durfde te zetten?

'Hoe gaat het?'

Olivier ging ongevraagd zitten. Zijn heldere ogen keken haar ondeugend aan. De vorige keer was hij er bijna in geslaagd haar te verleiden, het was een kwestie van tijd voor ze de tegenstand opgaf.

'Ik voel me vandaag niet zo goed, Olivier. Daarom zou ik liever hebben dat...'

Hij liet haar niet uitspreken.

'Waarom zou je me wegsturen op een moment dat je hulp kunt gebruiken?'

Het klonk oprecht en Hannelore stond er niet bij stil dat mannen die op de versiertoer zijn geen enkele smoes schuwen. En eigenlijk kon ze best een luisterend oor gebruiken. Dus vertelde ze in een paar woorden wat er aan de hand was.

'Ik denk dat de stress hem te veel is geworden', zei Olivier toen ze uitgepraat was.

Hij probeerde zijn gezicht in een ernstige plooi te houden maar in zijn binnenste barstte een vulkaan uit.

'Dat denk ik ook.'

'Heeft hij vroeger nog gegokt?'

'Niet dat ik weet.'

'Ach zo.'

'Wat bedoel je daarmee?'

'Gokkers zijn geboren leugenaars, Hannelore. Het zou me niet verbazen dat hij vroeger ook al eens...'

'Daar geloof ik niets van.'

Ze reageerde verontwaardigd. Olivier nam onmiddellijk gas terug.

'Dan is er waarschijnlijk nog hoop', zei hij bijna op zalvende toon.

'Zegt meneer de expert.'

Hannelore pakte een balpen en begon ermee te spelen. Ze was wellicht een stap te ver gegaan door Olivier in vertrouwen te nemen. Terwijl ze de balpen tussen haar vingers liet ronddraaien, zocht ze naar een manier om hem op een beleefde manier te laten aanvoelen dat ze zijn hulp niet meer nodig had.

'Ik weet waarover ik praat. Ik heb vroeger nog in een casino gewerkt.'

'In Blankenberge?'

Olivier wierp haar een afkeurende blik toe.

'Nee', zei hij. 'In Knokke.'

De deur ging open zonder dat er iemand had aangebeld. Slechts twee mensen kwamen op die manier Hannelores kantoor binnen: procureur Beekman en Van In.

'Wat kom jij hier doen?'

Van In stond in de deuropening. Hij droeg een pak en in zijn hand hield hij een bos bloemen. De stilte die volgde woog als lood. Hannelore wist niet hoe ze moest reageren. Ze kon hem toch moeilijk om de hals vliegen in aanwezigheid van Olivier na alles wat ze over hem verteld had? Olivier zweeg omdat hij ervan overtuigd was dat hij daarmee zijn voordeel kon halen. Van In was gewoon met stomheid geslagen. Gelukkig was Versavel er ook bij.

'Hallo Hanne. Heb je even tijd voor ons?'

Meneer Marechal woonde in de Westmeers, een rustige straat met allemaal nette huisjes in de buurt van het Zand. Hij stond iedere morgen om zeven uur op, ontbeet met koffie en een sigaar tot acht uur en trok zich daarna terug in een kamertje van vier bij twee dat volgepropt was met houten rekken die tot het plafond reikten. Op elke plank stonden zes lijvige banden met daarin opbergbladen vol met munten. Meneer Marechal zou hier de komende twee uren doorbrengen met het inventariseren van zijn collectie en het raadplegen van tijdschriften en naslagwerken over numismatiek. Daarna ging hij lunchen in een bistro in de buurt waar hij steevast een dagschotel nam, koffie met cognac dronk en een sigaar rookte. Om twee uur maakte hij een wandeling of hij ging een kaartje leggen met vrienden in een café op het Zand. Als hij een wandeling maakte, was hij om drie uur weer thuis, als hij een kaartje ging leggen om zeven uur. Op die dagen ging hij vroeger slapen. Bij het kaarten dronk hij uitsluitend bier van hoge gisting en dat liet zich voelen. Vandaag vertrok hij een halfuur vroeger dan gewoonlijk. Wie had ooit durven dromen dat Virginie hem na al die jaren nog zou komen opzoeken? Zijn handen trilden lichtjes toen hij de voordeur afsloot. Hij kon zich beter haasten. Het was tien minuten lopen naar het station en de trein waarmee ze kwam, arriveerde om 12 uur 16. Het was lang geleden dat hij zich nog zo gelukkig had gevoeld. Zou ze veel veranderd zijn? De foto die hij achtendertig jaar geleden van haar had genomen, zat in zijn portefeuille. Ze was gekreukeld en gebarsten en de kleuren waren verschoten, maar hij was ze blijven koesteren zonder enige hoop haar nog ooit te ontmoeten. En nu was het zover. Bij iedere stap sprong zijn hart op van pure vreugde.

Het was rustig in L'Estaminet. De muziek stond zacht. Najaarslicht viel schuin naar binnen. Van In ging aan een tafeltje bij het raam zitten. Hannelore hing haar jas op en kwam daarna bij hem zitten.

'Ik hoop dat Guido de wagen niet te ver moet parkeren', zei ze.

Een plekje voor je wagen vinden in Brugge is even moeilijk als gedroogde vis eten met mes en vork. Je moet geluk hebben en ook heel handig zijn. Hoewel Versavel met een politiewagen reed, maakte hij er een erezaak van die reglementair te parkeren als hij geen dringende interventie moest doen. Van In en Hannelore die zich met elkaar verzoenden was geen dringende interventie. Eigenlijk hadden ze hem daarvoor niet nodig, maar Hannelore had aangedrongen dat hij meekwam.

'Guido redt zich wel.'

Het bleef stil omdat geen van beiden het aandurfde een echt gesprek aan te vatten. Gelukkig kwam Johan, de kroegbaas, een babbeltje maken. Twee minuten. Toen liet hij hen weer alleen.

'Ik heb er spijt van, Hanne.'

Van In stak een sigaret op, inhaleerde diep en blies de rook naar het bijna zwart gebeitste plafond. Hannelore drukte haar vingertoppen tegen elkaar en richtte haar hoofd op. Ze keek hem secondelang in de ogen voor ze met een zucht reageerde.

'Waarom zou ik je nog geloven?'

Dat hij vijfduizend euro had vergokt, vond ze minder erg dan dat hij had gelogen. Hij had haar evengoed kunnen bedriegen met een andere vrouw. De pijn was net dezelfde.

'Omdat ik het meen.'

Hij reikte over de tafel naar haar hand maar ze reageerde niet. Toen hij zijn hand een ogenblik later terugtrok, had ze er spijt van dat ze niet had toegegeven. Wat moest ze doen? Hem nog een tijdje in het onzekere laten zodat hij verdomd goed besefte dat ze het meende of de rest van de dag niet laten vergallen door haar been stijf te houden?

'Durf je dat ook te beloven?'

Hannelore liet haar handen onder tafel zakken en legde ze plat op haar dijen. Afwachtend.

'Wat moet ik beloven?'

'Dat je nooit meer bij me wegsluipt om te gaan gokken.'

Van In knipperde met zijn ogen. Ze eiste niet dat hij nooit meer zou gokken.

'Oké.'

Hij nam een slok van de Duvel die Johan ondertussen had geserveerd, duwde zijn sigaret uit in de asbak en stak onmiddellijk een nieuwe aan.

'Oké is niet voldoende, Pieter. Je moet het echt beloven.'

'Oké. Ik beloof dat ik nooit meer bij je wegsluip om te gaan gokken.'

'Meen je het?'

Van In ging verzitten en wreef met de palm van zijn hand over zijn stoppelbaard.

'Ik heb het beloofd, Hanne.'

Het klonk een beetje kregelig. Hij deed wat ze vroeg. Waarom trok ze zijn woord nog in twijfel?

'Dat weet ik, maar...'

Ze maakte haar zin niet af. Versavel kwam de gelagzaal binnen. Van In kreeg een berispende blik, Hannelore een zoen.

'Alles kits?'

Versavel ging naast Van In zitten. Hun knieën raakten elkaar. Een verkeerd woord en hij zou duidelijk laten merken dat hij niet akkoord ging.

'Ik denk dat ik vanavond maar eens vroeg ga slapen', zei Van In met een knipoog naar Hannelore.

Het zat hem hoog dat ze met die Vanderpaele omging, maar het was het moment noch de plaats om te beginnen zeuren. Later, als de storm wat geluwd was, zou hij haar daarover wel eens polsen al was het maar om iets meer te weten te komen over het verleden van die kerel. Het kon toch geen toeval zijn dat meester Vanderpaele, die nota bene vroeger zelf croupier was geweest, met Hannelore begon aan te pappen op het ogenblik dat hij moorden onderzocht die misschien iets te maken hadden met het gokmilieu?

'Moet je niet naar de sportzaal?'

'Nee, schat. Ik denk dat ik vanavond een beurt oversla.'

Hannelore keek hem aan met een blik die zijn fantasie op hol deed slaan. Het was een hongerige blik van een roofdier.

'Dan maak ik een lekker stukje wild klaar', zei ze. 'Heb je zin om een hapje mee te eten, Guido?'

Als ze wild klaarmaakte en ze Versavel op bezoek kregen, zou het laat worden. Van een nummertje maken zou niet veel meer terechtkomen. Een slapende poes die zich tegen je aanschurkt voelt best prettig aan, maar daar nam hij vanavond geen genoegen mee. Hij wilde besprongen worden door een roofdier.

'Dat is dan afgesproken', zei Hannelore toen Versavel de uitnodiging met een knikje aanvaardde. 'Hertenkalf of everzwijn?'

'Verdomme.'

'Heb je liever fazant, schat?'

Van In schudde zijn hoofd.

'Er valt me iets te binnen van vannacht.'

Hij vertelde dat hij Evarist Oreels had gezien in het casino en dat diens vrouw een relatie had met Devilder.

'Het zal wel toeval zijn dat Merel Deman nog bij het bedrijf van Oreels gewerkt heeft, maar ik mag geen enkele mogelijkheid uitsluiten. Misschien wist ze wel iets over hem en is ze daarom ontslagen.'

'Wie weet', zei Versavel een beetje verstrooid

Hij verheugde zich al op vanavond. Hannelore kon behoorlijk goed koken. De sausjes die ze bij wild serveerde waren legendarisch.

Illegale casino's bleven alleen bestaan als ze gedoogd werden, dat wist iedereen in het gokmilieu. De vijf speeltafels die in de feestzaal van restaurant De Vetgans stonden opgesteld, zouden niet langer dan een week dienstdoen. Tegen de tijd dat het gerucht dat er in De Vetgans een illegaal casino was ingericht de autoriteiten ter ore kwam, verhuisden de speeltafels naar een andere locatie. Daar zorgde Willy Gevers voor. Hij stond in voor het beheer van het 'mobiele' casino en hij selecteerde kandidaten voor het Spel dat op geregelde tijdstippen werd gespeeld. Vanavond was het weer zover. Op de parking stonden alleen dure wagens.

De meeste aanwezigen waren steenrijk, gokverslaafd en op zoek naar de ultieme kick. Ze speelden niet alleen voor geld maar ook voor een mensenleven. De Spelmeester had het allemaal netjes uitgekiend. Van negen uur tot middernacht werd er gewoon gespeeld en dat leverde behoorlijk veel winst op. Op de inzet stond geen limiet. Om klokslag twaalf uur mocht er alleen nog *en plein* gespeeld worden op een nummer dat Nathan Six vooraf had bepaald. Vorige week toen het Spel voor de eerste keer werd gespeeld, was iedereen dronken toen de kogel op het nummer 15 viel, het huisnummer van Merel Deman. De winnaar, een arrogante kerel die fortuin had gemaakt met de import van goedkope kledij, had even geaarzeld voor hij besliste zijn winst van vierhonderd twintig duizend euro te incasseren, maar hij had het uiteindelijk toch gedaan. Toen was er een siddering door de zaal gegaan en ze hadden een groot decadent feest gebouwd met champagne en meisjes die de spelers op hun wenken bedienden. De spanning in de zaal was nu al te snijden en het was amper tien uur. Willy Gevers pakte een glas champagne van het dienblad van een voorbijlopende ober en ging bij Evarist Oreels staan.

'En? Zie je het zitten vanavond?'

Oreels had vorige week vierentachtigduizend euro verloren, een peulenschil want hij verdiende een veelvoud van dat bedrag per week. Maar zoals elke echte gokker was verlies een stimulans om de volgende keer nog hoger in te zetten.

'Karel loopt nog altijd op wolken', zei Oreels terwijl hij begerig glimlachte.

Karel was de textielbaron die vorige week het Spel had gewonnen.

'Je gaat er dus voor.'

'Reken maar', zei Oreels.

'Eigenlijk doen we net hetzelfde als mensen die naar een Formule 1-wedstrijd gaan kijken', lachte Gevers. 'We hopen dat er een paar auto's crashen en nog liefst dat er een dode valt.'

'Nog een glas wijn, Guido?'
Van In greep naar de fles en schonk bij nog voor Versavel iets had kunnen zeggen. Het was zijn vierde glas en hij werd stilaan dronken omdat hij niet gewend was om alcohol te drinken. Vanavond had hij een uitzondering gemaakt. Ten eerste omdat Hannelore erop had aangedrongen en ten tweede omdat Van In een kist La Segreta in huis had, een Siciliaanse wijn met een ongelooflijk volle smaak.
'Het everzwijn was heerlijk, Hanne.'
Hannelore glimlachte. Ze vond het bijzonder komisch Versavel met een dubbele tong te horen praten.
'Dat heb ik in ieder geval gemerkt.'
Ze had een stuk gebraad van bijna een kilo klaargemaakt. En daar schoot geen vezel meer van over. De saus hadden ze met stukjes brood van de borden gelikt tot ze zo schoon waren dat ze zo weer in de kast konden. Het was een perfecte avond. Van In en Versavel hadden voor een keer ook over andere dingen gepraat dan over het werk.
'Ook nog een glaasje?'
Van In hield de hals van de fles boven het glas.
'Waarom ook niet.'
'Dan neem ik er ook nog eentje', zei Van In.
Hij had al acht glazen op. Een negende kon geen kwaad. Hij zou in ieder geval zalig slapen.
'Wil iemand nog een dessert?'
'Chocolademousse?' vroeg Versavel, die gek was op de chocolademousse die Hannelore maakte.
'Nee, Guido. Ik heb alleen nog framboosjes.'

Van In stommelde de trap op. Het was halftwee. De wijn was op. Hij voelde zich uitgeput en ook een beetje zalig. De roes van lekkere wijn deed hem dromen van een zacht bed en het genot straks zijn schoenen te kunnen uittrekken en languit zijn benen te strekken. Het was een van die momenten waarop hij besefte hoe gelukkig hij was. Zijn wereld was mooi en dat zou minstens tot morgenvroeg duren. In de slaapkamer trok hij eerst zijn hemd uit en pas daarna zijn schoenen. Zijn sokken voelden klam aan. Hij knoopte zijn broek los, ging op de rand van het bed zitten en begon zijn voeten te masseren. Hij hoorde Hannelore beneden de tafel afruimen en wachtte tot het gekletter van borden en glazen ophield. Zou ze nog een sigaret roken of kwam ze onmiddellijk naar boven? Hij ging staan en liet zijn broek op zijn enkels zakken. In de slaapkamer was het enkele graden minder warm dan in de woonkamer. De koelte deed hem goed. Hij ging voor de spiegel staan en trok zijn onderbroek uit. Het was duidelijk dat hij vanavond te veel wijn had gedronken. Hij kroop in bed. Waar bleef Hannelore toch? Het was ondenkbaar dat hij insliep zonder haar te voelen. Hij wilde bij haar liggen en genieten van de warmte van haar lichaam. Al was het maar vijf minuten. Hij strekte zijn benen en trok het dekbed tot onder zijn kin. Hannelore deed het licht uit in de woonkamer. Hij hoorde de trap kraken. Eindelijk.

'Slaap je al?'

'Natuurlijk niet.'

Zij kleedde zich uit in het donker en kwam naast hem liggen.

'Een framboosje?'

Hij deed zijn mond open en ze stopte er een framboosje in. De vermoeidheid gleed van hem af als een stukje chocolade van een smeltend ijsje. Hij voelde haar koele handen over zijn rug glijden en haar adem over zijn gezicht strijken.

'Je bent toch niet moe?'

Ze drukte zich tegen hem aan zodat hij haar helemaal kon voelen. Een signaal in zijn hersenen bracht een chemisch proces op gang dat zijn bloed sneller deed stromen en beelden in zijn hoofd produceerde die zelfs een dode tot leven hadden gewekt.

'Mag ik nog een framboosje, schat?'

Ze reikte naar het doosje dat op het nachttafeltje stond en gaf er hem een. Van In nam het aan en dook ermee onder het dekbed. Ze kreunde zachtjes toen hij het bij haar inbracht. De rest was een en al zaligheid.

7

'Goed geslapen?'

Versavel zag er niet uit. Zijn ogen lagen diep in hun kassen en hij had nog hetzelfde hemd aan als gisteren. Bovendien was hij meer dan een uur te laat.

'Frank heeft me laten uitslapen.'

'Was hij boos?'

Versavel ging zitten en zuchtte. Frank was geheelonthouder. Hij haatte het als Versavel iets dronk ook al gebeurde dat uiterst zelden. Ze hadden slaande ruzie gehad en het had niet veel gescheeld of Frank had de rest van de nacht in de logeerkamer doorgebracht.

'We hebben het bijgelegd.'

Van In schonk twee koppen koffie in. Hij en Hannelore waren pas om een uur of vier in slaap gevallen maar dat was hem niet aan te zien. Hij voelde zich fris en monter.

'De volgende keer drinken we een fles minder.'

Versavel schudde zijn hoofd.

'Nee, Pieter. De volgende keer neem ik koffie als dessert. Of frambozen.'

'Tja', lachte Van In. 'Jammer dat je die niet geproefd hebt. Ze waren bijzonder lekker.'

'Dat kan ik me voorstellen.'

'Nee, Guido. Dat kun je niet.'

Carine kwam binnen. Ze droeg een lange rok en een

strakke trui die ietsje te kort was. Vrouwen laten graag hun mooie kanten zien. Carine vormde geen uitzondering op die regel. Iedere beweging die ze maakte, deed het truitje naar boven kruipen waardoor ze een stukje blote buik of rug te zien kregen. Versavel besteedde er geen aandacht aan. Van In deed alsof hij het niet merkte.

'Bruynooghe heeft zich ziek gemeld', zei Carine. 'Volgens zijn vrouw heeft hij weer last van zijn maag.'

Bruynooghe sukkelde al een paar maanden met zijn maag en darmen en hij had zich al een paar keer laten onderzoeken in het ziekenhuis, maar de dokters konden maar geen diagnose stellen. Van In dacht dat de kwaal veel te maken had met het feit dat de jongste zoon van Bruynooghe zijn vijfde jaar geneeskunde moest overdoen, maar dat onderwerp lag zo gevoelig dat niemand er met hem over wilde praten.

'Hebben we iemand die hem kan vervangen?'

'Ik red me wel', zei Carine.

Ze ging zitten en sloeg haar benen over elkaar. Toen Versavel vanochtend niet meteen was komen opdagen, had ze gehoopt dat hij ook ziek was. Kon ze met Van In op pad.

'Is het verslag van Vermeulen al binnen?'

De chef van de technische recherche had beloofd dat hij Van In de resultaten van het onderzoek ten huize Blontrock zo snel mogelijk zou bezorgen, maar het was niet de eerste keer dat hij zich daar niet aan hield.

'Ik denk het niet', zei Carine. 'Maar ik heb wel een en ander ontdekt.'

Nu had ze hem. Van In mocht zich redelijk neutraal opstellen tegenover de avances die ze maakte, als ze op professioneel gebied resultaten boekte was hij een en al oor.

'Hubert Blontrock was tot zes maanden geleden nog vennoot van een BVBA', zei ze. 'Samen met ene Willy Gevers', voegde ze eraan toe toen Van In zijn voorhoofd fronste. 'Willy Gevers is een paar jaar geleden veroordeeld wegens fraude en het uitbaten van een illegaal casino.'

'Ach zo.'

Van In trok zijn gezicht in de plooi en keek haar bewonderend aan. Zijn blik bezorgde haar tintelingen en een warm gevoel.

'Is de BVBA failliet gegaan?'

'Nee. Blontrock is eruit gestapt.'

'Heeft hij zich laten uitkopen?'

Carine knikte enthousiast.

'Zijn aandeel was bijna vierhonderdduizend euro waard.'

Zelfs van Versavel kreeg ze een goedkeurende blik. Het kon toch niet dat Blontrock in geldnood zat als hij zes maanden eerder bijna een half miljoen euro had binnengekregen. Er waren grenzen, zelfs voor een fervente gokker als hij.

'Waar is de BVBA van meneer Gevers gevestigd?'

'In de Jan Boninstraat.'

'Weet je dat zeker?'

De Jan Boninstraat was een zijstraat van de Ezelstraat waar hoofdzakelijk kleine huisjes stonden. Het was niet meteen de locatie voor een bedrijf.

'Het hele verslag ligt op mijn bureau. Zal ik het voor je halen?'

'Doe maar', zei Van In.

Hij stak een sigaret op. Zijn dienst was onderbemand en niemand kon voorspellen hoe lang Bruynooghe ziek zou zijn. Carine mocht dan voortreffelijk werk leveren, hij kon de zaak-Blontrock niet aan haar alleen overlaten. Versavel raadde zijn gedachten.

'Gaan we er zelf op af?'

Van In knikte, maar hij zei niet dat hij Carine bij de zaak zou blijven betrekken.

Pair Impair BVBA stond er op het bord. Van In belde aan en zette een stap achteruit. Het was inderdaad een klein huis en niets wees erop dat hier een bedrijf was gevestigd. Import en export van antiek, stond er in de oprichtingsakte van de BVBA waarvan Carine bij de kruispuntbank een kopie had gekregen. Het had in ieder geval niets te maken met gokken of casino's, behalve de naam. Ofwel had meneer Gevers zijn leven gebeterd of zijn bedrijf was een dekmantel voor andere activiteiten die het daglicht niet mochten zien. Het feit echter dat het huis van zijn ex-vennoot Blontrock vol stond met antiek, maakte de activiteit van het bedrijf geloofwaardiger dan de naam deed vermoeden. Van In was nog in gedachten verzonken toen de voordeur openging. Een kleine man – zijn gestalte paste wonderwel bij het peperkoeken huisje – monsterde eerst Carine en wendde zich pas daarna tot Van In die voor hem stond.

'Goedemorgen. Kan ik u ergens mee van dienst zijn?'

'Mijn naam is Van In en dit zijn hoofdinspecteurs Versavel en Neels. Ik kom in verband met de moord op Hubert Blontrock.'

'Ik heb al lang niets meer te maken met Hubert', zei Gevers.

'Dat weet ik', zei Van In. 'Mogen we even binnenkomen?'

'Kan ik dat weigeren?'

Het klonk ironisch, maar Van In deed alsof zijn neus bloedde. Gevers was al meerdere malen in contact gekomen met justitie. Hij kende zijn rechten.

'Dat doen alleen mensen die iets te verbergen hebben.'

Gevers haalde zijn schouders op en deed een stap achteruit.

'Vooruit dan maar.'

Hoewel hij doodkalm leek, gierden de zenuwen door zijn lijf. Wist de politie iets af van het Spel of was het een routinebezoek? Gelukkig had Hubert Blontrock de kans niet gekregen zijn mond voorbij te praten en van zijn vrouw hadden ze ook niets meer te vrezen. Hij was alleen bang dat het bezoek van de politie Nathan Six en de Spelmeester argwanend zou maken.

'Gaat u zitten.'

De woonkamer was volgestouwd met antiek. Er stonden drie staande klokken en meer bronzen beelden dan Van In ooit samen had gezien.

'Ik wist niet dat de handel in antiek nog zo bloeide.'

Gevers haalde zijn schouders op.

'Ik doe mijn best, commissaris.'

Van In ging zitten op een leren chesterfieldstoel. Versavel en Carine namen plaats op een sofa waarvan de poten vol houtworm zaten. Blijkbaar stapelde Gevers hier de spullen op die hij niet verkocht kreeg.

'Als ik mij niet vergis, waren u en Hubert Blontrock destijds vennoten', zei Van In terwijl hij Gevers recht in de ogen keek.

De man reageerde nog voor hij hem kon vragen waarom Blontrock zich had laten uitkopen.

'Hubert had een probleem, commissaris. Een heel groot probleem. Heeft zijn vrouw niet verteld dat ze virtueel failliet waren?'

'Nee', zei Van In. 'Dat heeft ze niet verteld.'

'Maar u weet toch dat Hubert zwaar gokte?'

'Dat heb ik gehoord.'

Van In beperkte zich tot korte nietszeggende reacties in de hoop dat Gevers meer zou vertellen dan hij kwijt wilde. Het lukte. Hij kreeg het hele verhaal. Gevers had Blontrock leren kennen toen hij nog de Cour des Flandres uitbaatte.

'Ik kwam er af en toe wippen met een vriendin', zei Gevers. 'Achteraf dronken we meestal nog iets en praatten we over antiek, een passie die Hubert en ik met elkaar deelden. Vandaar is het idee gegroeid om met zijn tweeën een bedrijfje op te richten. Hubert, die toen al een fervente gokker was, bedacht de naam van de BVBA.'

Gevers lachte.

'Pair Impair is niet echt een naam voor een bedrijf dat in antiek handelt.'

'Dat is waar', zei Van In. 'Maar de naam had blijkbaar geen nadelige invloed op uw activiteiten. Pair Impair draaide een mooie omzet.'

Gevers knikte.

'In het begin rekruteerden we klanten onder de bezoekers van de Cour des Flandres. We gingen ervan uit dat mannen die zich een minnares kunnen permitteren, in een mooi huis met dure meubels wonen. U kunt zich niet voorstellen hoeveel rijke oudere vrouwen die door hun man bedrogen worden, antiek beginnen te verzamelen.'

'Is dat zo?'

Hij wist in ieder geval dat heel wat huizen van magistraten en oudere advocaten vol met antiek stonden.

'Nu gaan de zaken wat minder, maar ik kan nog altijd niet klagen.'

'En toch woont u hier heel bescheiden, meneer Gevers.'

'Dit is het huis van mijn ouders, commissaris. Ik zou voor geen geld van de wereld ergens anders willen wonen.'

Van In keek beurtelings naar Versavel en Carine. Het verhaal van Gevers klonk aannemelijk, maar er was één ding dat hij nog wilde weten.

'U woont hier. Ik veronderstel dat uw winkel...'

'Ik heb geen winkel, alleen een loods. Aan de Kortrijksesteenweg net voor Waardamme. Mijn klanten bellen mij of ik bel hen.'

'Ach zo', zei Van In.

Hij was vast van plan het hele verhaal van meneer Gevers nog eens te laten verifiëren. En hij wilde ook nog weten wat er met de vierhonderd veertig duizend euro was gebeurd die Blontrock uit de BVBA had gebeurd.

'Denkt u dat Blontrock het geld dat u hem hebt uitbetaald, vergokt heeft?'

Gevers glimlachte.

'Dat denk ik niet, dat weet ik zeker.'

'Heeft hij u dat zelf verteld?'

'Nee, dat weet ik van Marie-Louise.'

'Marie-Louise?'

'De weduwe van Hubert Blontrock.'

Dertig jaar geleden had Willy Gevers een passionele relatie gehad met haar en het had niet veel gescheeld of ze had Blontrock voor hem in de steek gelaten. Gelukkig had Gevers haar kunnen overtuigen dat niet te doen. Ze had hem dat eerst kwalijk genomen maar nadien was alles weer goed gekomen. Vrouwen zoals Marie-Louise waren veel te romantisch op dat gebied. Ze wilden warmte en genegenheid en een sterke schouder om op uit te huilen, maar soms vergaten ze dat er geld verdiend moest worden. Hubert zou het nooit gepikt hebben dat hij met haar aan de haal was gegaan. Pair Impair zou zoiets nooit overleefd hebben.

'Hebt u nog contact met haar?'

Gevers kreeg er spijt van dat hij haar naam had genoemd. Hij wierp een blik op zijn horloge en bracht zijn hand naar zijn voorhoofd.

'Is er iets?'

'Ik heb om elf uur een afspraak met een klant', zei Gevers.

Het was zeven voor elf. Van In hechtte niet veel geloof aan het doorzichtige excuus van Gevers, maar hij vond het beter dat niet te laten merken. Hij stelde zelfs de vraag of Gevers nog contact had met de weduwe van Blontrock niet opnieuw.

'Dan laten we u verder met rust', zei hij.

'Ik hoop dat u het niet erg vindt, commissaris.'

'Niets is erg', reageerde Van In filosofisch. 'We nemen wel een andere keer weer contact op.'

Gevers knikte en drukte de uitgestoken hand van commissaris Van In. Daarna ging hij hen voor naar de deur.

'Bent u de moordenaar eigenlijk al op het spoor?' vroeg Gevers terwijl hij zijn jas van de kapstok nam.

'Ik denk het wel', zei Van In.

Versavel noch Carine vertrok een spier. Als Gevers iets te maken had met de moord op Blontrock, zou het antwoord hem in onzekerheid brengen en dat leverde soms meer op dan een derdegraads verhoor.

Het was druk op het perron. Haastige mensen wurmden zich uit de trein, andere haastige mensen verdrongen zich bij de opstapplaatsen. Meneer Marechal moest met lede ogen aanzien hoe Virginie bijna omvergeduwd werd door een stelletje luidruchtige scholieren. Hij wilde haar te hulp snellen maar zijn benen wilden niet goed mee. Dus schreeuwde hij hun een paar lelijke woorden toe waardoor Virginie in zijn richting keek. Ze zag er stralend uit.

'Je bent nog geen haar veranderd, Charles', zei ze toen ze eindelijk bij hem stond.

'En jij ook niet.'

Ze sloeg haar armen om zijn schouders en gaf hem twee zoenen. Zijn lichaam versteende toen een langgerekte tinteling langs zijn ruggengraat omhoog kroop tot in zijn schedel.

'Ik ben dolgelukkig je na al die tijd nog eens te zien', zei hij toen hij weer de controle over zijn spieren kreeg.

Hij pakte haar koffer en zij pakte zijn hand. Virginie voelde haar hart sneller kloppen. Na al die jaren verlangde ze nog steeds even hevig naar hem. Hoe had ze destijds zo stom kunnen zijn met hem te breken omdat haar ouders vonden dat hij geen partij voor haar was? Ze had het zich een leven lang beklaagd.

'En jij weet niet hoe gelukkig ik ben je hand te mogen vasthouden.'

Ze drukte de zijkant van haar hoofd tegen zijn schouder. Dat deed ze vroeger ook.

'Je zult wel honger hebben', zei meneer Marechal. 'Zullen we eerst iets gaan eten?'

'Ik volg je', zei ze met een glimlach.

Willy Gevers startte zijn wagen, een donkergrijze BMW X5, en reed voorzichtig zijn garage uit. Hij kon twee dingen doen: contact opnemen met Nathan Six en hem op de hoogte brengen van het bezoek dat hij zo-even had ontvangen of zijn mond houden. Hij reed een eindje de stad uit voor het geval iemand van de politie hem volgde en keerde daarna terug. Tijdens de rit had hij zitten nadenken over wat hij zou doen en hij was tot de conclusie gekomen eerst bij Marie-Louise langs te gaan. Nog geen vijf minuten later belde hij bij haar aan.

'Excuseer dat ik zomaar kom binnenvallen, Marie-Louise, maar...'

'Je hoeft je helemaal niet te verontschuldigen, Willy. Kom binnen en vertel me wat er aan de hand is.'

'Ik heb de politie op bezoek gehad. In verband met de moord op Hubert.'

Ze gingen in de salon annex bibliotheek zitten, waar Blontrock was vermoord. De bloedvlek op het vloerkleed was nog altijd duidelijk zichtbaar hoewel het al een paar keer met een speciaal reinigingsmiddel was behandeld.

'Wil je iets drinken? Een cognacje? Op de kast staat nog

een fles oude Napoleon. Het zou zonde zijn die te laten verdampen.'

Ze stond op, liep naar de kast en vulde een glas. De donkerkleurige drank verspreidde een bijna bedwelmend aroma.

'En vertel nu maar wat er aan de hand is.'

Ze ging recht tegenover hem zitten en sloeg haar benen over elkaar. Haar grijze ogen keken hem een beetje spottend aan. Dertig jaar geleden lag zij nog aan zijn voeten maar sindsdien was er heel wat in haar veranderd.

'De politie is van plan een onderzoek in te stellen naar de vierhonderd veertig duizend euro die Hubert uitbetaald kreeg. En ik wilde weten of jij...'

'Ik zwijg als het graf, Willy. Dat weet je toch.'

'Ja, maar...'

'Maak je geen zorgen. Ik red me wel. Ik heb het geld goed belegd.'

Willy Gevers nam een slok van de cognac en bekeek haar tersluiks door het glas. Ze zag er best nog aantrekkelijk uit voor haar leeftijd. Hoe zouden haar borsten na al die jaren nog aanvoelen? En haar buik? Gelukkig was Hubert er nooit achter gekomen dat hij een affaire met haar had gehad. Tenminste dat dacht hij toch.

'Blijf je hier wonen?'

'Nee. Dat denk ik niet.'

Het werd stil. Een staande klok tikte de seconden weg. De geur van boeken en boenwas vermengde zich met het aroma van de cognac. Ze vond de sfeer best prettig.

'Jij en Hubert hadden een goed leven kunnen hebben', zei Gevers toen de stilte onaangenaam begon te worden.

'Wij ook', reageerde Marie-Louise.

Ze had meer dan dertig jaar in de schaduw van haar man geleefd. Als een vogel in een gouden kooi. Hij had met volle teugen van het leven genoten. Zij had lijdzaam moeten toezien hoe de beste jaren voorbij waren gegleden, afgescheurd als blaadjes van een scheurkalender.

'Meen je dat?'

'Eigenlijk wel.'

Hubert en Willy waren allebei onverbeterlijke gokkers, maar Willy had haar altijd het gevoel gegeven dat ze een vrouw was. Hij had haar zelfs een paar keer stiekem mee op reis genomen en als ze jarig was, kocht hij haar een mooi cadeau. Hubert echter deelde zijn geld met niemand. Ze had jarenlang gehoopt dat ze hem zou kunnen veranderen, maar het was haar niet gelukt.

'Ik ben ook geen engel, Marie-Louise.'

'Nee, je bent geen engel, Willy. Maar je zou nooit geëist hebben dat...'

Haar stem stokte. In haar ogen verscheen een onverbiddelijke blik. Ze had Hubert nooit kunnen vergeven dat hij haar gedwongen had abortus te plegen. Weet je wel hoeveel een kind kost, had hij gezegd.

'Zeg me als ik iets voor je kan doen.'

Willy schoof wat dichterbij en legde zijn hand op die van haar. Het Spel bracht hem een aardige duit op en het zag ernaar uit dat daar voorlopig nog geen einde aan zou komen. Hij was best in staat haar financieel te helpen als het nodig was.

'Ik red me wel. Nog een cognacje?'

Ze vond het bijzonder aangenaam dat hij haar kwam bezoeken en ze had haar armen wel om zijn schouders willen slaan en hem tegen haar borst aandrukken. Maar zoals de zaken er nu voorstonden, kon ze dat beter laten.

'Eentje dan.'

Ze pakte de fles en schonk een flinke bodem in. Er was niemand die haar nog zou zeggen wat ze al of niet mocht doen.

Het noodlot is wreed en het slaat genadeloos toe. Hannelore stond al bij de deur van haar kantoor toen de telefoon rinkelde en hoewel ze niet van plan was om nog op te nemen, deed ze het toch. Een mens wist maar nooit.

'Hallo, met Hannelore Martens.'

Toen ze de stem aan de andere kant van de lijn herkende, kreeg ze spijt dat ze had opgenomen.

'Kunnen we dat morgen niet regelen, Olivier? Ik sta op het punt om naar huis te gaan.'

'Geef me tien minuten, Hannelore.'

'Nee, Olivier. Ik moet dringend naar huis.'

Olivier Vanderpaele had een zachte warme stem waarmee hij mensen kon inpalmen en hij was in staat voor ieder probleem onmiddellijk een pasklare oplossing te verzinnen.

'Dan loop ik even met je mee', zei hij. 'Kunnen we het onderweg bespreken.'

Hannelore stond schaakmat.

'Vooruit dan maar. Ik zie je straks aan de ingang.'

Het gebeurde bijna nooit dat Van In Hannelore afhaalde aan het gerechtsgebouw. Toen hij haar en Vanderpaele in de hal zag staan kletsen, hield hij de pas in en wachtte een paar seconden af. Maar ze bleven kletsen. Erger nog. De kloothommel legde zijn hand op haar schouder. Van In had zich al vaak afgevraagd hoe hij zou reageren als hij erachter zou komen dat ze hem bedroog. Emotioneel reageren of doen alsof er niets aan de hand was en ondertussen plannen smeden om zich te wreken? Eén ding wist hij zeker, de kerel die met haar naar bed ging, zou daar maar één keer de kans toe krijgen. Hij liep naar de zijkant van het gebouw en stelde zich verdekt op achter een geparkeerde wagen. Nog geen dertig seconden later kwamen ze naar buiten. Zijn hand lag nog steeds op haar schouder en zij deed niets om die weg te halen. Het koude zweet brak hem uit. Wat waren die twee in godsnaam van plan? Hij wilde verdomme zeker weten wat ze van plan waren. Een eindje verderop liep een bevriende advocaat naar zijn auto. Van In stevende op hem af.

'Mag ik even je mobieltje lenen, meester Hoornaert?'

De advocaat glimlachte toen hij Van In herkende.

'Natuurlijk, commissaris.'

Van In had hem destijds een tip gegeven in een nogal delicate zaak en sindsdien konden ze heel goed met elkaar opschieten.

'Geef me twee minuten.'

Van In pakte het toestel dat meester Hoornaert hem aanreikte, liep naar een plek van waar hij Hannelore nog net kon zien en toetste haar nummer in. Ze bleef staan en stopte haar hand in haar handtas.

'Hallo.'

'Hallo, schat.'

'Is er iets?'

'Nee. Ik bel je alleen om te zeggen dat ik vanavond niet voor acht uur thuiskom.'

Er volgde een stilte en dat was Van In niet gewoon. Ze reageerde meestal onmiddellijk als hij aankondigde dat hij later thuis zou zijn.

'Je vindt het toch niet erg?' zei hij.

Hannelore keek naar Vanderpaele. Hij stond mee te luisteren en ze had hem net wijsgemaakt dat ze op tijd thuis moest zijn voor Van In.

'Natuurlijk niet', zei ze luchtig.

Van In had moeite om zijn stem rustig te laten klinken.

'Tot straks dan.'

'Oké.'

Ze glimlachte naar Vanderpaele en verbrak de verbinding.

'Mijn griffier vraagt of ze morgen een dag vrij kan krijgen', zei ze. 'En wat kan een mens anders dan ja zeggen?'

Ze stopte haar mobieltje weer in haar handtas. Ze zou Van In straks op kantoor bellen en hem uitleggen wat er gebeurd was en daarna iets lekkers voor hem klaarmaken. En als dat niet hielp kon ze hem altijd nog op een andere manier verwennen.

De speeltafels in het casino waren goed bezet. Nathan Six zat aan de bar. Hij dronk spuitwater. Donald Devilder, die naast hem zat, nipte af en toe van een glas champagne. Sabine Oreels wachtte aan een tafeltje geduldig af tot Devilder weer vrij was en hij bij haar kwam zitten. Ze droeg een lange, zwarte satijnen rok met split en een witte doorschijnende blouse met eronder een zwarte bh. Haar borsten mochten best gezien worden. Dat vonden de meeste mannen met wie ze een affaire had gehad. Haar man was de enige die ze nooit bekeek. Hij hield zich uitsluitend bezig met cijfers en meiden die jonger waren dan zijn dochters. Niet dat het haar nog veel kon schelen. Hij bemoeide zich niet met haar leven en zij niet met dat van hem. Ze stak haar hand op en bestelde een nieuwe fles champagne. Alcohol maakte haar vrijpostig en veeleisend. Kijk, daar heb je die flik weer, dacht ze toen Van In binnenkwam.

Ze had een beetje medelijden met hem omdat ze wist dat het een kwestie van tijd was voor Donald hem volledig in zijn macht had.

'Wie we daar hebben.'

Devilder stak zijn hand uit naar Van In en nodigde hem uit te gaan zitten. Een ober zette ongevraagd een glas bij.

'Mag ik u voorstellen aan mijn goede vriend Nathan Six. Nathan, dit is commissaris Van In van de lokale opsporingsdienst. Hij leidt het onderzoek in de zaak-Blontrock.'

Van In en Six drukten elkaar de hand.

'En welke gunstige wind brengt u hierheen, commissaris?' vroeg Devilder.

Van In had geen zin om er doekjes om te winden. Hij had er al spijt van dat hij Hannelore en Vanderpaele maar tot in de Sint-Jakobsstraat was gevolgd en niet tot aan de Vette Vispoort. Nu zou hij nooit zeker weten of Vanderpaele met haar mee naar binnen was gegaan. De vraag was of hij dat eigenlijk wilde weten. Tijdens de taxirit van Brugge naar Blankenberge had hij de hele tijd met die vraag geworsteld. Overdreef hij niet een beetje? Hannelore zou hem nooit bedriegen. En zeker niet met een arrogante hansworst als Vanderpaele.

'Ik kom mijn schulden betalen', zei hij.

Devilder keek verbaasd op en wisselde een blik van verstandhouding met Six.

'Commissaris Van In houdt van een grapje.'

'U hoeft mij niet te verschonen tegenover meneer Six. Ik schaam me niet om toe te geven dat ik u geld schuldig ben.'

Nathan Six pakte zijn glas en dronk het in één teug leeg terwijl hij Van In bleef observeren. Moest hij bang zijn voor een gokverslaafde flik? Was dit de beste speurder die ze hadden in Brugge? Nee. Hij hoefde zich geen zorgen te maken. Niemand zou ooit een verband tussen de moorden kunnen aantonen.

'Neemt u me niet kwalijk, commissaris. Ik moet ervandoor.'

'Nu al?' vroeg Devilder. 'Ik dacht dat we...'

Six snoerde hem de mond met een striemende blik.

'Een volgende keer, Donald.'

Het viel Van In op dat Devilder bijna onderdanig knikte.

Om halftien begon Hannelore zich zorgen te maken. Ze had Van In de voorbije uren proberen te bellen op kantoor maar daar kon niemand haar vertellen waar hij uithing. Het beste wat ze kon doen was contact opnemen met Versavel.

'Een spelletje doet niemand kwaad', zei Devilder. 'Wie weet win je het geld terug dat je gisteren verspeeld hebt.'

Van In had het risico niet willen nemen voor acht uur naar huis te gaan en om die reden beslist tot dan in het casino te blijven. Op zich was dat niet erg, hij had alleen niet zoveel Duvels mogen drinken om de tijd te doden. De onzekerheid over Hannelore en de alcohol speelden hem parten.

'Liever niet, Donald. Ik heb mijn vrouw beloofd dat...'

'Kom, kom, commissaris. Mijn vrouw weet ook niet alles wat ik doe.'

Devilder wierp een veelbetekenende blik naar Sabine Oreels. Van In volgde de blik. Toen ze zag dat hij haar bekeek, maakte ze haar vinger nat en streek er uitdagend mee over haar bovenlip.

'We hoeven niet zo nodig om geld te spelen', zei Devilder met een dubbelzinnig lachje.

Van In werd bestormd door demonen. Spelen voor een vrouw. De gedachte wond hem ongelooflijk op.

Het was koud in de auto. Hannelore zat ineengedoken op haar stoel. Versavel hield zijn blik op de achterlichten van de auto voor hen. Hij was er niet gerust op. Wat zou er gebeuren als ze Van In in het casino troffen? Worden mensen dan nooit volwassen? Of is de aantrekkingskracht van geld zo groot dat niemand eraan kan weerstaan? Van In was het prototype van de non-conformist. Het ging Versavels petje te boven dat hij zich liet betoveren door een spel dat hij nooit kon winnen.

'Het zou ook kunnen dat hij in zijn eentje op onderzoek uit is', zei hij.

Hannelore draaide haar hoofd een kwartslag en glimlachte triest.

'Zonder dat jij daar iets van afweet? Maak dat de ganzen wijs.'

'Hij heeft het vroeger ook gedaan.'

Hannelore schudde haar hoofd.

'Van In kan zich geen betere vriend wensen dan jij, maar je moet niet overdrijven, Guido.'

'Hij heeft je toch gebeld.'

'Ja', zei ze. 'En dan nog uitgerekend vandaag.'

Van In belde zelden of nooit om te zeggen dat hij later thuis zou komen. Hannelore liep al de hele tijd met een wrang gevoel rond, maar ze vond dat ze zichzelf niets hoefde te verwijten. Ze had Olivier niet mee naar binnen gevraagd hoewel hij daar wel op had aangestuurd.

'Hij is behoorlijk jaloers van aard, Hanne.'

Versavel raadde haar gedachten. Dat was niet moeilijk want ze had hem alles verteld. Ze reden langs de kerk van Uitkerke. Nog vijf minuten en ze zouden weten of hun vrees bewaarheid zou worden.

'Dat hoef je mij niet te zeggen.'

Als Van In zou weten dat ze samen met Vanderpaele naar huis was gelopen, kon ze er donder op zeggen dat hij een scène zou maken. Aan de andere kant moest zij verdragen dat hij zich de avances van Carine liet welgevallen. Die waren onschuldig, zei hij. Dat was natuurlijk onzin. Als Carine de kans zou krijgen om hem te versieren, zou ze die met beide handen aangrijpen. En eigenlijk gold hetzelfde voor Olivier. De manier waarop hij haar aankeek, sprak voor zich en na wat hij vanavond gezegd had, zou iedere verstandige vrouw er alles aan doen om niet meer met hem alleen te zijn. En wat had zij gezegd? Ik zie je morgen wel.

'Mag ik je een grote gunst vragen, Hanne?'

Ze reden de Zeedijk op. Er wandelde nog een groepje mensen langs de vloedlijn. Hun silhouetten contrasteerden met de witte schuimkoppen van de golven.

'Dat belooft wat', zuchtte ze.

'Laat mij alleen binnengaan.'

'Geen sprake van.'

Versavel parkeerde de auto, maakte zijn gordel los en keek haar doordringend aan.

'Geef me tien minuten, Hanne. Alsjeblieft.'

'Nog een glaasje wijn, Virginie?'

Meneer Marechal reikte naar de halfvolle fles op de tafel en glimlachte naar de vrouw op wie hij meer dan veertig jaar geleden verliefd was geworden en die nu eindelijk weer bij hem was. Hij had de logeerkamer in orde gemaakt maar hij hoopte heimelijk dat ze daar geen gebruik van zou maken. Een extra glaasje wijn kon de zaak alleen maar gemakkelijker maken. Ze protesteerde niet, dus schonk hij de glazen opnieuw vol.

'Gezondheid.'

Ze klonken en nipten van de wijn.

'Nog een koekje?'

'Graag.'

Hij reikte haar de schaal aan.

'Je beeft, Charles.'

Ze pakte zijn hand vast tot het schaaltje ophield met trillen.

'Ik ben een beetje zenuwachtig.'

'Zenuwachtig?'

Er verschenen pretlichtjes in haar ogen. Ze wist heel goed waarom hij zenuwachtig was. Charles was een uitstekende minnaar geweest, het zou haar verbazen dat hij nu al was uitgeblust.

'Je bent zo mooi, Virginie.'

Hij zette het schaaltje neer en kwam naast haar zitten. Zij haalde haar vingers door zijn dunne haar. Daar kreeg hij tintelingen van.

De kogel stuiterde op de rand van de roulette. Van In had ingezet op *11 en de buren.*

'*Rien ne va plus.*'

De ogen van alle spelers concentreerden zich op de tollende roulette. Van In was zo in de ban van het spel dat hij de adem in zijn nek niet voelde. Het was pas toen Versavel hem bij de schouder pakte dat hij zich omdraaide.

'Je komt nu vrijwillig met me mee of ik sleur je naar buiten.'

Er lag een vastberaden trek om Versavels mond en zijn ogen vonkten als gepolijste edelstenen.

'Zal ik de mensen van de veiligheid erbij roepen', zei Devilder toen hij merkte wat er aan de hand was.

'Als ik u was zou ik dat niet doen', fluisterde Van In.

Versavel kon gerust twee mannen de baas als hij niet kwaad was. In de toestand waarin hij zich nu bevond, minstens het dubbele.

'*Onze, rouge, impair...*'

Van In staarde naar de kogel, die nog een beetje natrilde op het nummer elf. Wat had hem in godsnaam bezield om toch te spelen? Voor seks nota bene. Seks met een vrouw die het met iedereen deed als ze daartoe de kans kreeg.

'Proficiat, commissaris. Je hebt net de hoofdprijs gewonnen. Zal ik mevrouw Oreels het goede nieuws melden of doe je het liever zelf?'

Devilder grijnsde en keek even opzij. Twee forsgebouwde kerels in smoking kwamen discreet op de speeltafel af. Hij had hun al een teken gegeven toen hij merkte dat Van In problemen had.

'Ben je alleen?' vroeg Van In toen ook hij de kerels in smoking zag afkomen.

'Nee', zei Versavel. 'Hannelore zit in de auto.'

Ze kleedden zich uit in de donkerte. Meneer Marechal vouwde voor één keer zijn broek niet in de plooi, maar gooide het kledingstuk op de stoel naast de kleerkast. En toch lag Virginie eerder onder de dekens dan hij. Het eerste contact met haar naakte huid bezorgde hem een onbeschrijfelijk zalig gevoel en een kanjer van een erectie.

De eerste vijf minuten in de auto zei niemand iets. Het was Versavel die de stilte brak.

'Het zijn natuurlijk mijn zaken niet, maar ik vind wel dat Hanne het recht heeft om te weten wat er gebeurd is.'

'Was hij aan het spelen?'

Versavel klemde zijn kaken op elkaar.

'Nee', zei hij zo kordaat mogelijk.

'Zeker weten?'

'Zeker weten.'

'Wat deed hij dan wel?'

'Een oud wijf versieren', zei Versavel droog.

De radio kraakte. Het was een oproep aan alle patrouilles. In de Jeruzalemstraat was een oude man neergestoken. De dader was voortvluchtig.

8

Er stonden drie politiewagens en twee ziekenwagens bij het huis van Charles Marechal en er brandde hier en daar licht in de straat ondanks het late uur. Een tiental buurtbewoners waren naar buiten gekomen om te zien en te horen wat er gebeurd was. Hun commentaar op de gebeurtenissen varieerde van: de oude Marechal heeft er een eind aan proberen te maken, tot: hij is het slachtoffer geworden van een bende jonge misdadige moslims. Over één ding echter was iedereen het eens: Marechal zat er warmpjes bij en hij had geen erfgenamen. En er was natuurlijk ook kritiek op het optreden van de politie.

'Ze doen ollesins geen moeite vorr 'em te pakken', zei een magere vrouw met grijs achterovergekamd haar en gewatteerde slippers.

'En zeggen da wiender dat ollemolle moeten betalen', reageerde iemand anders.

'En ols' em pakken, loaten z'em toch were vrie.'

Het werd even stil toen twee ziekenbroeders het slachtoffer naar buiten droegen. De arts van het medische urgentieteam die ernaast liep, hield een infuus vast.

'Je ziet er niet te goed ut', zei een van de omstanders die het dichtst bij de ambulance stond.

'Leeft'ie nog?' vroeg een ander.

'Dakke't nie weten.'

Meneer Marechal was er erg aan toe, maar hij leefde nog. Een van de messteken had een long doorboord en hij had veel bloed verloren. De ziekenbroeders schoven de brancard in de wagen, de arts ging ernaast zitten. Van In, Hannelore en Versavel arriveerden vijf minuten later. In de woonkamer troffen ze een ontredderde oude vrouw aan. Op blote voeten en met alleen maar een kamerjas aan waarvan de kraag een beetje openstond. Van In ging bij haar zitten.

'Bent u mevrouw Marechal?' vroeg hij.

De oude vrouw begon te snikken. Haar schouders schokten van verdriet. Ze kon nog altijd niet begrijpen wat er gebeurd was. Ze hadden zalig gevrijd en Charles sliep al toen er beneden aan de voordeur werd gemorreld. Twee seconden later had ze een klik gehoord en voetstappen. Toen had ze Charles wakker geschud.

'Mevrouw Marechal.' Van In legde zijn hand op haar schouder en kneep er zachtjes in.

'Zal ik iemand van Slachtofferhulp bellen?' stelde Hannelore voor.

Van In knikte. De vrouw verkeerde waarschijnlijk in shock. Ze had in eerste instantie professionele hulp nodig.

'Ik kijk ondertussen even rond.'

Van In stond op. Hannelore nam zijn plaats in.

'Wie heeft de feiten vastgesteld?'

'Patrick Sioen', zei Versavel.

Sioen was een jonge, hardwerkende inspecteur die zijn taken heel ernstig opnam. Of het nu om een banaal verkeersongeval ging of om moord, je kon altijd op hem rekenen.

'Kijk even waar hij uithangt.'

Versavel knikte. Ver hoefde hij Sioen niet te zoeken. Hij zat in een politiewagen een verhoor af te nemen van een buurtbewoner die beweerde iets verdachts gezien te hebben.

'Mijn naam is Virginie. Ik ben de vriendin van Charles.'

De zachte stem van Hannelore had haar kunnen kalmeren. Ze was gestopt met snikken.

'Woont u hier?'

'Nee. Ik was op bezoek.'

In andere omstandigheden had Hannelore een glimlach niet kunnen onderdrukken. Virginie droeg niets onder haar kamerjas en op dit uur kwam ze zeer zeker niet van onder de douche.

'Kwam u vaak op bezoek?'

Virginie schudde haar hoofd en het scheelde niet veel of ze begon weer te huilen.

'Ik had veel vaker moeten komen', zei ze.

Hannelore liet Virginie haar verhaal doen: van het moment dat ze elkaar hadden leren kennen tot de dag dat ze weer contact met hem had opgenomen.

'Wie weet hadden we nog een paar gelukkige jaren voor de boeg. Maar ja. Niemand weet wat het leven te bieden heeft.'

'Hebt u de politie gebeld?'

Virginie had voor haar vijfenzestigste verjaardag een mobieltje gekregen van haar kleinzoon en dat had ze altijd bij zich. Zo kan ik je steeds bellen, had hij haar gezegd. En dat deed hij op de meeste waanzinnige tijdstippen. Daarom nam ze het toestel ook mee naar bed.

'Ik heb de politie gebeld nog voor Charles naar beneden ging om te zien wat er aan de hand was', zei ze.

'En wat is er toen gebeurd?'

'De politie beloofde onmiddellijk iemand te sturen en raadde ons aan niets te ondernemen voor ze er waren, maar Charles wilde niet luisteren. Ik mocht absoluut geen enkel gevaar lopen.'

Charles was voorzichtig naar beneden geslopen. Had de

indringer hem horen komen of had Virginie zich vergist en was er niemand binnengedrongen? Het was pas toen hij het licht in de keuken aanstak dat hij wist dat zij gelijk had.

'Ik hoorde gestommel en geschreeuw. Toen ben ik naar beneden gerend. In de gang stond een man met een mes in zijn hand. Ik ben weer naar boven gerend en ik heb me opgesloten in de slaapkamer.'

'Is hij u achternagerend?'

Er flitste een angstige blik in haar ogen terwijl ze knikte.

'Hij heeft zelfs de deur proberen te forceren.'

'Wat heb je toen gedaan?'

'Opnieuw de politie gebeld', zei Virginie.

Het politiebureau lag heel dicht bij de Westmeers en de patrouille was toen al onderweg. De officier met wachtdienst die de tweede oproep ontving, had onmiddellijk contact met hen opgenomen en gezegd dat ze de sirenes moesten aanzetten.

'En toen is hij op de vlucht geslagen?'

'Ja.'

Virginie rechtte haar rug en keek strak voor zich uit. Toen de eerste politiewagen arriveerde, was ze naar beneden gelopen en ze had zijn naam geschreeuwd, maar hij antwoordde niet meer. Ze vond hem in de keuken in een plas bloed. Hij had haar nog een keer aangekeken en toen waren zijn ogen dichtgevallen.

'Weet je al iets meer over de indringer?'

Sioen, de inspecteur die als eerste was gearriveerd, knikte en overhandigde Van In de verklaring die de buurtbewoner had afgelegd.

'Staat de wagen er nog?'

'Affirmatief.'

'Als het die van hem is, hebben we hem bij zijn pietje', zei Van In.

De buurtbewoner beweerde dat hij even voor middernacht een man uit een wagen had zien stappen die een eindje voorbij het huis van Charles Marechal geparkeerd stond. De eerste oproep was om drie minuten over twaalf bij de politie binnengekomen. En een korte rondvraag bij andere buurtbewoners had geleerd dat niemand in de straat een smaragdgroene Volkswagen Beagle bezat.

'Heb je de nummerplaat nagetrokken?'

Het was een overbodige vraag. Als Sioen iets deed, deed hij het goed.

'De auto staat op naam van Paul Hilderson. Dorpsstraat 5, Houtave.'

'Dan ben ik benieuwd waar meneer Hilderson nu uithangt.'

'Er is al een patrouille onderweg naar Houtave.'

Houtave is een rustig landelijk dorpje ergens halverwege Brugge en Oostende. Van In was er vorige winter met Hannelore en Versavel hutsepot gaan eten in De Drie Koningen, een ouderwets café-restaurant waar je ook heerlijke kriekentaart kon krijgen. Hij vond het bijzonder jammer dat het nu midden in de nacht was, anders was hij er zeker even binnengewipt.

'Hou me op de hoogte als er nieuws is.'

'Doe ik', zei Sioen.

Hij tikte de klep van zijn pet aan en liep naar buiten.

Nathan Six gooide het mes in de gracht aan het Minnewater en liep in de richting van de Gentpoort. Wat was er misgelopen? Hij had Marechal gedurende meer dan een week geobserveerd en niets wees erop dat de oude een vriendin had. Hij stak een sigaret op en probeerde weer helder na te denken. Toen hij de politiesirenes zo snel dichterbij hoorde komen was hij in paniek geraakt en als een gek het huis uit gerend en hij had zich pas na honderd meter gerealiseerd dat zijn auto aan de andere kant van de straat geparkeerd stond. Terugkeren kon niet meer, het was een kwestie van seconden voor de politiewagens ter plaatse waren. Een andere vraag baarde hem nog meer zorgen. Was Marechal dood of leefde hij nog? De Spelmeester zou het in ieder geval niet prettig vinden als Marechal nog leefde. Een mislukking kon het vertrouwen van de spelers ondergraven en dat kwam het Spel niet ten goede.

Klaas Vermeulen, hoofd van de technische recherche, geeuwde toen hij uitstapte. Bij het huis van Marechal stonden nog twee politiewagens en om de Beagle stonden dranghekken. Van In stond buiten en rookte een sigaret zoals gewoonlijk. Wanneer zou hij die vieze gewoonte toch afleren? Gelukkig was Hannelore ook van de partij. Kon hij tenminste naar iets moois kijken.

'Goedemorgen, Vermeulen.'

'Goedemorgen, Van In.'

Terwijl ze elkaar de hand drukten, blies Van In met opzet rook in het gezicht van Vermeulen.

De chef van de technische recherche trok een vies gezicht maar reageerde niet op het pesterijtje. Dat had toch geen zin.

'Geen doden dit keer?'

'Nog niet', zei Van In.

Volgens de dokters bleef de toestand van Marechal kritiek, de kans dat hij het haalde was klein.

'Is er binnen gevochten?'

'Ik denk het niet. De dader heeft het slachtoffer verrast.'

'Roofmoord?'

'Dat zou kunnen. Marechal bezit een indrukwekkende verzameling munten. Bovendien...'

Van In aarzelde. Dieven waren doorgaans meer geïnteresseerd in auto's, elektronische apparatuur, juwelen of andere spullen die gemakkelijk te verhandelen waren. Voor munten konden ze alleen bij gespecialiseerde helers terecht. En er waren nog aanwijzingen die de these van roofmoord tegenspraken. De dader had Marechal willen vermoorden toen die hem betrapte en het had geen haar gescheeld of hij had ook diens vriendin vermoord. Vooral dat laatste was onlogisch.

'Meneer heeft de zaak zeker alweer opgelost', merkte Vermeulen schamper op toen Van In in gedachten verzonken bleef.

'Waarom heeft hij in godsnaam zijn auto laten staan?'

'Is dat zijn auto?'

Vermeulen wees naar de Beagle.

'Er is maar één manier om daar achter te komen', zei Van In. 'Doe me een plezier, Vermeulen. Zoek naar vingersporen in de wagen en in het huis van het slachtoffer en bel me zodra je iets weet.'

'En wat ga jij ondertussen doen? Een Duvel drinken?'

'Nee, Vermeulen. Ik ga naar Houtave.'

Paul Hilderson woonde in een vrijstaande woning die hij onlangs volledig had laten renoveren. Op de oprit naar de garage lagen nog dakpannen, vloertegels en zand. De mannen van het Cobra-team, zes stoere kerels in donkerblauwe overalls, haalden hun wapens uit de foedralen, verifieerden de microfoontjes en de zendertjes waarmee ze met elkaar in verbinding stonden en namen daarna hun posities in. De briefing had meer dan een uur geduurd. Ze wisten wat hun te doen stond.

Van In gooide een halfopgerookte sigaret in de sloot als een teken dat hij er klaar voor was.

'Wees voorzichtig, Pieter.'

Hannelore wierp een blik op het huis waarvan het silhouet dreigend afstak tegen het maanlicht. Ze vond het niet prettig dat hij bij dergelijke acties de spits afbeet. Ze gaf hem een zoen en een kneepje in zijn bil.

'Jij ook, Guido.'

Zes ogen volgden Van In en Versavel door de nachtvizieren. Zes vingers kromden zich om de trekker toen ze aanbelden. Het duurde amper vijftien seconden voor iemand het licht aanstak op de bovenverdieping.

'Openmaken, politie', schreeuwde Van In toen hij het venster op de bovenverdieping hoorde opengaan.

'Is er iets gebeurd?'

Paul Hilderson stak zijn hoofd door de vensteropening. Boven zijn rechteroog verscheen een rood lichtvlekje afkomstig van een richtlaser.

'Het huis is omsingeld. Kom onmiddellijk ongewapend en met uw handen omhoog naar buiten.'

'Wablief?'

Van In kreeg het gevoel dat hij zich onsterfelijk belachelijk aan het maken was. In Amerikaanse films werd een politiebevel zonder tegenspraak opgevolgd. In Houtave lag dat anders. Het duurde minstens nog drie minuten voor Paul Hilderson de deur openmaakte. Hij was ongewapend maar hij hield zijn handen niet omhoog.

'Bent u Paul Hilderson?'

'Dat ben ik inderdaad. En mag ik nu ook weten waar u het recht vandaan haalt om mij en mijn gezin de stuipen op het lijf te jagen?'

Paul Hilderson had een dochtertje van vier en een zoontje van zes. Ze lagen allebei in bed bij mama. Doodsbang.

'Dat zal ik u vertellen als u me zegt wat u vannacht in Brugge hebt uitgespookt.'

Zelfs als Hilderson de verdachte niet was die hij zocht dan nog was het vreemd dat zijn auto in de Westmeers stond terwijl hij in bed lag tenzij die gestolen was, maar dat had hij op voorhand nagetrokken. Hilderson had geen aangifte van diefstal gedaan.

'Wat zou ik in Brugge doen?'

'Uw wagen staat er in ieder geval.'

Hilderson schrok zichtbaar. Zijn gezicht trok wit weg en hij werd plotseling een stuk zenuwachtiger.

'Mijn wagen. In Brugge?'

'Mogen we binnenkomen?'

Hilderson maakte geen bezwaar.

'Waar staat uw auto volgens u dan wel?'

'In de garage natuurlijk.'

Van In knikte. Hij mocht er niet aan denken dat hij de bal had misgeslagen.

'Laten we dan daar een kijkje nemen', zei hij.

In de gang was een deur die toegang gaf tot de garage. Hilderson ging binnen en stak het licht aan. Er stond een smaragdgroene Beagle met dezelfde nummerplaat als de Beagle in de Westmeers.

'Verdomme.'

'Zie je wel', zei Hilderson opgelucht.

Van In voelde zich als iemand die bij een bezoek aan vrienden pas in de salon ontdekt dat hij in een hondendrol heeft getrapt. Het enige wat hij kon doen was zich verontschuldigen en dat deed hij dan ook. Maar Hilderson nam daar natuurlijk geen genoegen mee. Hij zei dat hij een klacht zou indienen wegens huisvredebreuk en politiegeweld en schadevergoeding zou eisen voor het trauma dat zijn kinderen hadden opgelopen. Van In zei dat hij daar begrip voor kon opbrengen en maakte daarna dat hij weg was.

'Zou L'Estaminet nog open zijn?'

Van In stapte in de auto en stak een sigaret op. Het was kwart voor vijf. Hij had geen zin om nu nog naar bed te gaan. Hannelore maakte voor één keer geen bezwaar. Voor ze gisteravond met Versavel naar het casino van Blankenberge was gereden, had ze een goede vriendin gebeld, haar de situatie uitgelegd en gevraagd of ze op de kinderen wilde passen. Het zou ondankbaar zijn haar op dit uur wakker te maken.

'Er gebeuren de laatste tijd vreemde dingen in Brugge', zei Versavel.

Hij was doodmoe maar net als Hannelore, die haar vriendin niet wilde wakker maken, wilde hij Frank niet storen.

'En toch moet er een verklaring zijn voor de auto's', zei Van In.

De voorbije week waren er twee schijnbaar zinloze moorden gepleegd. De slachtoffers hadden op het eerste gezicht niets met elkaar te maken en het was gissen naar een motief. Ook de modus operandi bood geen houvast. De enige logische verklaring voor het fenomeen was dat Blontrock de waarheid had gesproken en er een seriemoordenaar aan het werk was.

'Auto's hebben toch een chassisnummer', zei Hannelore een beetje verbaasd omdat Van In daar blijkbaar niet aan had gedacht.

'Natuurlijk', reageerde Van In korzelig. 'Maar dat verklaart nog altijd niet waarom...'

'Zeg het dan.'

Hannelore had een hekel aan mensen die hun zin niet afmaakten en daarna nadenkend voor zich uit staarden.

'Bel Vermeulen. Vraag of hij naar L'Estaminet wil komen en zeg dat hij de autopapieren van de Beagle meebrengt.'

Johan stond op het punt L'Estaminet te sluiten toen de politiewagen die hij maar al te goed kende, voor de deur stopte. Hij slaakte een zucht maar liet Van In niet merken dat hij liever naar bed was gegaan.

'Duvel, witte wijn en perrier?' vroeg hij zonder op een antwoord te wachten.

Hannelore installeerde zich bij de kachel. De nachten begonnen stilaan koud te worden en in Houtave had ze meer dan anderhalf uur buiten gestaan. Eigenlijk had ze liever iets warms gedronken maar dat kon later ook nog.

'Hebben ze hier in Brugge niemand bij de federale politie die gespecialiseerd is in daderprofielen?'

Van In stak een sigaret op. Hij had weinig ervaring met seriemoordenaars en hij was niet te beroerd om dat toe te geven.

'Ik denk het wel', zei Versavel. 'Als ik me niet vergis hebben ze iemand uit Brussel gekregen.'

Johan serveerde de drankjes. Hannelore nam nadenkend een slokje van de wijn. Olivier Vanderpaele was gepromoveerd op dat onderwerp. Tenminste, dat had hij haar gisteren verteld toen zij na het telefoongesprek met Van In de moorden van de voorbije dagen ter sprake had gebracht. De vraag was of ze Van In dat nu moest vertellen.

'Ik heb onlangs nog in de krant gelezen dat het fenomeen van de seriemoordenaars na het openstellen van de grenzen ook in Europa zal opduiken', zei ze in plaats daarvan.

'Dat zou kunnen', zei Van In. 'Maar iedereen weet ook dat seriemoorden meestal gepaard gaan met seksueel geweld. En daar is in dit geval geen sprake van.'

'Zal ik in de loop van de ochtend contact opnemen met de federale politie? Wie weet kan hun expert onze vragen beantwoorden.'

Van In knikte.

'Je weet wat ik van de federale politie denk, Guido. Maar à la guerre comme à la guerre.'

Vermeulen parkeerde zijn aftandse Audi achter de Golf van Versavel.

'Daar is onze goede vriend Vermeulen.'

Het klonk niet gemeend en het was ook niet gemeend. Van In stak vlug een sigaret op en inhaleerde diep. Er was nog een plaats vrij aan tafel, de stoel tegenover hem.

'En?'

Vermeulen wuifde met een vermoeid gebaar de rook weg die hem dreigde te omhullen.

'De nummerplaat is in ieder geval een vervalsing', zei hij. 'En de papieren zijn dat waarschijnlijk ook.'

'Hoezo, waarschijnlijk?'

Waarschijnlijk was een woord dat Vermeulen zelden gebruikte als het zijn werk betrof. Hij baseerde zijn bevindingen op feiten, niet op veronderstellingen. En dat was de reden waarom Van In verbaasd reageerde.

'De structuur van het papier van het gelijkvormigheidsattest van de Beagle komt niet helemaal overeen met die van een officieel attest. Ik zal vandaag voor alle zekerheid nog eens navraag doen bij de bevoegde instanties, maar het zou me verbazen als die mijn conclusies niet zouden onderschrijven.'

Dat heb je weer mooi geformuleerd, wilde Van In zeggen, maar hij deed het niet. Hij was te moe om nog te bekvechten.

'Maar de documenten staan wel degelijk op naam van Hilderson?'

'Inderdaad.'

'Vreemd', zei Van In.

'En er is nog meer.'

Vermeulen glimlachte breed waardoor zijn wangen bolden en zijn ogen kleiner werden. Net een kabouter.

'Heb je nog dingen ontdekt?'

'Dat heb ik zeer zeker.'

Van In wist uit ervaring dat hij nu beter vriendelijk kon blijven. Het zou de eerste keer niet zijn dat Vermeulen hen nog een poosje liet wachten op de resultaten van een onderzoek.

'Kun je daar nu al iets over vertellen... Klaas?'

Het kostte Van In moeite Vermeulen met zijn voornaam aan te spreken, maar nood breekt wet.

'Dat kan ik zeer zeker, Pieter.'

Vermeulen stak zijn hand in zijn binnenzak, haalde er een paar velletjes papier uit en gaf ze aan Van In.

'Ze zaten in een plastic mapje', zei Vermeulen toen Van In ze met gefronste wenkbrauwen in ontvangst nam. Van In was natuurlijk bang dat hij eventuele vingersporen verknoeide, maar dat was natuurlijk niet het geval. Hij had er minstens tien gevonden op het mapje.

'Ach zo.'

Van In las de blaadjes vluchtig door. Het was een minutieuze beschrijving van de dagindeling van meneer Marechal. Boven aan de eerste pagina stond een met rode viltstift omcirkeld getal.

'Achtentwintig', zei Van In halfluid. 'Waarom heeft hij niet het volledige adres genoteerd?'

'Wat zeg je?'

Hannelore boog zich naar hem toe.

'Ik vraag me af waarom hij alleen maar het huisnummer heeft opgeschreven.'

'Misschien is het geen huisnummer', zei ze.

Van In schudde zijn hoofd. Marechal woonde in de Westmeers op het nummer achtentwintig. Welke andere reden was er anders? Hij bestelde een nieuwe Duvel en stak een sigaret op.

'De papieren bewijzen in ieder geval dat de moord zorgvuldig gepland was', zei Versavel toen hij ze ook had gelezen.

'Ja. Maar waarom? Charles Marechal leefde teruggetrokken. Volgens de buren ontving hij nooit bezoek. Wie wil er nu zo iemand vermoorden?'

'En dan nog op die manier', zei Versavel.

'En dan nog op die manier', herhaalde Van In.

Hubert Blontrock was vermoord met een vuurwapen, Merel Deman met een dodelijke injectie en Charles Marechal was neergestoken met een mes. Was dat toeval of probeerde de moordenaar de politie om de tuin te leiden door telkens... Nee. Dan moest hij toch aannemen dat ze alledrie het slachtoffer waren geworden van dezelfde dader en dat het dronkemansverhaal van Hubert Blontrock klopte. Wat konden de moorden in godsnaam te maken hebben met de roulette? Met getallen?

'Wat was het huisnummer van Merel Deman?'

'Wil je dat nu weten?' vroeg Versavel.

'Liefst.'

Versavel pakte zijn mobieltje en toetste het nummer van het politiebureau. De dossiers van de moorden lagen op zijn bureau.

'Wil je dat van Blontrock ook weten?'

'Waarom ook niet', zei Van In.

Het antwoord liet amper een paar minuten op zich wachten.

'Vijftien en eenendertig.'

'Verdomme.'

'Is daar iets mis mee?' vroeg Hannelore, die helemaal niet begreep waarom Van In vloekte toen hij de nummers te horen kreeg.

'De nummers op de roulette gaan van nul tot en met zesendertig', zei Van In.

Het werd even stil. Vermeulen was de eerste die reageerde.

'Je gaat toch niet beweren dat de roulette bepaalt wie er vermoord wordt.'

Van In haalde zijn schouders op en nam een slok Duvel. Het was een krankzinnige theorie, maar het was er een die een mogelijke verklaring bood voor de willekeurige moorden en aansloot bij het verhaal van Blontrock.

'Het is een spoor als een ander, Vermeulen. En zowel jij als ik zijn verplicht elk spoor te onderzoeken.'

'Wat weten we eigenlijk over gokkers?' vroeg Versavel.

Sinds hij samenwerkte met Van In hadden ze al menige vreemde zaak opgelost doordat Van In bleef vasthouden aan een op het eerste gezicht ongeloofwaardige these.

'Dat ze voor geld spelen', zei Hannelore.

'En wat als dat niet meer voldoende is?'

Er viel weer een stilte. Zelfs Vermeulen moest even slikken. Hij had ooit een verhaal gehoord over verveelde miljonairs die jachtpartijen op mensen organiseerden op de Hoge Venen, maar dat was ondertussen al ontkracht. Gokkers die op mensenlevens inzetten, het klonk minstens even erg.

'Ik stel voor dat we eerst een paar uur slapen en daarna weer aan de slag gaan', zei Van In.

Hij duwde zijn sigaret uit en dronk zijn Duvel leeg. Johan, de kroegbaas, slaakte een zucht van verlichting.

'Mevrouw Dekramer is er vandaag helaas niet en morgen heeft ze een afspraak in Wiesbaden. Als ik het goed heb komt ze volgende week dinsdag terug. Kan ik ondertussen een boodschap voor u aannemen?'

'Nee', zei Van In. 'Ik bel zelf wel terug.'

Hij had hoofdpijn en geeuwde om de haverklap. Hannelore echter zag er fris en monter uit hoewel ze niet langer had geslapen dan hij.

'Geen succes?'

'Nee. Mevrouw gaat naar Wiesbaden.'

'Tja', zei Hannelore.

'Sorry, baas.'

Versavel pakte de thermoskan en schonk de koppen nog eens vol. Zijn vermoeden dat er bij de federale politie iemand werkte die gespecialiseerd was in daderprofilering klopte, maar hij kon natuurlijk niet weten dat mevrouw Dekramer meer in het buitenland verbleef dan in Brugge.

'Wat doen we nu?'

Van In klonk duidelijk ontgoocheld en hij was ook boos op zichzelf omdat hij zich vroeger nooit in die materie had verdiept.

'Op het internet gaan surfen.'

Hannelore wilde behulpzaam zijn maar dat viel bij Van In niet in goede aarde.

'Wat dacht je van de bibliotheek', zei hij schamper.

'Sorry.'

Hannelore nam een slokje koffie en wierp Versavel een hulpbehoevende blik toe. Wat moest ze doen? Van In zeggen dat Olivier Vanderpaele een specialist ter zake was?

'Voor ik het vergeet, Pieter. Vermeulen heeft gebeld voor jullie arriveerden. De Beagle is overgespoten. De oorspronkelijke kleur was donkerblauw. En uit het chassisnummer blijkt dat de wagen twee maanden geleden gestolen is bij de vw-dealer.'

Versavel keek naar Hannelore met een blik van ik-doe-wat-ik-kan-om-hem-te-kalmeren. Dat het niet lukte bewees de reactie die hij kreeg.

'Daar schieten we niet mee op, Guido.'

'Oké, baas.'

Van In kon uren mokken als hij in het slop zat. Iedereen wist dat je hem dan beter met rust kon laten. Spelen om mensenlevens, het was een vreselijke gedachte die hem bleef achtervolgen en hij had de mogelijkheid dat het gebeurde wellicht verworpen als hij zelf niet aan den lijve had ondervonden hoe verslavend gokken wel was.

'We moeten toch iets doen', zei hij na een minutenlange stilte.

Hannelore haalde diep adem en schraapte haar keel.

'Ik ken iemand die ons kan helpen', zei ze aarzelend. 'Maar ik weet niet of je het prettig zult vinden.'

'Dat zeg je nu.'

'Omdat ik...'

'Het maakt niet uit wie, Hanne. Het mag voor mijn part een pedofiel zijn.'

Het is zeker geen pedofiel, wilde ze zeggen, maar ze zweeg wijselijk.

'Olivier Vanderpaele heeft destijds een cursus gevolgd bij de FBI. Tenminste, dat heeft hij me verteld.'

De reactie die ze verwacht had bleef uit. Van In stak rustig een sigaret aan en blies de rook voor zich uit.

'Ach zo', zei hij. 'Daar hadden jullie het gisteren over.'

'Het is niet wat je denkt, Pieter.'

Hannelore stond perplex. Hoe was hij er in vredesnaam achter gekomen dat Olivier met haar was meegelopen?

'Hoe lang ken je die kerel eigenlijk al?'

'Dat weet jij best, Van In. Je denkt toch niet dat ik achter je rug bezig ben. Ik sluip tenminste 's nachts het huis niet uit om heimelijk in een casino te gaan spelen.'

Van In mocht jaloers zijn, hij kon haar niet verbieden met een andere man te praten. Toegegeven, Olivier had wellicht niet de zuiverste bedoelingen met haar, maar dan moest zij daar ook nog mee instemmen en dat was ze helemaal niet van plan. Of toch? Had een stemmetje diep in haar binnenste haar niet ingefluisterd dat een avontuurtje geen kwaad kon, meer nog, dat het een goede remedie was tegen de sleur? Fysiek was Olivier een doodzonde waard, het was zijn karakter dat haar afstootte. Versavel voorvoelde in de dreigende stilte de voorbode van een storm.

'Van In heeft beloofd dat hij nooit meer zou spelen. Nietwaar?'

Hij keek zijn vriend doordringend aan. Zijn ogen spraken voor zich. Als Van In niet inbond, zou hij Hannelore vertellen wat er in het casino gebeurd was.

'Guido heeft gelijk, Hanne. Zand erover?'

Ze knikte hoewel ze niet begreep vanwaar de ommekeer kwam.

'Zal ik een afspraak met hem maken?'

Van In sloeg zijn armen om haar heen en gaf haar een zoen.

'Doe maar, meisje.'

Nathan Six liet zich op de bank neerploffen en zette de dvd-speler aan. Hij had *Hellraiser* al minstens twintig keer bekeken en dat meestal op momenten dat hij wilde nadenken. En daar was hij nu weer aan toe. Hij had een fout gemaakt en dat kon hij zichzelf moeilijk vergeven. De vraag was hoe het nu verder moest. De Spelmeester wilde het spel niet staken. Tenminste nu nog niet. De spelers waren nog te hongerig en de winsten te groot. Niemand trok zich wat van zijn problemen aan. Hij was de auto kwijt, iemand die hem kon identificeren leefde nog en hij had het dossier van het slachtoffer laten liggen. Een nieuwe wagen versieren kostte tijd, maar wie weet kon hij daarvoor een tussenoplossing bedenken. Het was de vrouw die hem dwarszat. Wellicht beschikte de politie nu al over een persoonsbeschrijving, en dat was allesbehalve geruststellend. Aan de andere had ze hem maar een paar seconden goed kunnen bekijken en dan nog terwijl ze in een staat van paniek verkeerde. En de ervaring leerde dat robotfoto's meestal niets opleverden. Het ergste waren de vingerafdrukken op het mapje en in de auto. Gelukkig was hij nog nooit in contact gekomen met justitie en zolang dat niet gebeurde, waren de vingerafdrukken waardeloos. Nathan Six glimlachte en stak een sigaar op. Op het scherm volgde de ene gruwelijke scène de andere op.

'Weet Vanderpaele iets af van het onderzoek?' vroeg Van In toen ze uit de auto stapten.

'Ik heb hem er een en ander over verteld', zei Hannelore.

'Zomaar.'

'Wat bedoel je daarmee?'

Tijdens de rit had Van In een paar feiten op een rijtje gezet. Olivier was een knappe, succesvolle advocaat, maar hij woonde alleen. Niemand wist waarom hij halsoverkop van Mechelen naar Brugge was verhuisd. De moorden waren gepleegd net nadat hij in Brugge was komen wonen en hij had contact gezocht met Hannelore en met haar over het onderzoek gepraat. Bovendien had hij vroeger nog in een casino gewerkt en hij was blijkbaar een expert in daderprofilering.

'Is hij er zelf over begonnen?'

Hannelore keek hem aan alsof ze het in Keulen hoorde donderen.

'Wat je denkt is pervers', zei ze.

Het klonk vastberadener dan ze het bedoelde. Wie was er eigenlijk over het onderzoek begonnen? Ze kon het zich amper nog herinneren.

'Ik vraag het gewoon maar.'

'Ik weet het niet meer', zei ze.

Versavel belde aan. Er werd bijna onmiddellijk opengemaakt. Olivier Vanderpaele droeg een beige pak, een wijnkleurig hemd en zwarte schoenen van Strelli. Versavel herkende de schoenen omdat Frank ook een paar had.

'Excuseert u mij voor de rommel', zei Vanderpaele toen ze in de woonkamer waren. 'Zoals jullie weten, woon ik hier maar tijdelijk.'

Van In liet zijn blik over de honderden boeken glijden die in stapels op de grond lagen. In de hoek van de kamer stond een staande lamp van Italiaanse makelij naast een indrukwekkend bureau van massieve es. Het midden van de kamer werd beheerst door twee sobere leren banken die hun beste tijd achter de rug hadden. De kussens waren ingezakt en het leer zat onder de krassen.

'Ik dacht dat u al een huis gevonden had', zei Van In langs zijn neus weg.

'Het pand in de Beenhouwersstraat?'

'Ja, dat bedoel ik.'

'Ik denk dat ik het nog even in beraad houd', zei Vanderpaele. 'Huizen zijn bijzonder duur in Brugge, moet u weten.'

Van In haatte de manier en het toontje waarop Vanderpaele sprak, maar hij deed zijn best om daarvan niets te laten merken. Advocaten zijn meestal op de hoogte van de vastgoedprijzen, ook die in andere steden. De vraag waarom hij in Brugge was komen wonen, brandde op zijn lippen.

'Dat is waar', zei hij in plaats daarvan.

'Gaan jullie toch zitten.'

Vanderpaele maakte een uitnodigend gebaar en glimlachte steels naar Hannelore.

'Kan ik jullie iets te drinken aanbieden? Fruitsap, cola, champagne of iets sterkers?'

‘Nee, dank u’, zei Van In.
‘En jij, Hannelore?’
Versavel merkte dat Van In zich inhield en hij kon hem voor één keer geen ongelijk geven.
Wat verbeeldde die kerel zich wel? Gelukkig ging ze er niet op in.
‘Volgens onderzoeksrechter Martens weet u een en ander af van daderprofilering’, zei Van In.
Vanderpaele deed alsof hij de speldenprikken niet voelde.
‘Daar weet ik inderdaad een en ander van af, commissaris’, zei hij met de klemtoon op een en ander. ‘Over hoeveel tijd beschikt u?’
‘Een uurtje’, zei Van In.
Hannelore keek wanhopig naar Versavel. Als die twee zo verder gingen, kwam daar narigheid van. Maar aan de andere kant vond ze het fijn dat Van In zich zo kon opwinden als hij concurrentie voelde.
‘Pieter wil alleen weten of er ook seriemoordenaars bestaan die hun slachtoffers niet seksueel misbruiken. Mensen die doden omdat ze het plezierig vinden.’
‘Of voor geld?’ voegde Versavel eraan toe.
Vanderpaele sloeg zijn handen in elkaar en trok het gezicht van een onderwijzer die op het einde van het schooljaar tot de vaststelling komt dat zijn leerlingen er niets van begrepen hebben.
‘Zo eenvoudig is het niet’, zei hij dramatisch.
‘Laat me de vraag dan anders formuleren’, zei Van In. ‘Zijn er seriemoordenaars die alleen handelen uit een soort superioriteitsgevoel?’
‘Wat bedoelt u daarmee?’
‘Kerels die willen bewijzen dat ze iedereen te slim af zijn.’
‘Die bestaan zeer zeker’, zei Vanderpaele.

Het gesprek dreigde uit de hand te lopen en te ontaarden in een zinloos kat-en-muisspel. Van In kreeg het stilaan op zijn heupen. Hannelore herkende de onheilspellende blik in zijn ogen.

'Onze tijd is kostbaar, Olivier', zei ze vermanend.

Vanderpaele maakte een slikbeweging en deed een poging om nonchalant achterover te leunen op de bank.

'Weet u,' zei hij alsof er geen vuiltje aan de lucht was, 'dat filmproducenten in Hollywood regelmatig scenario's toegestuurd krijgen waarin seriemoordenaars haarfijn uit de doeken doen hoe ze te werk gaan en hoe ze de politie op een dwaalspoor brengen?'

'Echte seriemoordenaars of kerels die erover fantaseren?'

'Dat valt moeilijk te bewijzen', zei Vanderpaele. 'Maar het is een feit dat veroordeelde seriemoordenaars het ook doen. Meestal gaat het om scenario's die zo onwaarschijnlijk zijn dat ze niet uit te voeren zijn, maar af en toe komen die kerels met bijzonder originele ideeën op de proppen. Op het internet circuleren honderden van die verhalen.'

'Dus toch op het internet', zei Hannelore met een verwijtende glimlach naar Van In. 'Wie had dat kunnen denken?'

'Alles is te vinden op het internet', zei Vanderpaele.

'Ik dacht dat u een cursus bij de FBI had gevolgd', sneerde Van In.

'Daar twijfelt u toch niet aan, commissaris?'

Vanderpaele gooide zijn hoofd in zijn nek. Hij leek Zeus wel die op het punt stond zijn tegenstander met bliksemschichten te bestoken.

'Natuurlijk niet.'

Van In glimlachte voldaan omdat hij eindelijk een zwakke plek had gevonden. Kon hij die pipo rustig afmaken.

'Ik heb er altijd van gedroomd een cursus te volgen bij de

FBI', zei hij. 'Als ik een getuigschrift zou behalen, zou ik het zeker laten inlijsten en in mijn bureau ophangen.'

Van In liet zijn blik ostentatief over de muren glijden. Het was er een beetje over, maar dat kon hem geen moer schelen. Hij was er zo goed als zeker van dat Vanderpaele geen getuigschrift kon voorleggen van de cursus die hij bij de FBI had gevolgd.

'U gelooft me dus toch niet', reageerde Vanderpaele bits.

'Dat zegt u', zei Van In rustig.

De nijdige reactie van Vanderpaele bewees dat hij gelijk had. Een weldoend gevoel verspreidde zich als balsem op zijn ziel.

'Vond je het echt nodig Vanderpaele in zijn hemd te zetten?'

Hannelore trok het portier dicht en stak een sigaret op. Roken in de auto deed ze alleen als ze kwaad was.

'Ik heb me in ieder geval kostelijk geamuseerd. Of geloof jij hem misschien? Het getuigschrift is zoekgeraakt tijdens de verhuizing. Laat me niet lachen. Als Vanderpaele een expert is in daderprofilering, ben ik...'

'Iemand die vanavond alleen slaapt.'

Hannelore nam twee trekken achter elkaar, draaide het raampje open en gooide de halfopgerookte sigaret op straat. Ze dacht aan de kinderen, het huis en de jaren die ze met Van In had gedeeld en vroeg zich af of het de moeite had geloond.

9

'Hij is weer laat', zei Carine toen Van In om tien voor negen nog niet op kantoor aanwezig was. Ze keek sluiks naar Versavel die rustig pv's zat in te tikken. Hij wist natuurlijk waar Van In uithing maar ze kende hem al lang genoeg om te weten dat hij daarover niets zou loslaten.

'Hoe is het eigenlijk met het slachtoffer?' vroeg ze dan maar.

Dit keer reageerde Versavel wel, maar hij keek niet op van zijn werk.

'Zijn toestand is nog altijd kritiek.'

Carine haalde haar schouders op. Mannen, zuchtte ze. Ze stond op en liep naar de deur. Waarom lieten mannen haar altijd links liggen? Ze deed toch niets verkeerds?

'Hoi Carine.'

Haar hart sprong op toen ze Van Ins stem herkende. Ze draaide zich om en glimlachte breed.

Hij liep energiek door de gang. Zijn haar was nog nat van het douchen en hij was glad geschoren.

'Je gaat mij niet vertellen dat je de voorbije weken niet flink afgevallen bent', zei ze toen hij haar een vluchtige zoen op haar wang gaf.

'Mannen worden ijdeler naarmate ze ouder worden, schat.'

Schat. Hij had net schat tegen haar gezegd. Was er dan

toch nog hoop of hadden hij en Hannelore weer ruzie gemaakt?

'Je ziet er in ieder geval beeldig uit', zei ze bijna verlegen.

'Jij ook.'

Ze kreeg een goedkeurende blik. Zou hij nu ook in haar kont knijpen als ze zich omdraaide? Nee. Hij liet haar voorgaan zonder een vinger naar haar uit te steken, hoezeer ze het ook had gehoopt. De homo stopte natuurlijk onmiddellijk met typen. Ze had het kunnen weten.

'Kopje koffie, Pieter?' vroeg ze om het heerlijke moment dat ze aandacht kreeg nog wat te rekken, maar dat was zonder Versavel gerekend.

'De thermoskan is nog halfvol', zei hij.

Van In knikte en liep naar de vensterbank, waar de kopjes stonden.

'Heb je al nieuws van de vriendin van Marechal?'

'De dokter zegt dat ze vandaag naar huis mag', zei Versavel.

De vrouw had de nacht in het ziekenhuis doorgebracht op advies van de arts van het urgentieteam.

'Is dat wel verstandig?'

Ze had oog in oog gestaan met de man die haar vriend had neergestoken. Haar getuigenis kon hem de das omdoen.

'Je hebt gelijk', zei Versavel. 'Ik zorg ervoor dat ze een tijdje een onderduikadres krijgt.'

Van In draaide zich om. Carine stond er een beetje beteuterd bij.

'Heb je mij nog nodig?'

'Natuurlijk heb ik je nog nodig.'

Na het gesprek met Vanderpaele was er in zijn hoofd een plan gerijpt waarover hij nog met niemand had durven spreken. Vanochtend tijdens de training had hij echter besloten om ermee door te gaan. Tenminste als Hannelore ermee akkoord ging.

'Zeg maar wat ik moet doen', antwoordde ze gretig.
'Een tijdje mijn minnares zijn', zei Van In.

Het gerechtsgebouw gonsde van de bedrijvigheid. De politierechter hield zitting en daar kwam altijd een massa volk op af. Niet omdat ze dat fijn vonden natuurlijk, ze hadden stuk voor stuk een brief op zak waarin stond dat ze er moesten zijn. De meesten omdat een alcoholtest had uitgewezen dat ze niet meer in staat waren geweest een voertuig te besturen.

'Op hoop van zegen', zei Van In toen hij en Versavel in de lift stapten.

'Ik denk niet dat je op veel steun moet rekenen, Pieter.'

Het plan dat Van In zo-even had voorgelegd was gedurfd, gevaarlijk en op het randje af illegaal, maar het bood veel kans op succes. Als het inderdaad klopte dat er in illegale casino's gegokt werd voor mensenlevens, konden ze twee dingen doen: notoire gokkers in het oog houden en op die manier de illegale casino's lokaliseren of het netwerk infiltreren.

'Als we niet kunnen bewijzen dat de inzet een mensenleven is, gaan de moordenaar en de opdrachtgevers vrijuit', zei Van In.

'Je hebt gelijk, maar...'

'Ik zal mijn handen thuishouden, Guido.'

'De vraag is of Hannelore dat zal geloven.'

De liftdeur schoof open. Op de verdieping waar de onderzoeksrechters werkten, was het heel wat rustiger dan op de begane grond. Een sluier van gerechtigheid dreef als een onzichtbaar waas door de gangen. Er heerste een haast religieuze stilte. De deur van Hannelores kantoor stond wijd open. Ze verwachtte hem. En procureur Beekman was er ook al.

'Je deed nogal geheimzinnig aan de telefoon', zei Hannelore toen Van In haar zoende.

'Er zijn dingen die je niet over de telefoon kwijt kunt, schat.'

Hij drukte Beekman de hand en ging zitten. Versavel volgde zijn voorbeeld.

'Ik zou het bijzonder op prijs stellen als jullie me eerst laten uitspreken voor...'

'Dat beslis ik wel, schat.'

De manier waarop ze 'schat' zei zette meteen de toon, maar ze liet hem toch vijf minuten onafgebroken aan het woord waardoor hij de kans kreeg de hoofdpunten van zijn plan uiteen te zetten.

'Mag ik ook weten waar je het geld vandaan zult halen?'

Hannelore boog zich voorover en ondersteunde haar kin met haar handen. Ze zei met opzet nog niets over Carine. Hij dacht toch niet dat zij zou toestaan dat hij haar als zijn minnares zou opvoeren?

'Dat is inderdaad een probleem', zei Van In.

Hij moest eerst een tijdje grof spelen voor hij in contact zou komen met echte gokkers en dan was het nog zeer de vraag of iemand hem in vertrouwen zou nemen over de illegale casino's. Als die al bestonden natuurlijk.

'En niet het minste', zei Beekman. 'Hoeveel denk je dat je nodig hebt om een goed figuur te slaan aan de speeltafel?'

Van In beantwoordde de vraag niet meteen.

'Ik heb natuurlijk al een paar keer gespeeld en ik weet bijna zeker dat Devilder me krediet zal geven als ik hem kan overtuigen dat ik aan lagerwal ben geraakt.'

'En daarvoor heb je Carine nodig?'

'Een minnares maakt me nog kwetsbaarder, schat.'

'Onnozelaar.'

'Geen ruzie alstublieft', suste Beekman.

Hannelore reageerde snedig.

'Je hebt ons waarschijnlijk nog nooit ruzie horen maken, Jozef.'

Versavel keek door het raam naar buiten. Niemand kon garanderen dat Van In er op die manier in zou slagen het milieu te infiltreren. Sterker nog. Niemand kon bewijzen dat Devilder van het casino van Blankenberge iets te maken had met illegale casino's. Maar wat moesten ze doen? Wachten tot er nog iemand vermoord werd?

'Als ik het goed begrijp willen Van In en juffrouw Neels voor een bepaalde tijd undercover gaan', zei Beekman. 'Terwijl de tegenpartij denkt dat jullie geschorst zijn. Is dat niet een beetje te Amerikaans?'

'Amerikaans of Spaans. Het doet er niet toe. Ik doe er in ieder geval niet aan mee', zei Hannelore vastbesloten.

'Mijn bezwaar is dat justitie een dergelijke operatie niet kan financieren', knikte Beekman.

'Er moet een andere manier zijn om de moorden op te lossen. Je hebt een getuige en wie weet overleeft het slachtoffer de steekpartij.'

Van In boog het hoofd als een teken van overgave. Eigenlijk had hij nooit verwacht dat ze hun medewerking zouden verlenen, maar dat wilde niet zeggen dat hij het plan zou afblazen.

'Jullie hebben waarschijnlijk gelijk', zei hij onderdanig.

Van In en Versavel brachten de rest van de ochtend in L'Estaminet door. De Duvels en de perriers vloeiden rijkelijk. De sfeer was gelaten.

'Je geeft je wel heel snel gewonnen, Pieter.'

Versavel keek zijn vriend onderzoekend aan. Er klopte iets niet. Van In was niet zo stom dat hij niet wist dat zijn plan weinig of geen kans maakte. Waarom had hij het dan voorgesteld? Hannelore zou er nooit mee instemmen dat hij een paar weken met Carine onder één dak ging wonen.

'Ze hebben waarschijnlijk gelijk, Guido.'

'Er scheelt toch niets anders met je?'

'Ik heb veel zin om de doopceel van die Vanderpaele eens te lichten', zei Van In.

Versavel knikte. Dat was het dus. Hij was weer eens jaloers.

'Zit het zo diep?'

Van In nam een grote slok Duvel en stak een sigaret op. Versavel was de enige die hij in vertrouwen kon nemen als hij het voorgenomen plan wilde uitvoeren, maar was het wel verstandig om ermee door te gaan? Niemand kon van hem eisen dat hij het geluk van zijn gezin op het spel zette om een zaak op te lossen.

'Ik wil alles over dat mannetje weten wat er over te weten valt.'

'Geen probleem', zei Versavel.

Van In stak zijn hand op en bestelde een nieuwe Duvel en een bordje kaas. De vriendin van meneer Marechal werkte mee aan een robotfoto van de dader en Vermeulen had de vingersporen die hij op het mapje had aangetroffen in de computer gestopt, maar dat had tot dusver nog geen resultaat opgeleverd. Meer kon hij voorlopig niet doen.

Er stond naam noch logo op de vrachtwagen die langzaam achteruitreed op de parkeerplaats van De Vetgans. Willy Gevers zat achter het stuur. Hij keek ernstig. In normale omstandigheden werd een locatie een aantal keer gebruikt, maar de Spelmeester had via Nathan Six laten weten dat hij de speeltafels dringend diende weg te halen en ze voorlopig moest bergen in de loods in Waardamme. Waarschijnlijk zouden ze er een tijdje mee ophouden tot de heisa rond de mislukte moord op Marechal een beetje bekoeld was. Ze wilden koste wat het kost vermijden dat de politie de Spelmeester op het spoor kwam. Die kans was bijzonder klein. Behalve Nathan Six was er niemand die de identiteit van de Spelmeester kende. Was het een van de spelers zelf of iemand uit het casinomilieu? Of Nathan Six zelf? Misschien waren hij en de Spelmeester wel een en dezelfde persoon. Er kwam een aftandse Mercedes de parkeerplaats opgereden met daarin vier mannen van Oost-Europese afkomst. Zij zouden straks de speeltafels in de vrachtwagen laden en hem achterna rijden naar de loods in Waardamme om de hele zwik weer te lossen. Ze waren discreet en werkten goedkoop.

Het was vredig stil in kamer 204. Van In zat te knikkebollen op zijn stoel. Versavel las de krant. Buiten was het aan het regenen. Het beloofde een lome middag te worden.

'Ze hebben Moens weer eens het vuur aan de schenen gelegd.'

'Wat zeg je?'

Van In schrok wakker uit zijn hazenslaapje.

'Seriemoordenaar slaat toe in Brugge.'

Versavel begon het stuk voor te lezen dat onder die kop was verschenen. De dienstdoende journalist, een kwal die zijn artikelen steevast met zijn initialen ondertekende, had burgemeester Moens geconfronteerd met de vreemde reeks moorden die de voorbije weken waren gepleegd en hem een aantal netelige vragen gesteld over de stand van het onderzoek.

Terwijl Versavel las, rekte Van In zich uit, geeuwde en wierp een blik op de klok boven de deur. Hij had een halfuurtje zitten soezen en dat had hem deugd gedaan.

'Straks mogen we weer extra patrouilles inzetten om de bevolking een gevoel van veiligheid te geven.'

Zijn woorden waren nog niet koud of de telefoon ging over.

'Neem jij op of ik?'

Versavel legde de krant opzij en nam hoofdschuddend de hoorn op. Het was Vermeulen. Het gesprek duurde amper twee minuten.

'De robotfoto is klaar. Vermeulen vraagt of we even langs willen komen.'

'Kan hij zelf niet langskomen?'

'Had jij maar moeten opnemen', zei Versavel.

'Heeft hij iets gezegd over de vingersporen?'

'Nee. Denk je dat die iets opleveren?'

Van In schudde zijn hoofd.

'Iemand die zoveel moeite doet om de herkomst van zijn wagen te verdoezelen, laat geen traceerbare vingersporen achter. Ik denk dat we met een bijzonder intelligente kerel te maken hebben, Guido.'

'We hebben toch een robotfoto.'

Van In zuchtte.

'Die hadden we ook van de leden van de Bende van Nijvel.'

'Dat is waar', zei Versavel.

'Aan de andere kant...'

Van In hees zich uit zijn stoel en liep met gefronste wenkbrauwen naar het raam. Dossiers lezen en herlezen is een goede manier om aanwijzingen of tegenstrijdigheden te vinden die bij een verhoor onopgemerkt blijven. Over een zaak praten kan ook heel inspirerend werken.

'We hebben zijn wagen. En ik kan me niet voorstellen dat hij er een in reserve heeft.'

Van In bezat zelf al jaren geen wagen meer en hij had zich daaraan aangepast, maar de meeste mensen die er wel een hadden, konden die niet lang missen.

'Of hij is voorzichtiger dan we denken en neemt de tijd

om een auto te versieren die we niet kunnen natrekken of hij koopt, huurt of steelt er een.'

Het was zoeken naar een speld in een hooiberg, maar ze hadden tenminste iets om naar te zoeken. Van In liep naar de kaart van West-Vlaanderen die boven het bureau van Versavel aan de muur hing, pakte een viltstift en trok een halve cirkel van Oostende over Brugge naar Knokke.

'Hoeveel mensen kunnen we inzetten?'

Versavel maakte vlug een rekensommetje in zijn hoofd.

'Twaalf.'

'Oké', zei Van In. 'We sturen ze allemaal op pad met een robotfoto van de verdachte. Laat ze eerst de autoverhuurbedrijven controleren en daarna alle garages waar tweedehandswagens verkocht worden.'

'Dat zal hoofdcommissaris De Kee graag horen.'

'De Kee kan de pot op.'

De hoofdcommissaris was een man die niet geloofde in dit soort grootscheepse operaties. Bovendien waren hij en Van In niet de beste vrienden. Het was niet de eerste keer dat ze met elkaar in de clinch gingen.

'En wat doen wij ondertussen?'

'Ervoor zorgen dat meneer Marechal politiebewaking krijgt.'

'Wie ga je daarvoor inzetten?'

'Het kan me niet schelen wie, Guido. Trommel desnoods een paar wijkagenten op.'

'En wat doen we met zijn vriendin?'

Het onderduikadres waar Virginie voorlopig logeerde, was eigenlijk de oude flat van Frank waar hij om belastingtechnische redenen nog steeds gedomicilieerd was en die hij alleen nog in geval van nood gebruikte. Als hij en Versavel weer eens ruzie hadden gemaakt bijvoorbeeld.

'Zij is veilig waar ze is.'

'Oké, chef.'

Versavel ging in de houding staan en klakte met zijn hielen. Hij hield van een onderzoek waar vaart in zat.

Nathan Six draaide het raampje van zijn gehuurde Ford Ka open en blies de rook van zijn Cohiba naar buiten. Het was zijn derde sigaar in zes uur. Een valse baard, snor en een pruik maakten hem onherkenbaar. Patiënten die op afdeling intensieve zorgen lagen, mochten twee keer per dag gedurende een kwartier bezoek ontvangen. Een keer in de ochtend en een keer in de loop van de middag. Hij was vanochtend vroeg naar het algemeen ziekenhuis gereden om er zeker van te zijn dat hij zijn wagen dicht bij de hoofdingang kon parkeren zodat hij iedereen in het oog kon houden die het ziekenhuis in en uit liep. Naast hem stonden twee plastic flessen. De ene bevatte mineraalwater, de andere diende om in te plassen. Virginie stapte om kwart voor drie uit de bus en liep met haastige pasjes naar de hoofdingang. Een halfuur later was ze terug. De bus die haar terugbracht, dook vijf minuten later op. Nathan liet de wagen achter en ging haar achterna. Het was een risicovolle operatie ondanks de vermomming maar de enige manier om erachter te komen waar ze verbleef. Virginie stapte uit bij het station, waar ze de bus nam naar Sint-Andries.

Ervaren politiemensen gaven meestal ruiterlijk toe dat ze bepaalde zaken nooit hadden kunnen oplossen zonder een tikkeltje geluk. Om vijf voor vier belde inspecteur Sioen Van In met de mededeling dat de verdachte in Blankenberge een donkerblauwe Ford Ka had gehuurd op naam van André Clarysse en dat hij cash had betaald.

'Nu kan mijn dag niet meer stuk, Guido.'

Van In pakte de telefoon, belde de officier met wachtdienst en gaf hem de opdracht contact op te nemen met alle patrouilles.

'Een donkerblauwe Ford Ka met nummerplaat GTF 543', herhaalde de officier met wachtdienst toen Van In hem vroeg het opsporingsbericht onmiddellijk en met de hoogste prioriteit te verspreiden.

'Denk je dat hij een valse identiteit heeft gebruikt?' vroeg Versavel toen Van In de hoorn neerlegde.

'Wellicht wel, maar het zou ook kunnen dat hij zich van geen kwaad bewust is en zijn echte naam heeft gebruikt.'

Nog geen halfuur later omsingelde het Cobra-team het huis van André Clarysse in de Lange Moerstraat. Van In was behoorlijk zenuwachtig. Na het debacle in Houtave kon hij zich geen tweede flater meer permitteren.

'Het huis staat me niet aan, Guido.'

'Villa, zul je bedoelen.'

De villa van André Clarysse lag in een mooi onderhouden tuin van minstens dertig are en bood onderdak aan minstens vier gezinnen.

'Wat doet die kerel eigenlijk?'

'Beheerder van vennootschappen', zei Versavel sip. 'Niet meteen iemand die een Ford Ka huurt.'

'Is hij getrouwd?'

'Inderdaad.'

De komst van het Cobra-team had in de buurt al voor enige commotie gezorgd en er had al iemand het parket gebeld met de vraag wat er aan de hand was. Van In voelde zich als een mannequin na een val op de catwalk.

'Zal ik ze naar huis sturen?'

Van In dacht koortsachtig na voor hij de vraag beantwoordde. Alles wees erop dat André Clarysse de man niet was die ze zochten, maar hij kon het risico niet nemen dat voetstoots aan te nemen. Bestuurder van vennootschappen was een term die vele ladingen dekte en hij zou de criminelen die een ogenschijnlijk normaal leven leidden de kost niet willen geven.

'Vooruit dan maar.'

'Vooruit waarmee?'

'Stuur ze naar huis, Guido.'

Nathan Six bekeek het flatgebouw waar Virginie binnenging. Het telde vijf verdiepingen en evenveel appartementen. Hij wachtte vijf minuten af voor hij de straat overstak en zelf het gebouw binnenging. In de hal was een deurtelefoon met daaronder een paneel met vijf belknoppen. Op de kaartjes ernaast stonden de namen van de bewoners. Er woonde maar één alleenstaande, een zekere Frank Christiaans. Nathan Six trok zijn wenkbrauwen op. Hoe kwam hij er in godsnaam achter waar het vriendinnetje van Marechal woonde? Er waren vier mogelijkheden als hij Christiaans buiten beschouwing liet. Hij besloot te wachten tot het donker werd en de lichten aangingen. Kon hij misschien binnenkijken. Als dat niet lukte, zou hij iets anders moeten verzinnen. Hij stak de straat over en liep naar een café een eindje verderop. Zijn mond was kurkdroog en hij voelde bloed pulseren in zijn dijslagader. De spanning nestelde zich in iedere vezel van zijn lichaam. Hij voelde zich roofdier en prooi tegelijk. Het roofdier in hem was zelfverzekerd en rustig, de prooi alert en schuw. Nathan Six wist zeker dat de flikken hem nooit zouden kunnen vatten. En hij twijfelde er niet aan dat hij zijn opdracht tot een goed einde zou brengen, ondanks de schoonheidsfoutjes die hij had gemaakt en die hij waarschijnlijk nog zou maken. Een plan was immers pas perfect als je er rekening mee hield dat een en ander fout kon lopen.

Zijn leerschool bestond uit boeken en films. Hij had zijn geheugen getraind tot het werkte als een computer. Voor iedere denkbare situatie had hij een pasklare oplossing. Hij speelde de hoofdrol in het computerspel dat hij zelf had ontworpen, een computerspel zonder software en zonder elektronica dat zich niet in een virtuele arena afspeelde maar in de echte wereld.

Van kinds af aan had hij verhalen bedacht en scenario's ontworpen, maar de mensen aan wie hij ze voorlegde hadden hem uitgelachen. Vooral zijn vader had hem daarover hard aangepakt. Het café dat hij binnenstapte, heette Bij Rosette. Er zaten drie mensen: een man van rond de veertig in maatpak, waarschijnlijk een vertegenwoordiger en twee oudere mannen, elk aan een tafeltje. Rosette bleek een schonkige vrouw met een hangbuik en couperose in haar gezicht. Nathan Six bestelde koffie.

'Goedemiddag', zei Van In toen een keurige heer met grijs achterovergekamd haar de deur openmaakte. 'Bent u meneer Clarysse?'

De man keek Van In verbaasd aan. Naast de voordeur hing een koperen bordje met daarop A. Clarysse.

'Wie anders', antwoordde hij met opgetrokken wenkbrauwen.

Het was duidelijk dat de man die ze zochten meneer Clarysse niet was. Een robotfoto mocht dan niet de beste manier zijn om iemand te identificeren, de fysieke verschillen tussen de man in de deuropening en de kerel die Virginie beschreven had, waren te groot.

'Ik ben commissaris Van In en dit is hoofdinspecteur Versavel. Mogen we even binnenkomen?'

'Ik zou niet weten waarom ik u zou binnenlaten', zei Clarysse nog steeds met opgetrokken wenkbrauwen.

Van In voelde zich als een scholier die bij de directeur op het matje geroepen werd.

'Ik onderzoek een moord, meneer Clarysse.'

'Een moord?'

'Ja, een moord.'

Er verscheen een geamuseerde glimlach om de mond van meneer Clarysse.

'Dan moet ik u helaas teleurstellen, commissaris. Hier zult u geen lijk vinden.'

Hij onderstreepte de laatste zin met een verbolgen knikje en deed de deur dicht. Versavel had moeite om een glimlach te bedwingen.

'De man beheert vennootschappen, Pieter', monkelde hij toen Van In hem boos aankeek.

Er zaten acht mensen in het café toen Nathan Six de rekening vroeg. Buiten was het al een halfuur donker. Hij betaalde voor drie koffies en twee cola's en stond op. Tijdens het wachten had hij meer dan één plannetje bedacht om zijn doel te bereiken.

Op de klok in kamer 204 tikten de seconden voorbij. Het voorbije halfuur had Van In vier sigaretten gerookt en twee jenevers achterovergekiept. Zijn ego was geschonden en dat wilde hij zo snel mogelijk verdringen. Ondertussen kamden zes patrouilles Brugge en omgeving uit op zoek naar een donkerblauwe Ford Ka. De kans dat ze die vonden, was bijzonder klein maar Van In weigerde de zoektocht af te blazen. Hij pakte de robotfoto die voor hem op zijn bureau lag en bekeek die voor de zoveelste keer. Iets zei hem dat hij de man op de foto van ergens kende.

'Hoe laat is het nu?'

Van In hoefde zich alleen maar om te draaien en een blik

op de klok te werpen maar hij vroeg het aan Versavel.

'Vijf over zeven.'

'Verdomme. Waarom heb je niets gezegd? Ik heb Hannelore beloofd dat ik om zes uur thuis zou zijn.'

'Dat doe je wel vaker.'

'Is er op dit uur nog een bloemenzaak open?'

'Ik denk het niet', zei Versavel.

'Klotezelfstandigen.'

'Je kunt haar ook bellen, Pieter, en zeggen dat je over een kwartier thuis bent. Je weet evengoed als ik dat het geen zin heeft hier nog langer te wachten. Geef haar een zoen en zeg dat je er spijt van hebt.'

Van In stak weer een sigaret aan en vulde zijn glas bij. Twee of drie jenevers, het maakte niet uit. Ze zou het toch ruiken.

'Jij hebt gemakkelijk praten.'

'Dat weet ik niet zo zeker', zei Versavel.

Hij had Frank ook beloofd voor zes uur thuis te zijn en het was ook niet de eerste keer dat hij zich daar niet aan hield. Voor hij het wist was er weer ruzie en... De telefoon ging over. Het was de officier met wachtdienst.

'We hebben de Ka kunnen lokaliseren', zei hij. 'Op het parkeerterrein van het algemeen ziekenhuis Sint-Jan.'

Het duurde amper tien seconden voor Van In het verband legde tussen de plek waar de auto stond en de vriendin van meneer Marechal. Hij sprong van zijn stoel en rende naar de deur met Versavel in zijn kielzog. Daarna ging alles razendsnel.

'Kun je niet harder, Guido?'

De Golf scheurde met grote snelheid over de Gistelsesteenweg. Met tollend zwaailicht en loeiende sirene. Van In vervloekte zichzelf dat hij de vriendin van Marechal geen politiebescherming had gegeven en hij zou het zichzelf nooit vergeven dat hij niet aan de mogelijkheid had gedacht dat ze op die manier op te sporen viel. Het verkeerslicht op het kruispunt van de expresweg die ze moesten oversteken en de Gistelsesteenweg sprong op rood.

'Niets van aantrekken', schreeuwde Van In toen de Golf vaart minderde.

Versavel kneep zijn ogen tot spleetjes. Aan de sliert koplampen links en rechts van de verkeerslichten kwam geen einde. De wagens die het kruispunt overstaken, reden bumper aan bumper.

'Goedenavond, mevrouw', zei Nathan Six door de deurtelefoon. 'Commissaris Van In heeft me gestuurd in verband met meneer Marechal. Mag ik even naar boven komen?'

Het bleef stil aan de andere kant van de huistelefoon.

'Hoort u me nog, mevrouw?'

Het was het vierde appartement waar hij aanbelde. Het kon niet anders of hij was aan het juiste adres.

'Ik ken geen meneer Marechal', klonk het stug.

De verbinding werd met een klik verbroken. Nathan Six haalde zijn schouders op en drukte op de bovenste bel.

Het was een mirakel dat de Golf de oversteek van het kruispunt doorkwam zonder brokken te maken. Het zweet stond Versavel in de handen en zijn hart ging wild tekeer.

'Ik doe dit nooit meer', zei hij met samengeknepen lippen.

'Neem de tweede straat rechts. Dat is sneller.'

Het was een eenrichtingsstraat maar dat kon Van In niet schelen. Hij leek in een trance. De gedachte dat de vriendin van Marechal iets overkwam, hield hem in een wurggreep. In de verte klonken sirenes van patrouillewagens die hij om assistentie had gevraagd. Versavel nam de bocht te snel. De wielen aan de linkerkant kwamen even van de grond, maar dat vond hij niet meer erg na de helse oversteek van het kruispunt.

'Komt u binnen, meneer.'

Virginie glimlachte triest naar Nathan Six. De dokter had haar vanochtend niet veel hoop gegeven. Charles zou de ochtend wellicht niet meer halen. Ze had zich al voorbereid op het ergste en de hele dag de herinneringen gekoesterd aan de schamele uren die ze met elkaar hadden gedeeld.

'Het is in verband met meneer Marechal', zei Nathan Six.

Toen Virginie niet reageerde op de voordeurbel, drukte Van In de vier andere in. Het duurde tergend lang voor iemand opnam.

'Politie', schreeuwde Van In. 'Maak de deur open.'

Er volgde een zoemtoon. Van In stormde naar binnen. Gelukkig stond de lift op de begane grond. Versavel stond er een beetje beteuterd bij. De lift riep bij hem gemengde gevoelens op. Hij dacht aan de keren dat hij die had genomen om de nacht bij Frank door te brengen en aan de keren daarna, toen ze samenwoonden, dat hij naar boven was gegaan om zich met hem te verzoenen na een hevige ruzie. De deur schoof open. Van In sprong naar buiten met zijn pistool in de aanslag. Hij hijgde en zijn ogen draaiden wild in hun kassen. Hoe had hij zo stom kunnen zijn? De deur van de flat stond op een kier. Op de grond lag een valse baard.

'Stuur een bericht naar alle patrouilles', schreeuwde hij Versavel met een schorre stem toe.

'Hij kan nog niet ver zijn.'

Virginie lag achter de voordeur. Het kostte Van In al zijn kracht om die zo ver open te krijgen dat hij zich door de opening naar binnen kon wringen. Hij knielde naast haar neer en legde de vingertoppen van zijn wijs- en middelvinger op haar halsslagader.

'Leeft ze nog?'

'Volgens mij is ze dood, maar bel toch maar de hulpdiensten.'

Van In draaide Virginie op haar rug en sleepte haar naar het midden van de kamer. Terwijl Versavel de hulpdiensten belde, drukte Van In zijn lippen op die van haar, hield haar neus dicht en blies lucht in haar longen.

Nathan Six trok de valse snor van zijn bovenlip en gooide ze in een rioolputje. Veel tijd om na te denken was er niet. Hij sloeg een zijstraat in nog geen dertig seconden voor de eerste politiewagen in zicht kwam. Het was hem een raadsel hoe de flikken hem op het spoor waren gekomen maar het had nu geen zin om zich daarover het hoofd te breken, zijn enige zorg was uit hun handen te blijven. Het geluid van de sirenes groeide aan en de donkerte boven de huizen kleurde blauw van de tollende zwaailichten. Het was een kwestie van tijd voor ze de omgeving begonnen uit te kammen. Zonder auto maakte hij geen schijn van kans. Om er een te stelen was er niet voldoende tijd. En toch moest hij snel zien weg te komen. Straks stond de straat vol met nieuwsgierigen.

Omdat Van In onvermoeibaar bleef doorgaan met de mond-op-mondbeademing, zag Versavel zich verplicht de leiding van de klopjacht op zich te nemen. Hij omcirkelde een gebied op een inderhaast op de grond opengevouwen plattegrond en liet alle uitvalswegen afsluiten. De resterende inspecteurs kregen de opdracht alle straten binnen het omcirkelde gebied uit te kammen. Dit keer zou de verdachte hun niet ontsnappen.

'Zal ik het even van je overnemen?'

Van In knikte. Hij was buiten adem en hij voelde zich draaierig van het diep inademen.

'Laat haar niet doodgaan, Guido.'

'Ik zal mijn best doen.'

Versavel was er zeker van dat de vrouw dood was, maar hij mocht Van In nu niet in de steek laten. Hij ging door met reanimeren tot de arts van het medische urgentieteam arriveerde en nog een laatste poging deed om de vrouw te redden hoewel ook hij er bijna zeker van was dat ze dood was. Hij diende haar elektroshocks toe en spoot een relatief hoge dosis adrenaline rechtstreeks in de hartspier, maar de draagbare EEG-machine tekende geen enkele reactie op.

'Het spijt me', zei de arts toen hij het ongeloof op Van Ins gezicht merkte.

'U hebt uw best gedaan, dokter. Ik heb tekortgeschoten. Ik had veel vroeger...'

'Nee, commissaris. Hier draagt maar een iemand schuld van. De man die haar vermoord heeft. Het enige wat u nog kunt doen is hem voor de rechter brengen.'

Van In keek de jonge arts doordringend aan.

'U hebt gelijk', zei hij. 'Ik krijg die kerel wel, wat het ook mag kosten.'

De huizen in de straat die Nathan Six was ingeslagen hadden een achtertuintje. Een aantal daarvan waren vanaf de straat bereikbaar via een paadje tussen twee huizen. Toen een politiewagen verscheen, aarzelde Six geen ogenblik. Hij nam het paadje en liep naar achteren. De tuintjes en de achterkant van de huizen leken op elkaar: een gazon met bloemen en heesters aan de zijkanten en een aangebouwde veranda. Hij had geluk. In het tweede huis brandde geen licht en de sleutel van de achterdeur lag onder de mat. De bewoners sliepen al of ze waren niet thuis. Nathan Six had geen andere keus. Hij deed de deur open, ging in de veranda op een stoel zitten en wachtte muisstil af. Hij hoorde voordeuren opengaan en stemmen van buurtbewoners die zich afvroegen wat er aan de hand was, maar in het huis waar hij zich schuilhield, bleef het stil.

'Misschien heb ik de perimeter te krap genomen', zei Versavel toen de klopjacht na drie uur nog geen resultaat had opgeleverd.

'Nee', zei Van In hoofdschuddend. 'Met de perimeter is niets mis. We hebben de moordenaar op een haar na gemist. Ver kon hij nog niet zijn.'

'Hij kan zich ergens verstopt hebben.'

'Dat zou kunnen', zei Van In.

Hij stak een sigaret op en nam een slok cola uit een blikje dat Versavel in een nachtwinkel had gekocht. Het was ondenkbaar dat hij van hoofdcommissaris De Kee de toestemming zou krijgen de zoektocht naar de moordenaar langer dan vierentwintig uur vol te houden. En hij kon niet meer manschappen inzetten dan hij had gedaan.

'We kunnen zijn signalement laten verspreiden in de buurt. Als hij zich ergens verstopt heeft, moet hij weer tevoorschijn komen.'

Van In knikte.

'Hoe laat is het nu?'

'Kwart voor twaalf.'

Hij pakte de plattegrond en omcirkelde een kleiner gebied.

'Laten we ons hierop concentreren.'

'Wat ben je van plan?'

'De kerel die we zoeken is niet stom. Toen hij de sirenes hoorde, moet hij zich gerealiseerd hebben dat we zijn auto hebben gevonden en dat hij te voet geen schijn van kans maakt. Als hij zich verstopt heeft dan heeft hij die beslissing meteen genomen. Volgens mij zit hij in de buurt.'

Meer dan vijftig inspecteurs van de lokale politie en bijna evenveel mensen van de federale politie kamden de rest van de nacht het gebied uit dat Van In had omcirkeld. Ze onderzochten alle geparkeerde auto's en belden bij meer dan tweehonderd huizen aan met de vraag of de bewoners iets verdachts gemerkt hadden en ze lieten hen de robotfoto van de verdachte zien. De enige positieve identificatie kwam van Rosette van het gelijknamige café.

'Hij heeft waarschijnlijk gewacht tot het donker was', zei Van In toen hem dat gemeld werd.

'Denk je dat we hem kwijt zijn?'

'Ik vrees van wel.'

Van In stak zijn laatste sigaret op en verfrommelde het pakje. Hij was moe, ontgoocheld en triest om de dood van Virginie, die hij niet had kunnen redden. Al bij al stelde het leven niet veel voor, zelfs niet voor een succesvolle speurder met een knappe vrouw en twee schatten van kinderen. Het was niet te verbazen dat zoveel mensen depressief werden of deden alsof ze het waren.

10

Het sneeuwde. Van In stond bij het raam en staarde naar de vlokken die voorbijdreven. Het was precies tien weken geleden dat de moordenaar van Virginie was ontsnapt. Hij leek van de aardbodem verdwenen. Wie weet was hij uitgeweken naar een exotisch land en lag hij daar te zonnen met twee blonde deernen aan zijn zijde. Van In moest glimlachen om het onnozele stereotiepe beeld dat bij hem opkwam. Waarom zou de kerel het land uitvluchten? Behalve de robotfoto en een stel ongeïdentificeerde vingerafdrukken hadden ze geen enkel spoor. Van In had nochtans niet stilgezeten. De voorbije weken had hij tot groot ongenoegen van Hannelore ettelijke avonden (nachten) doorgebracht in het casino op zoek naar tipgevers, maar ook dat had niet veel opgeleverd. Het had hem alleen geld gekost. Veel geld. Hij mocht het echtelijke bed niet meer in en Hannelore sprak alleen nog met hem als het over de kinderen ging. En toch was hij niet van plan om de zoektocht naar de moordenaar op te geven. Gelukkig kon hij rekenen op de steun van Carine. Zij was een paar dagen geleden te weten gekomen dat meester Olivier Vanderpaele twee keer per maand een gokje ging wagen in een Nederlands casino, waar hij grote sier maakte in het gezelschap van zakenlui zoals Evarist Oreels. Van In had beide mannen een tijdje laten schaduwen maar ook dat had niets opgeleverd.

'Er zit een kerel in de cel die vannacht zijn vriend heeft neergestoken op de Eiermarkt. Zal ik hem verhoren of doe jij het?'

Versavel probeerde te glimlachen, maar het lukte niet. Hij had zijn vriend nog nooit in die toestand gezien, tenminste nog nooit zo lang. En hij vond het bijzonder jammer dat diens relatie stuk dreigde te lopen vanwege een onopgeloste misdaad. Akkoord, de moorden hadden toen voor veel ophef gezorgd en de pers had de politie niet gespaard, maar dat was nu allemaal achter de rug. Het grote publiek had een kort geheugen. Bovendien waren de eindejaarsfeesten in aantocht. Waarom bleef Van In zo koppig?

'Moet ik me daar ook al mee bezighouden, Guido?'

Versavel liet hem niet de tijd om een tirade af te steken.

'Oké, oké', zei hij. 'Maak jij ondertussen maar een ommetje.'

Mannen die met pensioen zijn, krijgen hetzelfde te horen van hun vrouw als die aan de schoonmaak wil beginnen. In normale omstandigheden zou Van In zich niet zo laten betuttelen, maar nu protesteerde hij niet. Hij pakte zijn jas van de kapstok en liep zonder een woord te zeggen de kamer uit. Toen Carine hem in de gang zag voorbijlopen, ging ze achter hem aan. Over een paar dagen is hij van mij, dacht ze.

'Vind je het erg als ik even me je meeloop?'

'Natuurlijk niet.'

'Heb je zin om iets te gaan drinken?'

'Met jou altijd', zei Van In.

Hij had veel zin om zijn arm om haar schouder te leggen en haar eens flink aan te halen en hij had nog veel meer zin om bij haar in bed te kruipen, al was het maar om nog eens de huid van een vrouw te voelen. Wat is liefde? dacht hij bij zichzelf. Lief en leed met elkaar delen. Het klonk allemaal heel mooi, maar wie wilde leed met elkaar delen als je het kon vermijden.

'Wat doe je met Kerstmis?' vroeg ze toen ze de trap afliepen.

'Geen idee', zei Van In.

Gewoonlijk bleven ze met Kerstmis thuis met de kinderen, ze aten kreeft en oesters zoals iedereen en knuffelden wat bij de open haard. Dit jaar was er nog niets gepland.

'Ik ga uit', zei Carine.

Een alleenstaande vrouw die op kerstavond een eenzame man ontmoette, wist bijna zeker dat hij te versieren was. Al was het maar voor een nacht.

'Misschien doe ik dat ook wel', zei hij.

Ze liepen over het Zand en ploeterden door de smurrie. Een groepje luidruchtige scholieren hing rond bij de fontein. De jongens deden stoer. De meisjes kletsten honderduit over hun nieuwste veroveringen. Voor hen was Kerstmis niet meer dan een welkome vakantie. Zij die het zich konden permitteren gingen skiën of snowboarden. De anderen bleven jaloers achter met alleen maar een computerspel en een slinkend beltegoed.

'Hoe gaat het met de kinderen?'

'Goed', zei Van In.

'En met Hannelore?'

Het was nu of nooit, dacht ze.

'Waarom vraag je dat?'

Van In wist heel goed waarom ze het vroeg. Hij was bang een antwoord te geven dat de rest van zijn leven zou bezwaren.

'Zomaar.'

Ze hoefde niet meteen een stormram te gebruiken om hem murw te maken. Zijn harnas zat al vol met de barsten, het metaal was roestig en de krijger vermoeid.

'Ze is de laatste tijd een beetje onverdraagzaam', zei Van In.

'Trek je daar toch niets van aan, Pieter. Hannelore heeft een stresserende baan. En ze wordt er ook niet jonger op.'

'Laten we hier binnengaan', zei Van In.

De Rika Rock was niet echt een café waar mensen van zijn leeftijd over de vloer kwamen, de muziek was te hard en de sfeer het best vergelijkbaar met die op een chill-outparty. Aan de bar zaten twee meisjes van een jaar of zestien mee te wiegen op de muziek terwijl ze smakkende geluidjes maakten en om de haverklap hun te krap zittende topjes naar beneden trokken. Tegen de muur zaten vier kerels bier te hijsen. De tafel stond vol lege glazen en er dreef een vreemde bitterzoete geur.

'Een Duveltje?'

Carine hees zich op een kruk en lachte naar de barman. Zij kwam hier wel vaker.

'Liever een pilsje', zei Van In.

Hij liet zijn blik vluchtig over haar borsten glijden en keek daarna bewust weer de andere kant op. Vrouwen merkten gauw dat ze bekeken werden en hij wilde niet de indruk geven dat hij te krijgen was.

'Twee pilsjes', zei ze tegen de barman.

Ze had de blik gevoeld en genoot ervan. Hoe ver zou hij gaan? Haar vorige minnaars hadden het alleen op haar lichaam gemunt. Van In was een romanticus. Hij had liefde en genegenheid nodig.

'We kunnen ook een rustiger plekje opzoeken als je daar behoefte aan hebt', zei ze toen Van In zijn pilsje in twee teugen leegdronk en daarna verveeld voor zich uit staarde.

'Mij goed', zei hij.

Het was nog te vroeg om hem bij haar thuis uit te nodigen, dus stelde ze voor naar café Vlissinghe te gaan, waar het rustig was.

Freddy Verbeke trok een blikje bier open en zette de televisie aan. Een blondine kondigde het nieuws aan. Binnen in de woonkamer was het lekker warm. De gordijnen waren dicht en Freddy Verbeke was niet van plan om nog uit te gaan. Die tijd was definitief voorbij. Hij rekte zich uit, nam een slokje van het bier en las de tekst op de achterkant van de dvd die hij had gehuurd. Eigenlijk hoefde hij dat niet te doen, de foto's op de hoes spraken voor zich. Vroeger, toen hij nog werkte, was hij één keer naar de hoeren geweest, maar dat was flink tegengevallen. Honderd euro voor een beurt van tien minuten. Nee, voor die prijs kon hij vijfentwintig dvd's huren waar hij veel langer plezier aan beleefde. Het meisje op de hoes zag er amper achttien uit en ze had heel mooie borsten. Het beloofde een mooie avond te worden.

'Hoe laat is het?'

Van In sprak met een dubbele tong. Zijn ogen stonden glazig en toen hij een halfuur geleden naar het toilet ging, had hij zich bij het opstaan aan een tafel moeten vastklampen.

'Twintig voor elf', zei Carine.

Hij was dronken en dat was geen goed teken, maar ze moest roeien met de riemen die ze had. Liever een zatte Van In dan geen Van In.

'Is het al zo laat?'

Ze knikte. Ze was de tel kwijtgeraakt van de pilsjes die hij achterover had gekiept en ze stond versteld van zijn vermogen om in die omstandigheden nog een zinnig gesprek te voeren.

'We zouden beter naar huis gaan', zei ze.

'Naar huis?'

Hij keek haar aan met die waterige hondstrouwe ogen van hem.

‘Ja, naar huis’, zei ze vastberaden. ‘Zal ik een taxi laten bellen?’

De gelagzaal was zo goed als leeg. De enig overgebleven klant, een oudere man met een gek Tiroler hoedje op zijn hoofd, stond aan de bar. Voor hem stond een halfvol glas Hoegaarden. Het laatste, had hij vijf minuten geleden gezegd.

‘Ik denk niet dat ik vanavond naar huis ga, Carine.’

Natuurlijk niet, onnozelaar. Met naar huis gaan bedoel ik mijn huis, wilde ze zeggen, maar het zou zonde zijn het buitenkansje op die manier te verknoeien.

‘Voor mij hoef je niet naar huis’, zei ze. ‘Ik heb nog wel een plaatsje vrij.’

Van In hief zijn hoofd en keek haar secondelang aan. Hij knipperde zelfs niet met zijn ogen.

‘Weet je, Carine. Je bent best een aardige meid, maar...’

Ze had hem beet en nu dreigde hij haar te ontsnappen als een glibberige wispelturige paling. Haar geduld was op. Ze boog zich opzij, legde haar arm om zijn schouder en trok hem tegen zich aan.

‘Een plaatsje in mijn bed, Pieter, en je mag met me doen wat je wilt.’

Ze had het eindelijk gezegd. Na al die jaren had ze het hem eindelijk gezegd. De gedachte dat hij straks bij haar zou liggen wond haar behoorlijk op. Dat hij te veel had gedronken, was geen probleem. Ze wist wel raad met zatte kerels.

‘Meen je dat echt?’

Van In sloeg zijn ogen op. Hij had Hannelore nog nooit bedrogen, hij was het zelfs nooit van plan geweest. Tot nu.

‘Straks voel je je tien jaar jonger’, zei ze.

‘Maak er twintig van en ik ben je man.’

‘Oké.’

Ze haalde haar arm van zijn schouder, pakte haar portemonnee uit haar handtas en betaalde de rekening.

'Weet u zeker dat uw buurman om hulp riep?' vroeg Versavel aan de vrouw die voor hem in de deuropening stond.

'Ze hebben in ieder geval gevochten, meneer den agent.'

De vrouw trok de kraag van haar nylon kamerjas dicht en keek Versavel afwachtend aan. Misschien had ze de politie beter niet gebeld. Straks stuurden ze haar nog een gepeperde rekening als zou blijken dat het vals alarm was.

'Maar u zei net dat uw buurman alleen woonde.'

'Dat zegt iedereen', zei de vrouw.

'Wat bedoelt u daarmee?'

De huisjes in het beluik waren eigendom van het OCMW en ze werden verhuurd aan alleenstaanden met een uitkering, maar in de praktijk gebeurde het wel vaker dat bewoners hun woning met een partner deelden. En dat mocht natuurlijk niet, anders werd hun uitkering gekort.

'Een kerel als Freddy heeft een vrouw nodig. Als u begrijpt wat ik bedoel.'

De vrouw lachte haar vergeelde tanden bloot. Zij had al meer dan vier maanden geen man meer gehad en toen Freddy in het beluik kwam wonen, had ze heimelijk gehoopt hem te kunnen inpalmen, maar hij negeerde haar.

'Ja', zei Versavel met een trieste glimlach. 'Ik begrijp wat u bedoelt.'

Hij schatte de vrouw rond de veertig, een leeftijd waarop de meeste vrouwen er best nog appetijtelijk uitzagen, maar dat gold niet voor haar. Haar gezicht was ingevallen en getekend door overmatig alcoholgebruik. En onder de nylon kamerjas vermoedde hij een uitgedijd lichaam.

'Wat gaat u nu doen, meneer de agent?' vroeg de vrouw ingehouden.

De kans was groot dat Freddy net als zij te diep in het glas had gekeken, op zijn donder was gevallen en om hulp had geroepen, maar Versavel kon niet anders dan haar verhaal verifiëren en aanbellen. Door een opening tussen de gordijnen viel een smalle lichtstrook en de televisie stond aan.

'Zie je wel dat er iets gebeurd is', riep de vrouw toen er na drie keer bellen niet werd opengemaakt.

Versavel knikte, pakte zijn mobieltje en belde een slotenmaker. Hij had gehoopt een rustige avond te kunnen doorbrengen met Frank, maar daar zou nu niet veel meer van terechtkomen. Zelfs als er niets aan de hand was en Freddy gewoon zijn roes lag uit te slapen zou de interventie een pak papierwerk opleveren. Hoe zou het met Van In zijn? Lag hij ook zijn roes uit te slapen? Versavel ijsbeerde hoofdschuddend op de binnenplaats van het beluik. Zijn collega was in de auto blijven zitten.

'Kopje koffie?'

Carine trok haar jas uit en gooide hem over de leuning van een stoel. Van In stond haar verdwaasd aan te gapen. Ze had hem de hele weg van café Vlissinghe naar haar flat moeten ondersteunen en hij had de hele tijd onzin lopen uitkramen.

'Nee, dank je.'

Van In waggelde naar de bank en liet zich neerploffen. Er hing een waas voor zijn ogen, zijn hoofd tolde en zijn mond was kurkdroog.

'Een glaasje water dan?'

Hij knikte met zijn ogen halfdicht.

De slotenmaker duwde de deur open en zette een stap achteruit. Versavel bedankte hem met een knikje en ging naar binnen.

'Hallo. Is hier iemand?'

Zijn stem klonk hol in de kale gang. In de woonkamer hoorde hij gekreun, dat volgens hem niet afkomstig was van iemand die pijn had. Hij duwde de deur open en stapte naar binnen op het moment dat de actrice die de hoofdrol speelde een orgasme veinsde. Versavel gunde het tafereel amper een blik en dat had niets te maken met zijn seksuele geaardheid. Tussen de bank en het televisietoestel lag een man op de grond. Zijn hoofd baadde in een plas bloed. Een omvergevallen stoel en glasscherven wezen op een gevecht. Versavel vloekte binnensmonds en liep naar buiten.

Een kwartier later gonsde het van de bedrijvigheid op de binnenplaats van het beluik.

'Is Pjetr ziek?'

Zlotkrychbrto begroette Versavel met een stevige handdruk en een brede grijns.

'Jij bent hier in ieder geval snel', antwoordde Versavel ontwijkend.

Zlotkrychbrto woonde in Blankenberge en meestal kwam hij ruim te laat.

'Een saaie vergadering met collega's in het Sofitel. Je kunt je niet voorstellen hoe blij ik was toen ik hoorde wat er aan de hand was.'

'Ach zo', zei Versavel.

Hoewel Van In en Zlotkrychbrto goede vrienden waren, wist Versavel niet goed of hij hem de waarheid moest vertellen of een smoes verzinnen.

'Ze hebben toch weer geen ruzie gemaakt?'

'Wie?'

'Pjetr en Hanne.'

'Dat weet ik niet, Zlot.'

De politiearts trok een verontwaardigd gezicht. Dat hij

professioneel bijna uitsluitend met dode mensen bezig was, betekende niet dat hij niets afwist van de levenden. Hij kende Versavel door en door.

'Maak me niets wijs, Guido. Waar is hij?'

Goede vrienden laten elkaar nooit in de steek en geven aan buitenstaanders nooit de geheimen prijs die ze samen delen, maar... Versavel aarzelde zichtbaar. Hij streek zenuwachtig over zijn snor en ontweek bewust de dwingende blik van Zlotkrychbrto.

'Ik weet het echt niet, Zlot.'

De politiearts zuchtte diep.

'Pjetr heeft me meer dan eens uit de problemen gehaald, Guido. Geef me tenminste de kans iets voor hem terug te doen.'

'Hij is vanochtend van kantoor weggelopen', zei Versavel. 'Met Carine.'

'Gaat het een beetje?'

Carine reikte Van In een glas water aan, het vijfde in minder dan een kwartier.

Hij dronk het gulzig leeg.

'Ik wil een sigaret.'

Ze gaf hem er een.

'Ik hou van je, Pieter.'

Water drinken is de beste methode om te ontnuchteren, maar het duurt een tijdje voor het effect daarvan merkbaar wordt. Van de liefdesverklaring van Carine werd hij meteen bloednuchter. Een slippertje had misschien nog gekund, verliefd worden nooit.

'Moet je luisteren, Carine.'

Van In ging rechtop zitten, stak de sigaret op en vertelde haar wat hij van plan was. Hij was nog geen twee minuten klaar met zijn verhaal, of er werd gebeld aan de voordeur.

Versavel en Zlotkrychbrto troffen Van In aan in Carines bed. Zijn kleren lagen verspreid over de vloer.

'Wat doen jullie hier?'

Van In klonk verontwaardigd. Zlotkrychbrto en Versavel waren verontwaardigd. Ze hadden al een vermoeden van wat er gaande was toen er niet meteen werd opengemaakt maar ze waren blijven aanbellen en op de deur bonzen tot Carine hen uiteindelijk had binnengelaten.

'We komen je halen', zei Versavel.

'Mij halen? Wat denken jullie wel?'

'Pieter blijft hier', zei Carine vastberaden.

Ze droeg een satijnen niemendalletje dat amper iets aan de verbeelding overliet, maar Zlotkrychbrto was zo kwaad dat zelfs hij er geen aandacht aan besteedde.

'Je krijgt vijf minuten om je aan te kleden', zei Versavel.

Carine schoot in de lach. Ze ging wijdbeens voor Versavel staan. Haar ogen vonkten.

'In mijn huis hoef ik van jou geen bevelen te krijgen.'

'Ik had het niet tegen jou, Neels, maar tegen mijn beste vriend. Besef je verdomme niet wat je aanricht, Van In. Je hebt een vrouw uit de duizend en twee schatten van kinderen. Je mag verdomme blij zijn dat we je nog een kans geven.'

Versavel vloekte zelden en zeker nooit twee keer achter elkaar. Zlotkrychbrto deed er nog een schepje bovenop.

'Als je niet meekomt, doe ik een autopsie terwijl je nog leeft. En je wilt niet weten welk orgaan ik eerst in reepjes ga snijden.'

Van In haalde zijn schouders op en deed alsof hij onder de indruk was.

'Misschien hebben jullie wel gelijk', zei hij benepen.

'Lafaard. Je hebt beloofd dat je vannacht bij me zou blijven', brieste Carine. 'Als je me dit aandoet, doe ik morgen een boekje over je open bij de hoofdcommissaris. En dan kom je op je knieën terug.'

Er dreven donkere wolken boven Brugge toen Van In een paar uur later door het raam van de keuken naar buiten keek. Versavel en Zlotkrychbrto hadden hem vannacht naar de Vette Vispoort geëscorteerd en hem netjes bij Hannelore afgeleverd. Ze hadden met geen woord over Carine gerept, maar aan de reactie van Hannelore was duidelijk te merken dat ze de smoes niet geloofde dat ze hem in L'Estaminet hadden aangetroffen. Van In zag er te nuchter uit en zijn kleren roken naar parfum. De sfeer aan de ontbijttafel was bijgevolg navenant. Hannelore zei geen woord en ze vertrok een kwartier vroeger dan gewoonlijk. En het werd nog erger. Toen Van In op het politiekantoor verscheen, stond hoofdcommissaris De Kee hem al op te wachten.

'Meekomen, Van In.'

Ze liepen door de gang. Collega's wendden hun hoofd af toen ze passeerden. Het leek wel of Van In spitsroeden moest lopen. Zelfs Versavel negeerde zijn opgestoken hand.

'Ga zitten.'

De Kee sloeg de deur van zijn kantoor achter zich dicht en wees Van In een stoel aan.

'Heb ik iets misdaan?'

De Kee ging voor het raam staan met zijn rug naar hem toegekeerd, met gespreide benen en opgetrokken schouders. Buiten was het weer beginnen te sneeuwen. En dat maakte de sfeer nog ijziger dan ze al was.

'Je hebt het korps onteerd, Van In', zei De Kee zonder zich om te draaien. 'En daarvoor zul je boeten. Zwaar boeten.'

Hij draaide zich om en keek Van In aan met een blik die anderen misschien had doen verstijven maar Van In een smalende glimlach ontlokte.

'Ik doe in mijn vrije tijd wat ik wil, meneer de hoofdcommissaris. Carine Neels is een volwassen vrouw en...'

'Het kan me verdomd niet schelen met wie je ligt te rotzooien, maar je had nooit met je tengels aan ons geld mogen zitten.'

'Ons geld?'

'Het geld van onze vereniging, Van In.'

Het politiekorps van Brugge beschikte over een niet onaanzienlijk sociaal fonds dat diende om personeelsfeesten te bekostigen en sinterklaas- en kerstgeschenken te kopen voor de kinderen.

'Oh. Dat geld.'

De Kee graaide een map van zijn bureau, sloeg ze open en haalde er een bankafschrift uit.

'Achtendertigduizend vierhonderd vijfenzestig euro en twintig cent om precies te zijn.'

Van In was penningmeester van de vereniging. Hij beschikte over een volmacht bij de bank.

'Ik wist niet dat het zoveel was.'

'Meneer wist niet dat het zoveel was.'

Het gezicht van De Kee trok wit weg. Hij haalde uit en liet zijn vuist met een daverende dreun op zijn bureau neerkomen.

'Ik geef je welgeteld een uur om het hele bedrag terug te bezorgen.'

'Dat zal moeilijk lukken, meneer de hoofdcommissaris.'

'Dat weet ik, Van In. Je hebt alles vergokt en dat zal je duur te staan komen. Ik heb procureur Beekman ingelicht en hij is het volledig met me eens. Je wordt op staande voet geschorst en ik hoop dat de rechter je straks een effectieve gevangenisstraf oplegt. Kun je aan den lijve ondervinden hoe criminelen veroordeelde politiemensen behandelen. Met jouw reputatie mag je op een speciale behandeling rekenen.'

De Kee lachte gemeen. Zijn pupillen flikkerden boosaardig. Hij kende de directeur van het penitentiair complex persoonlijk. Van In mocht het ergste verwachten. En na het uitzitten van zijn straf zou hij nergens nog aan de slag kunnen. Geen enkele respectabele werkgever nam een politieman in dienst die gezeten had voor diefstal.

'Ben je nu tevreden, Van In?'

'Nee, meneer de hoofdcommissaris.'

De Kee mat zich het air van een scherprechter aan. Hij spreidde zijn benen nog wijder en kruiste zijn armen. Alleen de beulskap ontbrak.

'Je krijgt tien minuten om je spullen te pakken en op te krassen. Daarna wil ik je hier nooit meer zien. Is dat begrepen, Van In.'

Van In liet zijn schouders zakken en knikte gelaten. Hij kon zich voorstellen hoe De Kee zich voelde en hij gunde hem zijn triomf. Straks kwam de ontnuchtering en die zou heel hard bij hem aankomen.

Anders dan de meeste van zijn collega's bewaarde Van In weinig persoonlijke spullen op kantoor. Een kam waarvan de helft van de tanden ontbrak, een defect scheerapparaat dat hij nooit had laten herstellen, een paar reserveschoenen dat al meer dan tien jaar ongebruikt onder de kast stond en een bureauset die hij ooit van Carine cadeau had gekregen. Hij stopte alleen de schoenen in een plastic tasje.

'Geef de rest maar aan mijn opvolger, Guido.'

Versavel staarde hem aan als een jongetje dat voor het eerst een naakte vrouw ziet. Hij verroerde geen vin. Zijn blik was een en al verdwazing. Dit kon toch niet waar zijn. Van In was geen dief.

'Je gaat toch niet zo maar over je heen laten lopen? Misschien wil iemand je erin luizen. Heeft De Kee wel keiharde bewijzen dat jij het geld hebt opgenomen?'

'De kantoordirecteur en de loketbediende van de bank hebben onder ede verklaard dat ik de rekening heb leeggehaald.'

'Maar dat heb je toch niet gedaan?'

'Toch wel, Guido. Ik was van plan om alles terug te betalen, maar...'

'Waar zou jij achtendertigduizend euro vandaan halen?' onderbrak Versavel hem grimmig. 'Je kunt je niet eens een deftig paar schoenen permitteren.'

Van In zette het plastic tasje met de schoenen op zijn bureau, liet zich met neerhangende schouders op een stoel zakken en stak een sigaret op.

'Ik heb de voorbije weken al een paar keer grof gewonnen.'

'En daarna alles weer verspeeld.'

'Dat is het hem juist. Ik had me voorgenomen te stoppen als ik nog een keer een groot bedrag in de wacht kon slepen. Maar om te winnen moet je kunnen inzetten en er zit geld zat in het fonds. Geld dat we amper opkrijgen.'

Het sociaal fonds kon op vele milde weldoeners rekenen. Het bedrag dat ieder jaar werd ingezameld, was aanzienlijk. Vooral bedrijven die af en toe afweken van de geldende regels, waren bijzonder gul.

'Je bent knettergek, Pieter.'

Versavel keek zijn vriend hoofdschuddend aan. De emotie kneep zijn keel bijna dicht. Na al die jaren afscheid moeten nemen viel hem bijzonder zwaar. Wat moest hij in godsnaam aanvangen zonder Van In? Veel collega's wilden niet samenwerken met een homo. Bovendien was de kans groot dat De Kee hem naar een andere dienst liet overplaatsen. Al was het maar om zijn wraak nog zoeter te maken.

'Ik heb er spijt van, Guido.'

Van In stond op, duwde zijn sigaret uit en pakte het plastic tasje van het bureau. Aan de deur wachtten twee potige inspecteurs om hem naar buiten te begeleiden. Versavel kon zijn tranen niet meer bedwingen. Hij liep snuffend naar zijn bureau, waar hij een doosje papieren zakdoekjes bewaarde.

'We zien elkaar nog wel', zei Van In.

Hij draaide zich om en liet Versavel versteend achter.

'Ik heb de indruk dat Focus erin getrapt is', zei Carine.

Focus was de regionale televisiezender. Carine kende er iemand die op de redactie werkte. Het nieuws dat commissaris Van In de rekening van het sociaal politiefonds had leeggemaakt en het geld had vergokt, had voor enige beroering gezorgd.

'Denk je dat ze het gaan uitspitten?'

'Ik denk het wel', zei Carine.

'Laten we dat maar hopen.'

Van In stak een sigaret op en schonk de Duvel in die Carine voor hem had klaargezet. Hij vond het bijzonder erg dat hij Hannelore en Versavel in het ongewisse moest laten, maar er zat niets anders op. Zij mochten onder geen beding een verband leggen tussen de diefstal en de schorsing die daarvan het gevolg was en het plan dat hij hun tien weken geleden had voorgelegd. Zijn tegenstanders waren immers niet te onderschatten. Als ze ook maar een flauw vermoeden hadden dat hij alles in scène had gezet, maakte hij geen enkele kans de organisatie te infiltreren.

Carine droeg een lange jurk met een diep decolleté en open muiltjes met stilettohakken. Van In had een pak van Boss aan en schoenen van Oliver Strelli. Toen ze de speelzaal van het casino binnenkwamen, draaiden zelfs de meest verstokte spelers hun hoofd even in hun richting.

In het journaal van halfzeven had de regionale zender een interview met hoofdcommissaris De Kee uitgezonden gevolgd door reacties van de mensen in de straat. Van In was op slag volksvijand nummer één geworden. Als straks ook bekend zou worden dat hij vrouw en kinderen in de steek had gelaten en nu met een jongere collega samenhokte, was het hek helemaal van de dam en zou geen enkel weldenkend mens nog enige achting voor hem hebben.

'Goedenavond, commissaris.'

Donald Devilder drukte Van In de hand en begroette Carine met een zoen en een sluikse blik naar haar decolleté.

'Goedenavond, mevrouw. Mag ik u een glaasje champagne aanbieden?'

Carine had er haar hele leven van gedroomd op mondaine feesten te mogen pronken en nu was het eindelijk zover. Perfect opgeleide obers bedienden de gasten op hun wenken. Ze serveerden champagne en bordjes met zeevruchten, gerookte vis en hoornen lepeltjes boordevol kaviaar.

'Een keer per jaar doen we iets speciaals voor onze beste klanten', zei Devilder toen hij haar verbaasd zag rondkijken. 'Mag ik u voorstellen aan meneer en mevrouw Oreels en aan mijn goede vriend Willy Gevers?'

Aan de speeltafels was het nog behoorlijk rustig maar daar zou gauw verandering in komen. Alle aanwezigen waren fervente gokkers. Lang zouden ze niet aan de verleiding kunnen weerstaan.

'U bent nu ook al een BV', zei Willy Gevers toen hij Van In de hand drukte.

'U vergist zich, meneer Gevers. Ik ben een BW.'

'Een BW?' vroeg mevrouw Oreels.

Ze droeg eveneens een lange jurk met een diep decolleté, maar de meeste ogen bleven op Carine gericht. Alleen van Devilder kreeg ze af en toe een goedkeurende blik.

'En bekende werkloze', zei Van In. 'Ik mag mijn carrière bij de politie wel vergeten.'

'U bent er ook niet rijk van geworden', mengde meneer Oreels zich in het gesprek.

'Dat is waar', zei Van In.

'Wie weet komt er wel een onverwachte kans uit de lucht vallen', glimlachte Oreels. 'Weet u hoe ik begonnen ben?'

Mensen die Oreels kenden, wisten dat hij graag het verhaal vertelde hoe hij het van arme arbeiderszoon tot miljardair had geschopt.

'Nee', zei Van In.

'Met een beetje geluk en zonder scrupules, commissaris.'

Oreels zette zijn mond aan een glas champagne en dronk het in een paar teugen leeg.

Van In glimlachte beleefd en deed alsof het verhaal dat Oreels begon af te steken hem interesseerde. Ondertussen liet hij zijn blik bijna ongemerkt over de genodigden glijden, van wie hij op het eerste gezicht niemand kende. Hij schrok dan ook toen hij Olivier Vanderpaele bij een van de speeltafels zag staan.

'Het is allemaal begonnen toen mijn buurman van een ladder viel, zijn twee benen brak en daarna nog maandenlang twee keer per week naar het ziekenhuis moest om er te revalideren...'

Van In knikte. De rest van het verhaal liet zich raden. Oreels had zijn buurman twee keer per week met de wagen naar het ziekenhuis gebracht en hij had daarvoor een bescheiden vergoeding gevraagd.

'En toen heb ik een tweedehandse ziekenwagen aangeschaft, een cursus gevolgd en een hoge piet bij het Riziv op een avondje bij de hoeren getrakteerd. Twee weken later zat de vergunning om zieken te vervoeren in mijn bus. Op kosten van vadertje Staat uiteraard.'

‘Wilt u me even excuseren, meneer Oreels. Ik ben onmiddellijk terug.’

Van In gaf Carine een duwtje. Meneer Oreels vond het helemaal niet erg dat ze naast hem kwam staan.

‘Meester Vanderpaele. Wat een toeval u hier te treffen.’

Het enthousiasme waarmee Van In de advocaat begroette, was niet gespeeld. Het was een hele geruststelling dat hij hier was en niet bij Hannelore zat te flikflooien.

‘Dat kan van u niet gezegd worden, commissaris Van In. Of is het al ex-commissaris?’

Van In negeerde de sneer. De naam Vanderpaele was al een paar keer opgedoken tijdens het onderzoek naar de moorden. En hij moest bij iemand beginnen.

‘Ik was zelf al een tijdje van plan om op te stappen bij de politie en me terug te trekken in mijn villa in Toscane.’

Vanderpaele fronste zijn wenkbrauwen. Een villa in Toscane kostte tegenwoordig gauw een paar miljoen euro, een bedrag dat Van In nooit zelf op een eerlijke manier bijeen had kunnen schrapen.

‘Ik wist niet dat u daar een villa had.’

‘Dat weten weinig mensen, maar nu hoef ik het niet meer te verzwijgen. Met een goede advocaat kom ik bijna zeker met een voorwaardelijke straf vrij. Mijn staat van dienst is onberispelijk, op een schoonheidsfoutje na natuurlijk.’

Vanderpaele griste met een routineus gebaar een stapeltje fiches van de speeltafel en stopte ze in zijn zak. Hij kon straks ook nog spelen. Nu was hij benieuwd naar wat Van In te vertellen had en hij wilde weten waarom hij dat deed. Ze kenden elkaar amper.

‘Laten we aan een tafeltje gaan zitten’, stelde hij voor.

Van In wierp een scheve blik naar Carine. Ze stond gezellig met Oreels te kletsen. Devilder, Gevers en mevrouw Oreels waren spoorloos verdwenen. Dat beloofde wat. Carine kon mannen het hoofd op hol brengen en het zag ernaar uit dat Oreels niet veel aanmoediging nodig had. Hij stond haar met zijn ogen uit te kleden.

'Waarom ook niet', zei Van In.

Ze vonden een rustig tafeltje in de hoek achter de bar. Een alerte ober kwam onmiddellijk de bestelling opnemen.

'Bent u op zoek naar een advocaat', vroeg Vanderpaele.

'Eigenlijk wel.'

'Ach zo.'

Vanderpaele diepte een pakje John Players Special op, bood Van In een sigaret aan en stak er zelf ook een op.

'Speelt u hier vaak?'

'Af en toe', zei Vanderpaele. 'Waarom vraagt u dat?'

'Omdat het mij best bevalt', zei Van In. 'Vroeger begreep ik niet waarom mensen hun geld in een casino kwamen opdoen, maar nu weet ik wel beter. De kick als je verliest is groter dan als je wint. Hoe hoger het verlies oploopt, hoe harder je gokt. Ik vind het alleen jammer dat je in de meeste casino's niet tot het uiterste kunt gaan.'

Vanderpaele bekeek Van In met een onderzoekende blik. Het leed bijna geen twijfel dat de flik zich op een ongeoorloofde manier had verrijkt en dat hij meer wilde nu hij zijn verslaving niet meer hoefde te verstoppen.

'Er zijn plekken waar je zonder limiet kunt spelen. Illegaal natuurlijk, maar daar heb je nu blijkbaar geen last meer van.'

'Dat mocht ik vroeger niet hardop zeggen', lachte Van In.

Tot nu toe ging alles goed, maar iets te gemakkelijk. Vanderpaele nam hem te vlug in vertrouwen.

'Het kost natuurlijk meer.'

'Ik heb geld', zei Van In. 'En ik beschik over informatie die veel geld waard is', voegde hij eraan toe.

'Oké', zei Vanderpaele. 'Ik bel je morgen in de loop van de dag.'

Hij drukte zijn sigaret uit en dronk zijn glas champagne leeg. Het was nu veel drukker aan de speeltafels en hij had al genoeg tijd verloren laten gaan.

Van In liep met hem mee naar de speeltafels en keek ondertussen snel om zich heen. Oreels en Carine stonden niet meer op de plek waar hij hen had achtergelaten.

11

Van In werd wakker met gruis in zijn ogen en een schorre, gezwollen keel. Hij draaide zich instinctief op zijn zij en strekte zijn arm uit naar Hannelore. Zijn hand bleef in het ijle hangen. Hij wilde dichter bij haar kruipen maar in plaats van haar warme lichaam te voelen rolde hij van de sofa en kwam op de grond terecht. Het duurde een paar seconden voor hij besefte dat het traag ronddraaiende plafond bij een ander huis hoorde. Hoe was hij hier in godsnaam beland? De kilte die opsteeg uit de vloer deed hem huiveren. Hij krabbelde overeind en waggelde als een zeezieke toerist naar de plek waar volgens hem het toilet was. Hij kwam in een kleine keuken terecht en het scheelde niet veel of hij plaste in de gootsteen.

'Het zal gaan, zeker.'

Het was Carine. Ze stond in de deuropening en keek hem spottend aan.

'Wat is er in godsnaam gebeurd?'

'Wat zou er gebeurd kunnen zijn?'

Ze stapte resoluut op hem af, pakte hem bij de arm en sleurde hem mee naar de gang, waar het toilet was.

'Ik wacht hier wel tot je klaar bent.'

Ze duwde hem naar binnen en hoopte dat hij al nuchter genoeg was om er geen al te grote rotzooi van te maken.

'Gaat het een beetje?'

Het duurde even voor hij klaar was en doorspoelde. Ze trok de deur open en hielp hem naar buiten. Hij keek haar aan met waterige glazige ogen. Zijn hoofd voelde aan als een stoomketel die op springen stond.

'Hoe ben ik hier terechtgekomen?'

Van In sleepte zich naar de woonkamer en liet zich op de sofa neerploffen. Iedere spier in zijn lichaam protesteerde bij de minste beweging die hij maakte. Carine sloeg een kamerjas om en ging koffie zetten in de keuken. Ze liet de tussendeur open.

'Met een taxi.'

'Met een taxi van Blankenberge naar Brugge. Dat moet een klein fortuin gekost hebben.'

'Inderdaad.'

Carine had meer dan veertig euro betaald voor de rit en dat was haar zuur opgebroken.

'Heb ik gewonnen?'

'Nee, je hebt alles verspeeld.'

Van In slaakte een diepe zucht en hij sloeg zijn handen voor zijn gezicht. Hij dacht aan Hannelore en aan de kinderen. Was het wel allemaal de moeite waard? Hij herinnerde zich bijna niets meer van wat er gisteren was gebeurd. Het jasje van zijn dure Boss-pak hing als een verfomfaaide vlag over de leuning van een stoel. Hij pakte het en zocht naar sigaretten.

'Verdomme.'

'Er ligt nog een pakje op de schouw', riep Carine vanuit de keuken.

Van In hees zich uit de sofa, liep naar de schouw en stak een sigaret op. De eerste trek brandde in zijn keel en deed hem hoesten. Carine kwam uit de keuken met de koffie en een glas water met daarin twee bruistabletten. Van In sputterde niet tegen toen ze hem dwong de pijnstillers in te nemen.

'Ik heb tenminste resultaat geboekt', zei ze toen Van In na drie koppen koffie stilaan bij zijn positieven begon te komen. 'Oreels heeft ons allebei uitgenodigd op een champagnefuif bij hem thuis. Hij wil ons laten kennismaken met zijn vrienden.'

'Oreels', herhaalde Van In.

Zijn geheugen begon stilaan weer op gang te komen. Na het gesprek met Vanderpaele had hij de hele speelzaal afgezocht. Volgens Devilder waren Oreels en Carine buiten een strandwandeling gaan maken.

'Ja', glunderde Carine. 'Ik heb de hele avond met hem zitten kletsen terwijl jij er vijfduizend euro aan het doorjagen was.'

'Kletsen.'

Hoeveel ongeloof kun je in een woord uitdrukken? Van In staarde haar hoofdschuddend aan.

'Je bent toch niet jaloers?'

Ze genoot van de manier waarop hij haar aanstaarde. Oreels had aan haar borsten gefrunnikt, maar toen hij meer wilde, had ze hem tot de orde geroepen, maar dat hoefde Van In nu nog niet te weten.

Het had Hannelore ontzettend veel moeite gekost zich niet ziek te melden, maar nu was ze blij dat ze het niet had gedaan. Toen ze het gerechtsgebouw binnenkwam, werd ze door een paar collega's bewust genegeerd, maar de meesten probeerden normaal te doen. Ze liep door de gang. Met rechte schouders en opgeheven hoofd. De helft van de nacht had ze huilend naar de herhalingen van het journaal zitten kijken. Nu waren haar tranen opgedroogd. Het leven ging verder. Met of zonder Van In.

'Goedemorgen.'

Ze draaide zich om. Olivier Vanderpaele haalde haar met grote passen in. Hij zag er fris en uitgeslapen uit.

'Het is niet echt een goede morgen, Olivier.'

'Dat weet ik.'

Hij legde zijn arm om haar schouder als een troostend gebaar en omdat hij zeker wist dat Van In niet onverwacht kon komen opdagen na wat er vannacht gebeurd was. Daar had hij persoonlijk voor gezorgd. Een beetje Rohypnol deed wonderen.

'Kopje koffie?'

Hij kneep zachtjes in haar schouder en keek recht in haar ogen. Alle obstakels waren bijna uit de weg geruimd. Hij voelde haar lichaam trillen en verlangde naar het moment dat hij het tegen zich aan kon drukken.

'Ik heb Van In gisteren bezig gezien in het casino', zei hij toen ze boven in de cafetaria aan een tafeltje zaten. 'Hij was met die blondine. Hoe heet ze ook weer?'

'Carine Neels', zei Hannelore toonloos.

'Ik vind het jammer voor jou.'

'Tja.'

Hannelore besefte dat hij haar probeerde te versieren en dat ze maar één woord hoefde te zeggen en hij lag aan haar voeten. Misschien deed ze dat ooit nog, maar niet vandaag. Ze kon nog altijd niet geloven dat Van In haar en de kinderen zo maar in de steek had gelaten. En veel geld om te vergokken was er niet meer. Hij had de spaarrekening leeggehaald en het geld dat hij bij de politie had verduisterd, zou ook heel gauw op zijn. Wie weet kwam hij dan met hangende pootjes terug. De vraag was of ze hem nog terugwilde.

'Ik wist niet dat jullie een villa hadden in Toscane', zei Vanderpaele, die aanvoelde dat zijn poging om haar te troosten niet vlotte en daarom maar een ander onderwerp aansneed.

'Hoe weet jij dat?'

Van In kraamde af en toe onzin uit, maar een villa in Toscane was erover. Waarom had hij tegen Vanderpaele gezegd dat ze een villa in Toscane hadden?

'Omdat Van In het mij verteld heeft, natuurlijk.'

'Dat is vreemd', zei Hannelore. 'Normaal loopt hij daar niet mee te koop.'

'Dat begrijp ik.'

'Wist je dat zijn grootmoeder van daar afkomstig was?'

Van In moest een grondige reden hebben gehad om Vanderpaele wijs te maken dat ze een villa in Toscane hadden.

'Dat wist ik niet', zei Vanderpaele.

Hij glimlachte zuinig.Van In had haar waarschijnlijk wijsgemaakt dat hij de villa van zijn grootmoeder had geërfd. Hoe kon ze zo naïef zijn om dat te geloven? Aan de andere kant was ze ook met hem getrouwd. En daar begreep hij nog minder van.

'Als ik je met iets kan helpen, aarzel dan niet om me te bellen. Je weet dat mijn deur altijd voor je openstaat.'

Hannelore knikte. De deur van je slaapkamer zeker, dacht ze.

Nathan Six stond in de badkamer voor de spiegel met alleen een handdoek om zijn middel. Op de wastafel lag een elektrische tondeuse. Hij bekeek zichzelf, streek nog eens door zijn haar en ging aan de slag. Hij stak de stekker in het stopcontact, zette de tondeuse aan en schoor zijn hoofd kaal. Voor het verwijderen van de stoppels gebruikte hij veel schuim en een Gillette Mach 3. De hele operatie duurde amper twintig minuten. De man die hem in de spiegel aankeek, leek in de verste verte niet meer op Nathan Six. Een zwarte hoornen bril vervolledigde de metamorfose. Daarna kleedde hij zich aan en rookte een Cohiba terwijl hij het dossier van het volgende slachtoffer doornam: een oudere homo die met een jongere vriend samenwoonde die iedere donderdagavond ging biljarten.

Van In belde Hannelore uit een openbare telefooncel, wachtte tot ze opnam maar hing op toen hij haar stem hoorde. Nee, dacht hij. Ze keurt het nooit goed. Hij had in zijn carrière al een paar keer aan een clandestiene operatie meegewerkt, maar zo ver was hij nog nooit gegaan. Hij zette zijn kraag op en liep de stad in.

'Ga zitten, Versavel.'

Hoofdcommissaris De Kee droeg zijn uniform alleen op officiële gelegenheden of als hij zijn gezag wilde laten gelden. De mysterieuze moorden hadden de voorbije maanden veel stof doen opwaaien en nu Van In van het toneel was verdwenen, had hij besloten de touwtjes zelf in handen te nemen.

'Ik ga er geen doekjes om winden, Versavel', zei hij streng. 'Vanaf heden neem ik de leiding van het onderzoek op mij.'

Versavel knikte. Klaas Vermeulen had hem net gebeld met de mededeling dat hij hem dringend wenste te spreken, maar hij was niet van plan De Kee daarover in te lichten. Zijn gedachten gingen naar Van In en Hannelore.

'En dit keer gaan we resultaten boeken. Hebt u dat begrepen?'

De Kee bleef meer dan tien minuten onafgebroken aan het woord en als iemand Versavel bij het naar buiten komen had gevraagd waarover die monoloog ging, had hij hem in het ongewisse moeten laten. Hij liep met hangende schouders door de gang. In kamer 204 schonk hij zich een borrel in en dronk die in één teug leeg.

'Sorry dat ik wat later ben.'

Carine keek verbaasd naar de fles jenever en het glas op het bureau van Versavel, maar ze zei er niets over. De spanning was nu al te snijden.

'Koffie?'

'Nee, dank je.'

'Kan ik iets anders voor je doen?'

Ze kon zich voorstellen hoe hij zich voelde.

'Vermeulen wil ons dringend spreken', zei Versavel.

'Ons?'

'De Kee wil het zo.'

'Oké.'

'Logeert Van In bij jou?'

Versavel zei met opzet logeren in plaats van slapen. Dat plezier gunde hij haar niet. Carine voelde het gif van zijn woorden druipen.

'Hij heeft vannacht op de bank geslapen', zei ze.

Versavel trok zijn wenkbrauwen op. Carine maakte al jaren jacht op Van In. Ze had zelfs al eens opgeschept dat hij voor haar charmes was gevallen. Waarom zei ze nu dat hij op de bank had geslapen?

'En?'

'Geef hem krediet, Guido.'

Versavel draaide zich om. Neels sprak hem nooit met zijn voornaam aan. Wat voerden die twee in hun schild? De beste manier om daar achter te komen was haar niet al te veel op stang te jagen.

'Heeft hij iets gezegd?'

Ze schudde haar hoofd en vertelde in een paar woorden wat er gisteren gebeurd was. Over het feit dat ze vanavond bij Oreels uitgenodigd waren, repte ze echter met geen woord.

'Ik denk dat ik toch een kopje koffie neem', zei Versavel.

'Meen je dat?'

Versavel dronk alleen de koffie die hij zelf zette. De koffie die zij zette, noemde hij 'dat brouwsel'.

'Natuurlijk.'

'Met of zonder suiker?'

'Met', zei Versavel met een zucht. Zonder suiker. Hij mocht er niet aan denken.

De smaak van rijke mensen is vaak omgekeerd evenredig met het geld dat ze bezitten. Dat bewees de protserige villa van Evarist Oreels. Het complex telde meerdere gebouwen, het ene al afschuwelijker dan het andere. De stijl was een mengeling van gotische en barokke elementen en een snuifje Walt Disney. Op het ruime parkeerterrein stond het vol met bestelwagens van cateraars, feestenbouwers en evenementenbureaus. Willy Gevers parkeerde zijn wagen naast de bestelwagen van Deldycke, stapte uit en liep met een bezorgde trek om zijn mond naar de voordeur, waar een butler in rok hem naar het kantoor van meneer Oreels leidde.

'Ik maak me zorgen, Evarist', zei hij toen de butler de deur achter zich dichttrok.

Oreels zat in een overdadig gesculpteerde stoel. Hij droeg een geborduurde kamerjas en slippers van zalmleer.

'Zorgen', lachte Oreels. 'Sinds wanneer maak jij je zorgen?'

Gevers liep naar een vergulde credenstafel die ongetwijfeld een klein fortuin had gekost en schonk zich een whisky in ondanks het vroege uur.

'Ik vertrouw die flik niet.'

'Ex-flik.'

Gevers nam een slokje van zijn whisky en ging recht tegenover Oreels zitten. In de tuin waren arbeiders druk in de weer met het opzetten van een enorme feesttent.

'Daar ben ik nog niet zo zeker van. Ik heb zijn verleden laten natrekken en men heeft mij verzekerd dat hij onkreukbaar is.'

'Of heel slim', zei Oreels. 'Ik heb mijn hele leven niets anders gedaan dan mensen oplichten.'

'Dat is hij ook.'

'Waarom is hij dan flik gebleven?'

Oreels bleef de hele tijd glimlachen, maar Gevers wist wel beter. Achter die glimlach ging een meedogenloze man schuil. En dat gold voor de meeste spelers die meededen aan het Spel.

'En toch vertrouw ik hem niet.'

'Dat heb je al gezegd, Willy.'

Oreels reikte naar een kistje dat rijkelijk met ivoor was ingelegd, klapte het open en pakte een sigaar. Wat dacht Gevers wel? Dat hij een onnozelaar was? Natuurlijk had hij er rekening mee gehouden dat Van In hen erin probeerde te luizen. Hij had zijn doopceel al laten lichten voor Gevers dat had gedaan.

'Je moet vertrouwen hebben in het oordeel van de Spelmeester', zei hij. 'En die vindt dat het kan.'

Klaas Vermeulen ontving Versavel en Carine in een stoffig bureau dat volgestouwd stond met rekken die uitpuilden van de vakliteratuur. Als hij niet in het lab werkte, kon je hem meestal hier treffen. Hij mocht dan niet de meest aangename mens in de omgang zijn, niemand kon hem verwijten dat hij zijn werk niet ter harte nam. De seriemoorden hadden hem de voorbije maanden evenzeer beziggehouden als Van In. Het feit dat ook het forensisch onderzoek geen resultaat had opgeleverd, frustreerde hem des te meer. Maar daar was gisteren gelukkig verandering in gekomen.

'U wenste me dringend te spreken.'

Versavel ging ongevraagd zitten. Carine volgde zijn voorbeeld.

'Dat is correct, hoofdinspecteur Versavel.'

Vermeulen wierp een vluchtige blik op Carine. Ze voelde de minachting die erin school. Vermeulen stond bekend als een antifeminist. Vrouwen bij de politie vond hij maar niets.

'Ik heb gisteren ontdekt dat de vermoedelijke moordenaar seropositief is.'

Versavel huiverde inwendig toen hij het woord seropositief hoorde. Het deed hem denken aan een kortstondig avontuur dat hij ooit met een jonge Duitse toerist had beleefd, een avontuur dat hem bijna fataal was geworden. Vermeulen drukte de toppen van zijn vingers tegen elkaar en steunde met zijn ellebogen op zijn bureau.

'Op de trui van Freddy Verbeke, het meest recente slachtoffer, zaten een paar haren en wat bloed', zei hij belerend. 'Onderzoek heeft uitgewezen dat het bloed niet afkomstig is van het slachtoffer, de haren zijn zo goed als zeker afkomstig van de moordenaar.'

'Hoe weet u dat zo zeker?' vroeg Carine.

De blik die ze nu van Vermeulen kreeg, was vernietigend. Waar bemoeide die del zich eigenlijk mee?

'Omdat ik ook in de auto van de vermoedelijke moordenaar haartjes met dezelfde genetische kenmerken heb aangetroffen, mevrouw.'

Carine liet zich echter niet van de wijs brengen. Ze haalde scherp uit.

'En het bloed dan?' vroeg ze.

Vermeulen kreeg het beurtelings koud en warm. Zelfs Van In had hem nooit zo diep gekrenkt in zijn beroepseer.

'Vraag dat maar aan hoofdinspecteur Versavel', zei hij ingehouden.

Carine draaide haar hoofd naar Versavel en keek hem aan met gespeelde verbazing.

'Heb ik iets verkeerds gezegd?'

'Ik denk dat we meneer Vermeulen beter niet langer lastigvallen, Carine. Hij heeft het druk en wij ook.'

'Is dat zo?'

Versavel vond het nu ook welletjes. Hij stond op en zei: 'Kom, we zijn weg, Carine.'

Van In dronk de eerste Duvel van de dag in een café waar ze hem niet kenden. Tenminste, dat dacht hij. Net op het moment dat hij een tweede Duvel wilde bestellen, kwamen drie bouwvakkers binnen. Een van hen, een kleine gespierde kerel, herkende hem meteen.

'Ben jij die flik die ik gisteren op de televisie heb gezien?' vroeg hij.

Televisie is een krachtig medium en schandalen scoren bijzonder goed. Een corrupte flik deed nog behoorlijk veel stof opwaaien. Dat had Van In moeten weten. Hij betaalde de rekening en liep naar buiten. Als hij toch werd herkend, kon hij evengoed naar L'Estaminet gaan en daar een Duvel drinken. Het was weer beginnen te sneeuwen en dat vond Van In voor een keer niet erg. De dikke vlokken vormden een warrelig scherm dat hem camoufleerde. Onderweg naar L'Estaminet nam hij in gedachten de gebeurtenissen van de voorbije dagen nog eens door en stelde zich daarbij voortdurend de vraag of hij wel de juiste beslissing had genomen. Klopte het vermoeden dat Vanderpaelen iets met de moorden te maken had? Of steunde de verdenking op het feit dat de jonge advocaat met Hannelore aanpapte? De sneeuw knerpte onder zijn schoenen en zijn voeten werden stilaan ijskoud van het sneeuwwater dat langs een scheurtje in het leer naar binnen sijpelde. Gelukkig was het in

L'Estaminet 's winters altijd lekker warm. In de gang stampte hij de sneeuw van zijn schoenen en overwoog om een cognac te bestellen in plaats van een Duvel. Nog voor hij de deur achter zich had dichtgetrokken, riep een bekende stem: 'Hallo, Pjetr.' Zlotkrychbrto zat aan de tapkast. Voor hem stond een dampende Irish coffee. Voor Van In was er geen weg terug. Hij stak zijn hand op naar de politiearts en ging noodgedwongen naast hem zitten.

'Nog een Irish coffee voor mijn beste vriend', zei Zlotkrychbrto tegen de kroegbaas. Waarmee hij meteen duidelijk maakte dat hij zich niets aantrok van de hetze rond Van In.

'Ik ben er even tussenuit geknepen', grijnsde hij.

Van In knikte. Hij hoefde niet uit te leggen waarom hij hier was.

'In de nood kent men zijn vrienden', zei hij.

Zlotkrychbrto nam een slok van de Irish coffee en veegde met de rug van zijn hand de slagroom weg die op zijn bovenlip was blijven zitten.

'Je denkt toch niet dat ik geloof hecht aan al die verhaaltjes,' zei hij. 'Meer nog. Ik ben ervan overtuigd dat je iets in je schild voert. Of vergis ik mij, beste vriend?'

Hij haalde uit en liet zijn vlakke hand met een dreun op Van Ins schouder terechtkomen. Zlotkrychbrto had een luide stem. Iedereen in het café had gehoord wat hij zoeven gezegd had en dat stond Van In helemaal niet aan. Niemand mocht weten wat hij aan het bekokstoven was.

'En toch is het waar, Zlot.'

De forsgebouwde politiearts richtte zich op en draaide zich half om op zijn barkruk.

'Maak dat de eenden wijs, Pjetr.'

Er werd gelachen en dat bewees dat Van In gelijk had. Iedereen in het café luisterde mee.

'Het zijn ganzen, Zlot.'

'Kanzen?'

'Laat maar', zei Van In.

Hij moest koste wat kost vermijden dat Zlotkrychbrto over zijn onschuld doorboomde, maar dat was gemakkelijker gezegd dan gedaan. Zlotkrychbrto was moeilijk van iets af te brengen.

'Ik zal jullie taaltje nooit leren. Ik begreep al niet goed hoe je iets aan de eenden kunt wijsmaken, laat staan aan de kanzen.'

'Wil je alsjeblieft wat stiller spreken, Zlot?'

De Pool trok zijn wenkbrauwen op en er verscheen een triomfantelijk lachje om zijn lippen.

'Ik heb dus toch gelijk. Je voert iets in je schild. Zeg niet dat ik me weer vergis. Ik weet zeker dat "iets in je schild voeren" correct Nederlands is.'

'De uitdrukking klopt, maar wil je alsjeblieft stiller spreken.'

Zlotkrychbrto trok een verwonderd gezicht.

'Ik spreek toch stil.'

Er werd weer gelachen, maar niet meer zo luid als de vorige keer.

'Ben je met de wagen?'

'Moet ik je ergens naartoe brengen?'

'Nee', fluisterde Van In. 'Maar daar kunnen we tenminste rustig praten.'

Versavel parkeerde de Golf op het parkeerterrein voor bezoekers naast het gerechtsgebouw.

'Als ik jou was, zou ik hier blijven wachten', zei hij tegen Carine.

'Je denkt toch niet dat ik bang ben van dat mens.'

Carine klemde haar kaken op elkaar. Van In had haar met

geen vinger aangeraakt maar dat hoefde de trut niet te weten. Een confrontatie zou voor zich spreken.

'Dat is een bevel, inspecteur Neels.'

'Oké, oké. Wind je niet op, Versavel.'

'Het is om je eigen bestwil, Neels.'

'Ja, papa.'

Versavel stapte uit en liep hoofdschuddend naar de ingang van het gerechtsgebouw. Als de moordenaar seropositief was en hij dat ook wist, stond hij ergens geregistreerd. Het was alleen de vraag of Hannelore een bevel zou uitschrijven dat hem de bevoegdheid gaf medische gegevens op te vragen van patiënten die daarvoor behandeld werden. Het probleem was dat ze, behalve over een robotfoto, over geen aanwijzingen beschikten waarmee ze de moordenaar konden identificeren. Wat zou Van In gedaan hebben? Versavel liep door de gang naar de lift. Op de derde verdieping belde hij aan bij het kantoor van onderzoeksrechter Martens. Het was een vreemde gewaarwording hier alleen te staan. Met Van In kon hij zo binnenstappen, maar nu moest hij wachten tot er 'binnen' oplichtte op het schermpje onder de bel.

'Guido. Wat doe jij hier?'

Hannelore keek verbaasd op toen Versavel binnenkwam.

'Ik kom iets vragen, Hanne...'

Hij slikte de laatste lettergrepen in. Mocht hij haar nog bij haar voornaam noemen?

'Ga toch zitten, Guido', zei Hannelore toen hij voor haar bureau bleef staan. 'Kopje koffie?'

'Graag.'

'Ben je alleen?'

'Ze zit in de auto.'

Versavel zag dat ze het even moeilijk kreeg en hij had met haar te doen. Het was al erg genoeg dat Van In geschorst was wegens diefstal, door bij Carine Neels in te trekken had hij haar in het diepst van haar ziel gekrenkt.

'Heb je de sleutels op het contact laten zitten?'

'Nee. Waarom vraag je dat?'

'Kan ze de verwarming niet aanzetten.'

Ze glimlachten allebei, zij het om een andere reden. Hannelore omdat ze een klein beetje wraak kon nemen op haar rivale, Versavel omdat hij nu wist dat ze Van In nog niet helemaal had opgegeven. Hannelore stond op en liep naar het tafeltje waar de koffie en de kopjes stonden.

'Je hebt toch geen haast, Guido?'

Versavel schudde het hoofd.

'Ik heb een zee van tijd, Hanne.'

Ze schonk twee kopjes vol en zette ze op haar bureau. Versavel merkte dat ze een beetje beefde.

'Denk je dat hij het gedaan heeft?'

Hannelore ging zitten en gooide haar hoofd in haar nek.

'Ik weet het niet, Guido. De bewijzen tegen hem zijn duidelijk. Hij heeft het geld persoonlijk van de rekening gehaald en getuigen bevestigen dat hij een klein fortuin heeft verspeeld op de roulette. En heb ik je al verteld dat hij onze spaarcenten er ook heeft doorgejaagd?'

'Dat meen je niet?'

'Tweeëntwintigduizend euro, Guido.'

Het bleef even stil. Ze staarden allebei naar de dampende koffie. Zij met afschuw, hij met ongeloof.

'Eén ding begrijp ik niet', zei Hannelore plotseling. 'Wat er de voorbije weken ook gebeurd is, hij blijft drie keer per week trainen.'

Misschien doet hij het om Carine te imponeren, wilde Versavel zeggen, maar hij zweeg. Een andere verklaring voor de fitnessrage was dat hij in een midlifecrisis zat, maar ook dat kon Versavel beter verzwijgen. Het een sloot immers het andere niet uit. Integendeel.

'Hij zou beter wat minder roken en drinken', zei hij.

'Tja', zei Hannelore met een lichte aarzeling.

Versavel mocht een goede vriend zijn, ze kon hem toch moeilijk zeggen dat ze de laatste tijd veel minder vrijden dan vroeger.

'Wil je dat ik hem vanavond ga opzoeken en...'

'Dat is heel lief van je, Guido. Ik weet dat jij waarschijnlijk de enige bent die hem op andere gedachten kunt brengen, maar je begrijpt toch dat ik het niet fijn zou vinden dat hij zich door jou laat overhalen om weer naar huis te komen.'

Versavel slaakte een diepe zucht en glimlachte triest.

'Ik ben blij dat je hem nog niet helemaal hebt afgeschreven.'

'Ik kan het gewoon niet over mijn hart krijgen, Guido. Of misschien kan ik er gewoon niet tegen om alleen te zijn.'

Er blonken tranen in haar ooghoeken. Versavel sprong op van zijn stoel, ging naast haar staan en legde zijn arm om haar schouder.

'Ik weet dat het een schrale troost is, Hanne. Maar als je het goed vindt, kom ik vanavond even langs. Kunnen we tenminste wat praten.'

Ze hield haar hoofd schuin en drukte haar wang op zijn hand.

'Alleen als ik voor jou mag koken.'

'Dan breng ik een lekkere fles wijn mee.'

Ze kuste de zijkant van zijn hand.

'Je bent een schat, Guido.'

Nathan Six wierp een blik over zijn schouder voor hij de Vette Vispoort inliep. In de zak van zijn jas zat een bos met metalen pennen en haken waarmee hij bijna ieder slot in minder dan een minuut kon openmaken. Zijn voeten zakten diep weg in de sneeuw. De sporen die hij maakte konden hem verraden, maar daar maakte hij zich geen zorgen om. De lucht zag donkergrijs en de weerman had voorspeld dat de hevigste sneeuwbuien nog op komst waren. Over een uur zou niemand nog merken dat hij hier was geweest. Zoals verwacht bood het slot niet veel weerstand. Dat was meestal het geval met oude huizen. Hij stapte binnen en duwde de deur achter zich dicht. Hier woont hij dus, dacht hij. Op de keukentafel lag een onaangeroerde krant en er stonden een kopje en een bord op het aanrecht. Nathan Six nam ruimschoots de tijd om het interieur in zich op te nemen. Commissaris Van In hield van gezelligheid. Dat was duidelijk. De geur van verbrand hout leidde hem naar de salon, waar een zwartgeblakerde open haard hem aangaapte. De eiken kapiteelkast glansde goudgeel in het diffuse licht dat door het raam naar binnen viel. De afdrukken in de kussens van het bankstel bewezen dat de bewoners hier veel tijd doorbrachten. Nathan Six dacht aan vroeger. Hij was opgegroeid in een vochtig krot met tochtige ramen en versleten vloerkleden die naar hondenpis stonken en scheefgetrokken meubels van spaanderhout. Advocaten en psychiaters beweerden dat een kind dat in een dergelijke omgeving opgroeide meer kans maakte in de misdaad verzeild te raken dan een kind dat in een warm nest was opgevoed. Ze hadden het fout. Nathan Six vermoordde mensen omdat hij het fijn vond mensen te vermoorden. Hij vond het fijn zijn slachtoffers in de ogen te kijken op het moment dat ze beseften dat ze zouden sterven. Macht bezitten over leven en dood bezorgde hem een sensatie waaraan hij verslaafd was geraakt. Hij tastte in de zak van zijn overjas en haalde er een metalen schijfje uit dat niet veel groter was dan vijf eurocent en bevestigde het met plakband aan de achterkant van de kapiteelkast. Daarna stak hij een cd in de lade van de speler, zette de muziek zachtjes aan en liep naar de keuken, waar hij een oortje instak. Het microfoontje dat hij aan de achterkant van de kapiteelkast had bevestigd, werkte perfect. Hij liep terug naar de salon, zette de muziek af en liep weer naar de keuken. Op de schoorsteenmantel stond een ingelijste foto van Hannelore en Van In. Hij reikte ernaar om ze mee te nemen maar bedacht zich op het laatste nippertje. Hij mocht het ritueel niet doorbreken. Dat bracht ongeluk. De souvenirs die hij thuis bewaarde, waren zonder uitzondering eigendom geweest van zijn slachtoffers. Hij trok zijn hand terug en bekeek de foto aandachtig. Straks kwam het vrouwtje alleen thuis en...

De gedachte Hannelore te verkrachten en daarna te vermoorden wond hem op, maar hij moest zich aan de regels houden die hij met de Spelmeester had afgesproken.

'Zie ik er een beetje goed uit?'

Carine trok haar rokje naar beneden, dat naar boven was gekropen bij het uitstappen.

'Rood staat je perfect', zei Van In.

'Ik wist niet dat je kleurenblind was, Pieter.'

'Ik had het niet over de kleur van je rokje', zei Van In met een uitgestreken gezicht.

'Snoeper.'

'Was dat maar waar.'

Van In droeg zijn Boss-pak en een nepgouden ketting die hij vanmiddag voor twintig euro bij een uitdrager had gekocht. En hij had puntige schoenen aan die om zijn voeten knelden als een opdrogende spijkerbroek. Het helverlichte parkeerterrein stond vol met dure auto's: protserige BMW's, Jaguars, Mercedessen en Lexussen. De Citroën Picasso van Carine viel duidelijk uit de toon. Bij de voordeur stonden twee kaalgeschoren rambo's met een oortje en donkere zonnebrillen met weerspiegelende glazen hoewel het al een tijdje donker was.

'Pieter Van In en Carine Neels', zei Van In toen een van de kleerkasten naar hun identiteit informeerde.

'Wilt u even in de camera kijken?'

De andere kleerkast wees naar de camera die boven de deur was gemonteerd en wachtte tot hij via zijn oortje de toestemming kreeg om hen binnen te laten.

'Oké.'

De kleerkasten gingen opzij om hen door te laten. In de hal werden ze verwelkomd door een batterij topless hostesses die jassen en hoeden aannamen. Carine kreeg het zichtbaar moeilijk bij het zien van al dat gestroomlijnd vlees. Ze trok haar rokje naar beneden, maar nu om een andere reden.

'Het belooft een fijne avond te worden', zei Van In tussen zijn tanden.

Ze liepen door de woonkamer naar de schuifdeuren waarachter zich de tuin met de grote feesttent bevond. Evarist Oreels kwam onmiddellijk op hen af. Hij droeg een witte smoking en rode schoenen.

'Commissaris Van In en Carientje', zei hij met uitgestoken hand. 'Mag ik jullie van harte welkom heten op dit feest.'

Een topless serveerster bediende hen van champagne. Het was duidelijk dat Evarist Oreels een borstenman was.

'We zijn bijzonder vereerd dat u ons uitgenodigd hebt', zei Van In.

Oreels zat bijna met zijn neus in het decolleté van Carine, alsof er nergens anders een borst te bespeuren viel. Van In liet zijn blik over de genodigden glijden. De meeste gasten waren gebruinde mannen van middelbare leeftijd met dikke buiken en opzichtige horloges, het soort dat zijn schaapjes op het droge heeft en zich door die status onweerstaanbaar aantrekkelijk vindt. De schaarse vrouwen waren zwaar opgemaakt en aan hun vormen was te merken dat ze minstens om het jaar onder het mes gingen.

'En ik ben blij dat jullie er zijn', zei Oreels met een ongegeneerde blik nu op de dijen van Carine.

Van In kreeg veel zin om de oude bok eens goed de les te lezen, maar hij hield zich in. Hij mocht Carine niet de indruk geven dat hij toch een beetje jaloers was. Oreels troonde hen mee naar de andere kant van de tent waar een copieus buffet klaarstond met de meest geraffineerde hapjes. Olivier Vanderpaele stond bij een grote kom kaviaar en schepte een bordje vol.

'We meet again', zei hij nogal theatraal. 'Ik wist niet dat je ook uitgenodigd was, commissaris.'

Van In haalde diep adem. Waarom bleven ze hem met commissaris aanspreken. Om de draak met hem te steken?

'En ik moet zeggen dat jij je verdomd snel inburgert, meester Vanderpaele.'

Eigenlijk was Van In weer blij hem hier te zien. Wist hij tenminste zeker dat de klootzak niet bij Hannelore zat. Een eindje verderop stond Willy Gevers te kletsen met een oudere vrouw. Van In dacht even dat hij zich vergiste, maar toen de vrouw zich naar hem toedraaide, wist hij zeker dat hij het goed had gezien.

'Wilt u me even excuseren?'

Dit keer hoefde hij Carine geen zetje te geven. Ze ging spontaan dichter bij Vanderpaele staan.

'Ik ben onmiddellijk terug.'

Van In mengde zich onder de gasten en liep naar de vrouw toe die bij Willy Gevers stond.

'Mevrouw Blontrock.'

De vrouw glimlachte en drukte de hand die hij haar toestak.
'Commissaris Van In', zei ze verrast. 'Wat doet u hier?'
'Wat moet ik daarop zeggen? Dat misdaad loont?'
'Dat zou ik niet durven zeggen, commissaris.'
'Noem me maar gerust Pieter', zei Van In.
'Oké, Pieter.'

Nathan Six toetste een nummer in en wachtte geduldig tot er werd opgenomen.
'Hallo, met Nathan.'
'Ik luister', klonk het aan de andere kant.
Op de achtergrond hoorde hij geroezemoes en gekletter van borden en glazen.
'Stoor ik niet?'
'Nee, vertel maar.'
Nathan bracht verslag uit over het gesprek tussen Hannelore en Versavel dat hij zo-even had afgeluisterd.
'U mag er voor honderd percent zeker van zijn dat Van In geen komedie speelt', zei hij. 'Zijn vrouw zit in de put en zijn beste vriend weet zich geen raad.'
'Dank u', zei de Spelmeester en verbrak de verbinding.

Na middernacht werd het feest bij Oreels pas echt decadent. De serveersters trokken nu ook hun slipje uit en lieten zich gewillig bepotelen door de mannen die nog aanwezig waren. Erger hoefden ze niet te vrezen. De meesten konden niet meer presteren omdat ze te dronken waren, de anderen hadden last van hun prostaat. Carine was de enige vrouw onder de vijfendertig die nog kleren aan had.
'Wat vindt u ervan, Van In?'
Oreels liet zich ondersteunen door twee naakte jonge

meiden die hem champagne voerden telkens als hij op hun billen kletste. Van In, die in zijn leven al heel wat had meegemaakt, had moeite om zijn afkeuring te verbergen.

'Voor mij is het bijzonder spannend, maar ik weet niet of dat voor u nog geldt.'

Het antwoord was behoorlijk dubbelzinnig en eigenlijk erg beledigend voor Oreels, die ofwel te dronken was om het te snappen of geslepen genoeg om er niet op in te gaan.

'Je bent hier altijd welkom, beste vriend. Ik zal zelfs meer zeggen. Als dit soort feesten je begint te vervelen, en geloof me, na een tijdje kun je geen borsten en konten meer zien, zal ik je uitnodigen voor een evenement dat je nooit meer zult vergeten.'

'Ik denk niet dat je me nog kunt verrassen, meneer Oreels.'

'Durf je daarom te wedden?'

'Natuurlijk', zei Van In.

Uit zijn ooghoeken zag hij Vanderpaele een poging doen om Carine te tongzoenen, maar ze duwde hem van zich af.

12

Hoofdcommissaris De Kee had zalig geslapen en hij was goedgeluimd opgestaan. Zijn stemming werd er nog beter op toen hij om negen uur procureur Beekman aan de lijn kreeg die hem meedeelde dat de onderzoeksrechter beslist had een aanhoudingsbevel uit te schrijven tegen Van In. Na het gesprek kwam hij onmiddellijk in actie. Van In arresteren was geen sinecure, hij kende het klappen van de zweep en niemand wist met zekerheid waar hij zich ophield. Dus stelde De Kee een team samen van inspecteurs die niet al te best met Van In konden opschieten en hij riep Carine naar zijn bureau.

'Ga zitten, inspecteur Neels.'

Carine had nog een houten kop van het feest bij Oreels. En ze kreeg het maar niet warm ondanks het feit dat ze een dikke trui droeg. Ze had zich ziek willen melden maar dat had Van In haar afgeraden.

'Ik ga het je niet moeilijk maken, inspecteur Neels. Zeg me waar Van In is en we vergeten de rest.'

'Wat bedoelt u met de rest?' vroeg Carine verbaasd. 'Ik heb toch niets misdaan?'

In haar achterhoofd ging een alarmbel rinkelen. Van In had haar vanochtend nog gezegd dat hij vermoedde dat De Kee iets van plan was.

'Moet ik er een tekening bij maken?'

De Kee had geen tegenstand verwacht van haar kant. Een ondergeschikte stelde een bevel niet ter discussie. Wat dacht die meid wel? Was het nog niet erg genoeg dat ze contact had met een criminele collega?

'Een tekening?'

Carine had gisteren zwaar gedronken. Ze besefte echt niet wat De Kee haar duidelijk wilde maken. Zij en Van In waren allebei volwassen mensen. Wat ze in hun vrije tijd samen deden, ging hem geen zier aan. Ze glimlachte onwillekeurig bij de wensgedachte die ze nu koesterde, maar de kans was klein dat die ooit in vervulling zou gaan. Van In had haar nog met geen vinger aangeraakt en het zag er niet naar uit dat hij dat nog zou doen.

'Als ik jou was zou ik niet lachen, Neels.'

Haar gedrag begon op zijn zenuwen te werken. Hij balde zijn vuist en liet die met een donderende dreun op zijn bureau terechtkomen. Carine schrok ervan op, maar toen ze De Kee zag beven van woede kon ze haar lach bijna niet bedwingen.

'Waarom zou ik lachen, meneer de hoofdcommissaris?'

'Ik wil weten waar Van In is, verdomme.'

'Hoe kan ik dat weten?'

Carine trok haar gezicht in de plooi.

'Iedereen weet dat hij bij jou slaapt, Neels. En zolang ik het hier voor het zeggen heb, zal ik niet toelaten dat mijn medewerkers met elkaar rotzooien.'

In de meeste bedrijven was men niet gelukkig met buitenechtelijke relaties tussen medewerkers, maar er werd alleen ingegrepen als de relatie nadelige gevolgen had op de productiviteit of de sfeer onder de collega's dreigde te verpesten. Bij de politie werden die normen iets strikter gehanteerd, maar dat gaf De Kee het recht niet haar zo aan te pakken.

'Niemand bemoeit zich met mijn privé-leven, meneer de hoofdcommissaris. Dat zou u toch moeten weten.'

Carine zocht koortsachtig naar een oplossing. Ze moest Van In zien te waarschuwen, maar dat kon nu niet. Hij had geen mobieltje en zij beschikte niet over een vast telefoontoestel.

'Ik vraag het je nog één keer, Neels.'

Carine deed alsof ze nadacht. Er viel een stilte die minstens een halve minuut duurde. Toen gooide ze haar hoofd in haar nek en keek De Kee vastberaden aan.

'Ik weet niet waar Van In zich bevindt. En mocht ik het weten, ik zou het u niet vertellen.'

Ze verwachtte dat hij haar de huid vol zou schelden, maar hij hield zich gedeisd hoewel zijn onderlip trilde van woede.

'Ik hoop dat je de waarheid spreekt, Neels. Ik hoop verdomme dat je de waarheid spreekt.'

'Ik spreek de waarheid, meneer de hoofdcommissaris.'

De Kee haalde twee keer diep adem. Het had geen zin haar nog langer onder druk te zetten. Hij zou wel te weten komen waar Van In uithing. Met of zonder haar hulp.

'Je mag gaan, Neels.'

De Kee draaide zich om en keek door het raam naar buiten. Wie niet voor me is, is tegen mij, dacht hij. En dat zul jij aan den lijve ondervinden, Carine Neels.

Van In zette de kraag van zijn jas op en trok de voordeur achter zich dicht. Een snijdende wind striemde zijn gezicht. Hij voelde zich ellendig, maar alles was hem liever dan de hele dag binnen te blijven en te wachten tot Carine thuiskwam. Hij liep in gedachten verzonken langs de gevels van de ondergesneeuwde stad. Vanavond zou hij deelnemen aan het ultieme roulettespel. Tenminste, dat had Oreels laten doorschemeren. Wat moest hij doen? De zaak in zijn eentje afhandelen zoals gepland of hulp inroepen? Zoals de zaken er nu voorstonden, was de kans klein dat iemand geloof zou hechten aan zijn verhaal. Aan de andere kant zou het bijzonder moeilijk zijn om steekhoudend bewijsmateriaal te verzamelen als hij alleen handelde. Hij stak de Markt diagonaal over in de richting van de Wollestraat. Een politiewagen die uit de Steenstraat kwam, reed hem stapvoets voorbij. Van In stak zijn hand op en zocht weer de beschutting van de gevels op. Hij hield even halt bij de etalage van Delicatessen Deldycke en overwoog om er een broodje te kopen, want hij had sinds gisteravond niet meer gegeten. De politiewagen die hem zo-even gepasseerd was, reed rechtdoor. Dan toch maar geen broodje, dacht Van In. Aan de Nepomucenusbrug keek hij even naar rechts. Een andere politiewagen dan die van daarstraks kwam met een redelijk hoge snelheid in zijn richting aangereden. Politici mochten dan wel beloven dat ze voor meer blauw op straat zouden zorgen, twee politiewagens die schijnbaar doelloos in dezelfde wijk patrouilleerden, was te veel van het goede. Van In besefte wat er aan de hand was en hij aarzelde geen seconde. Hij zette het op een lopen en sloeg aan het Huidenvettersplein links af. Dat gaf hem een kleine voorsprong want het pleintje was verkeersvrij. Een paaltje maakte het ontoegankelijk voor het verkeer. Toen hij de Vismarkt op rende, zag hij twee inspecteurs op hem afkomen, jonge kerels die in een veel betere conditie verkeerden dan hij. Ze zouden hem inhalen nog voor hij de Burg bereikte. En wie weet stond daar al een tweede patrouille klaar om hem op te pakken. Hij zat als een rat in de val. De Kee had eindelijk zijn zin gekregen. Ze zouden hem in de boeien slaan en opsluiten. Van In had één keer een nacht in de cel doorgebracht en dat was hem niet goed bevallen. Hij was bijna gek geworden van de gedachte dat hij opgesloten zat. Hij rende de Blinde Ezelstraat in. Zijn voorsprong op de achtervolgende inspecteurs was geslonken tot vijftig meter. En tot overmaat van ramp kwamen er ook nog twee inspecteurs uit de tegenovergestelde richting op hem afgelopen. De Blinde Ezelstraat liep tussen de zijgevels van het stadhuis en die van de prachtig gerenoveerde Oude Griffie. Een deur gaf toegang tot de Stadskas en via een gang en een trap kwam je in de hal van het stadhuis. Van In handelde impulsief. Hij duwde de deur open en rende door de gang naar het kabinet van de burgemeester dat zich aan de achterkant van het stadhuis bevond. Hij stormde naar binnen en deed de deur op slot.

'Is de derde wereldoorlog uitgebroken?'

Burgemeester Moens keek op van het dossier dat hij aan het bestuderen was.

'Sorry, meneer de burgemeester, maar ik ben nu niet in de stemming voor grapjes.'

Van In trok hijgend het raam open dat uitkwam op de tuin en gooide de sleutel van het kabinet van de burgemeester in de Reie. De tuin was ook nog via de kelder van het stadhuis bereikbaar, maar zijn achtervolgers zouden kostbare tijd verliezen voor ze iemand vonden die hun de weg kon wijzen waardoor hij een kans had om via de tuin van de Heilig-Bloedkapel en het terras van de Opus 4 te ontsnappen naar De Garre van Kornee, een brandsteeg die uitkwam in de Breydelstraat. Zijn hart bonsde in zijn keel en hij kreeg te weinig lucht in zijn longen. Verdomde sigaretten. Hij minderde vaart en waggelde als een dronken man langs de kaaimuur.

Carine was met Versavel op weg naar het AZ Sint-Jan toen ze het bericht hoorde dat Van In ontsnapt was. Ze haalde opgelucht adem. Versavel glimlachte fijntjes.

'Je kunt evengoed een paling met je blote handen proberen te vangen', zei hij.

'Ik dacht dat je hem zou laten vallen na alles wat er gebeurd is.'

'Dat dacht ik ook', zei Versavel nu een beetje triest.

Hij had te doen met Hannelore en hij kon nog steeds moeilijk geloven dat Van In een dief was, maar hij bleef zijn beste vriend.

Carine beet op haar onderlip. Ze had gezworen niets te verklappen maar door de reactie van Versavel kreeg ze het moeilijk om die belofte te houden.

'We mogen de moed niet opgeven', zei ze.

Versavel knikte en parkeerde de Golf op de plek die gereserveerd was voor politiewagens. Het was druk in de hal van het ziekenhuis ondanks het vroege uur. Bij de opname stonden een tiental mensen aan te schuiven en de liften zaten behoorlijk vol met mensen die op consultatie gingen. De meesten zagen er kerngezond uit, maar tegenwoordig hoef je er niet slecht uit te zien om ziek te zijn.

'Ik heb een afspraak met dokter Goderis', zei Versavel aan het meisje dat de balie op de derde verdieping bemande.

'En u bent...'

'Versavel. Guido Versavel.'

'Ogenblikje.'

Het meisje wierp een vluchtige blik op zijn uniform terwijl ze het nummer van dokter Goderis intoetste.

'Dokter Goderis kan u over vijf minuten ontvangen', zei ze. 'Wilt u ondertussen plaatsnemen in de wachtkamer.'

De vijf minuten werden er twintig, maar uiteindelijk mochten ze bij dokter Goderis binnen, een vitale veertiger met een hoekig getaand gezicht en brede schouders. Goderis excuseerde zich voor het oponthoud en vroeg daarna of ze wilden gaan zitten. Carine kon haar ogen niet van hem afhouden en ook Versavel had het er moeilijk mee.

'Ik weet dat u gebonden bent door het beroepsgeheim, maar het gaat om een bijzonder ernstige zaak. De man die we zoeken is een seriemoordenaar die elk moment weer kan toeslaan. Het enige wat we over hem weten, is dat hij seropositief is en zich daarvoor waarschijnlijk laat behandelen. Hij ziet er ongeveer zo uit.'

Versavel liet Goderis de robotfoto zien. De arts bekeek ze met opgetrokken wenkbrauwen en een snedige trek om zijn mond. Hij behandelde zevenenveertig seropositieve mannen. Ze kwamen regelmatig bij hem op consult.

'Ik vrees dat ik u niet kan helpen', zei hij na een poosje.

Versavel knikte. Er waren nog meer ziekenhuizen in Brugge en het was ook best mogelijk dat de moordenaar zich in een universitair ziekenhuis liet behandelen, maar hij moest ergens beginnen.

'In ieder geval bedankt, dokter', zei Carine met fonkelende ogen.

Na zijn spectaculaire ontsnapping nam Van In op de Markt een taxi met bestemming Blankenberge, waar hij Zlotkrychbrto hoopte te treffen. Dat gaf hem hoogstens een paar uur voorsprong, want langer zou het niet duren voor zijn collega's hem via de taxicentrales zouden opsporen. De jager was wild geworden en dat was een bijzonder vreemde gewaarwording. Tijdens de rit vroeg hij zich voor de honderdste keer af of het wel allemaal de moeite loonde en hij kwam telkens weer tot dezelfde conclusie: er was geen weg terug.

'Zet me hier maar af', zei hij tegen de taxichauffeur toen ze ter hoogte van de Sint-Antoniuskerk waren.

Hij betaalde de rit en wachtte tot de taxi uit het zicht was voor hij overstak en de De Smet De Naeyerlaan insloeg. Het was een ijdele hoop dat niemand het verband zou leggen tussen Blankenberge en Zlotkrychbrto, maar het was in ieder geval beter zich hier te laten afzetten dan voor de deur van de politiearts. Een ijzige oostenwind sneed hem de adem af en blies de natte trottoirs droog. In de binnenstad was niet veel meer te merken van de sneeuw. De strooidiensten hadden de straten heel snel vrijgemaakt. Hij sloeg de Karel Deswertlaan in waar Zlotkrychbrto woonde en hij slaakte een zucht van opluchting toen hij diens aftandse Mercedes een eindje verderop geparkeerd zag staan. Het betekende dat de politiearts thuis was.

'Wat is er met jou gebeurd?'

Zlot pakte Van In bij de arm en trok hem naar binnen. Van In realiseerde zich pas wat Zlotkrychbrto daarmee bedoelde toen hij zichzelf bekeek in de spiegel die in de gang hing.

Zijn gezicht zat onder de schrammen en zijn broekspijpen waren doorweekt tot op kniehoogte. De schrammen waren waarschijnlijk afkomstig van de laaghangende takken in de tuin van de Heilig-Bloedkapel en hij herinnerde zich dat hij minstens een keer gevallen was.

'Ik heb je hulp nodig, Zlot.'

In de woonkamer heerste een bijna tropische hitte en er dreef een geur van sterke koffie.

'Trek je kleren uit.'

Zlotkrychbrto gaf zijn vrouw met een hoofdbeweging te kennen dat ze de kamer moest verlaten, knielde neer voor Van In, die er erg suf uitzag en begon de veters van zijn schoenen los te maken. Terwijl hij daarmee bezig was, riep hij iets in het Pools naar zijn vrouw, die haar toevlucht had gezocht in de keuken. Nog twee minuten later ging de deur van de woonkamer op een kier open. Mevrouw Zlotkrychbrto stak een bundeltje kleren door de opening en wachtte tot haar man ze kwam halen. Van In was opgelucht dat ze niet binnenkwam. Hij stond poedelnaakt en dat was geen gezicht. Door de vrieskou was zijn piemel gekrompen tot een redelijk belachelijk formaat.

'We hebben niet veel tijd', zei hij terwijl hij haastig de aangereikte kleren aantrok.

Zlotkrychbrto knikte vaderlijk.

'Je gaat me eerst vertellen wat er aan de hand is', zei hij.

Hij liep naar een ouderwetse linnenkast die tussen de schouw en de muur stond en pakte een fles cognac en twee glazen.

'Het meeste weet je al.'

'Vertel me dan de rest.'

De schoenen die Van In had gekregen waren aan de ruime kant, maar ze voelden droog en warm aan. De broek en het hemd echter zaten hem bijna als gegoten.

'Het pak is bijna twintig jaar oud', zei Zlotkrychbrto toen hij de ongelovige blik in Van Ins ogen merkte. 'Toen was ik ietsje slanker.'

Ze lachten en dat brak de spanning.

'Natuurlijk wil ik je helpen', zei Zlotkrychbrto toen Van In uitgesproken was. 'Maar als ik jou was, zou ik contact opnemen met Hannelore en procureur Beekman.'

Van In schonk een tweede cognac in en kiepte hem net als de eerste in één teug naar binnen. De sterkedrank verspreidde een warme gloed in zijn binnenste.

'Ze zullen me nooit geloven, Zlot. En zelfs als ze me geloven, zullen ze de actie nooit ondersteunen.'

Zlot trok een zorgelijk gezicht.

'Ik moet eerlijk toegeven, Pjetr, dat je verhaal nogal ongeloofwaardig klinkt. Het kan toch niet dat een aantal rijke gokkers geld inzet op het leven van een onschuldige.'

'Daar kom ik alleen achter als ik er vanavond bij ben.'

'Mij goed, maar...'

'Je vraagt je af waarom ze mij erbij betrekken?'

'Zoiets, ja.'

Van In had zich dat de voorbije vierentwintig uur ook al ettelijke keren afgevraagd en hij had maar één reden kunnen verzinnen.

'Ik neem aan dat ze me willen compromitteren. Als ze kunnen bewijzen dat ik erbij betrokken ben, weten ze zeker dat ik mijn mond zal houden.'

Zlotkrychbrto staarde nadenkend voor zich uit. Van In vergiste zich zelden of nooit, maar het was ondenkbaar dat justitie het onderzoek naar de seriemoordenaar zou stopzetten omdat hij er niet meer was.

'Je denkt toch niet dat...'

'Ik weet wat je denkt, Zlot, en ik weet dat het nogal hautain overkomt, maar ik denk niet dat de rechercheurs die het onderzoek overnemen, rekening zullen houden met het verhaal van Blontrock.'

'En Versavel dan?'

Van In schudde het hoofd.

'Als ik er niet meer ben, valt Guido in ongenade. Het zou me niet verbazen dat De Kee hem overplaatst naar de verkeerspolitie.'

'Hannelore?'

Het was een domme vraag. Dat bleek uit het antwoord van Van In.

'Hannelore is mijn vrouw. Iedereen zal denken dat ze me probeert wit te wassen.'

'Ik ben er ook nog', bleef Zlotkrychbrto koppig volhouden. 'En Carine Neels.'

'Carine komt vanavond met me mee.'

'Blijf ik alleen over.'

'Inderdaad, Zlot.'

'Bedoel je daarmee dat mijn getuigenis irrelevant is?'

Het was een pijnlijk moment, maar de waarheid moest gezegd worden.

'Je hebt net beloofd dat je me zou helpen, Zlot, en dat maakt jou tot mijn medeplichtige.'

'Ach zo.'

Zlotkrychbrto schonk een dubbele cognac in. Hij was een paar jaar geleden met zijn gezin van Polen naar Vlaanderen geëmigreerd en hij had er een mooie carrière uitgebouwd. Hij verdiende behoorlijk, woonde in een comfortabel huis en zijn kinderen deden het goed op school. Kon hij dat allemaal in de waagschaal stellen?

'Geloof me, Zlot. Ze zitten me op de hielen. Ik moet hier zo snel mogelijk vandaan.'

Zlotkrychbrto keek om zich heen met een melancholische blik. Boven het dressoir hingen de ingelijste foto's van zijn ouders en op de schoorsteenmantel stond een beeldje dat zijn vader had gesneden uit lindehout. Het was geen kunstwerk, maar hij zou het nooit willen missen omdat het hem herinnerde aan een tijd van armoede en ellende.

'En toch laat ik je niet in de steek, Pjetr.'

De woorden ontroerden Van In. Hij omhelsde zijn vriend en drukte hem dicht tegen zich aan.

Hij voelde zich gelukkig ondanks de weinig benijdenswaardige situatie waarin hij verkeerde.

'Kann ich Ihnen helfen?'

Mevrouw Zlotkrychbrto lachte breed naar de twee politie-inspecteurs die net hadden aangebeld. Ze stak haar hoofd naar buiten. De straat was aan beide kanten afgezet met politiewagens.

'Mogen we binnenkomen?'

Mevrouw Zlotkrychbrto knikte en liet de inspecteurs binnen. Haar man en Van In waren tien minuten geleden vertrokken en ze hadden de natte kleren en schoenen meegenomen. Zij had de cognacglazen afgewassen en de inhoud van de asbak in het toilet doorgespoeld.

In Oostende kocht Van In een nieuw pak, een paar schoenen, en een mobieltje. Daarna reden ze naar café De Drie Koningen in Houtave waar ze kriekentaart en koffie bestelden.

'Hoe laat verwacht Oreels je?'

'Om acht uur', zei Van In tussen twee happen kriekentaart.

'Ben je niet bang dat ze Carine laten schaduwen?'

Van In knikte.

'Waarom denk je anders dat ik een mobieltje heb gekocht?'

Van In belde Carine om achttien uur.

'Ben je thuis?'

'Pieter?'

'Je bent toch alleen?'

'Natuurlijk.'

Ze liet zich op de bank neerploffen en schopte haar schoenen uit, maar Van In liet haar de tijd niet om languit te gaan liggen.

'Is de buurvrouw thuis?'

'Ik denk het wel.'

'Ga onmiddellijk naar haar toe. Ik bel je daar over vijf minuten.'

Van In verbrak de verbinding en hoopte dat Carine deed wat hij haar had opgedragen. De kans was groot dat De Kee haar mobieltje liet afluisteren, maar het was onmogelijk om binnen het kwartier ook de telefoon van de buurvrouw te laten aftappen. En meer dan tien minuten had hij niet nodig om Carine te briefen zodat ze in staat zou zijn een eventueel schaduwteam van zich af te schudden.

Carine parkeerde haar wagen op de afgesproken plek, liet het zijraam zakken en stak een sigaret op. Ze had de instructies die ze over de telefoon had gekregen strikt opgevolgd en wachtte nu op Van In. De minuten kropen voorbij. Het was twintig voor acht en hij kwam maar niet opdagen. Ze pakte haar mobieltje dat naast haar op de passagiersstoel lag, bekeek het even en legde het terug. Je mag me niet bellen, wat er ook gebeurt, had hij gezegd. Ze haalde diep adem en stak een nieuwe sigaret op.

'Roken is dodelijk.'

Van In stak zijn hoofd naar binnen. Haar verschrikte blik deed hem grijnzen.

'Sorry dat ik een beetje laat ben, maar ik wilde er absoluut zeker van zijn dat je niet werd gevolgd.'

Zlotkrychbrto en Van In waren met opzet een halfuur vroeger gekomen.

'Je hebt me wel doen schrikken.'

Carine gooide haar sigaret door het open raampje terwijl Van In instapte en liet het daarna met een druk op de knop dichtschuiven. Waarom deed Van In toch zo verdomd achterdochtig?

'Hoe laat is het nu?'

'Tien voor acht.'

'Oké. Rijden maar.'

Carine startte de wagen reed de weg op. Zlotkrychbrto volgde op een veilige afstand. Voor de villa van Oreels stond een zware Mercedes met draaiende motor op hen te wachten. Willy Gevers, die naast de chauffeur zat, reikte hun een zwarte kap aan die ze moesten opzetten.

'Sorry voor het ongemak', zei hij vriendelijk. 'Maar we moeten voorzichtig zijn.'

'Dat begrijp ik', zei Van In.

De rit duurde ongeveer een halfuur, maar dat was geen

indicatie voor de afstand die ze hadden afgelegd.

'Jullie mogen de kap afzetten', zei Gevers toen de Mercedes zachtjes tot stilstand kwam.

Ze stapten uit en liepen naar een loods waarvan alleen de ingang was verlicht. Het terrein rond de loods stond vol met dure wagens.

Zlotkrychbrto keek met verbijstering naar de naald van de brandstofmeter toen hij de motor hoorde sputteren en begon daarna hardop te vloeken in het Pools. Het was niet de eerste keer dat hij vergat te tanken en telkens als het gebeurde, nam hij zich voor een jerrycan reservebrandstof in zijn koffer mee te nemen, maar het was er nooit van gekomen. Nu stond hij hier aan de kant van de weg op een moment dat Van In zijn hulp hard nodig had.

In de loods stonden vijf roulettetafels en er waren minstens vijftig spelers aanwezig, van wie Van In er maar een paar herkende. Tot zijn grote verbazing was Olivier Vanderpaele daar niet bij, maar misschien kwam hij later nog. De tafels gingen pas om negen uur open.

'Goedenavond, mevrouw en meneer Van In.'

Evarist Oreels kwam met uitgestoken hand op hen af.

'Zullen we eerst een hapje eten?'

Van In had niet veel honger, maar hij durfde het aanbod van Oreels niet af te slaan. Carine echter snakte naar voedsel. Zij had de hele dag amper iets gegeten. En er was keus zat: gegrilde zoete aardappel met mozzarella en Italiaans spek, kruidenscone met garnalenrillette en mierikswortelroom, bospaddenstoelenwrap met fazantenmousseline, harmonie van forel met komkommerkubus, bruschetta met feta, langoustinesushi met tomaat en basilicum, loungeglaasjes met mangoflan en ganzenlever, crème brûlée met eendenlever, zalmkaviaar, oester en knolselderij en nog een rits delicatessen waarvan ze de naam niet kende. En natuurlijk ook champagne.

'Het Spel begint pas om middernacht', zei Oreels terwijl Van In uit beleefdheid een oester leegslurpte. 'En ik verzeker u dat u zich niet zult vervelen.'

'Ik ben benieuwd', zei Van In.

Om negen uur werden de tafels geopend en schoven de eerste spelers aan. Van In had twintigduizend euro op zak maar dat stelde niet veel voor als hij zag om welke bedragen er nu al werd gespeeld.

'Mag ik u er nogmaals aan herinneren dat de minimuminzet duizend euro is', zei Oreels. 'En dat de bank geen krediet verleent.'

'Dat weet ik', zei Van In. 'Maar mag ik ook weten waaraan ik de eer te danken heb om hier aanwezig te zijn? Wat maakt u zo zeker dat u mij kunt vertrouwen?'

Oreels glimlachte geheimzinnig en pakte Van In vertrouwelijk bij de arm.

'Omdat we uw verhaal grondig nagetrokken hebben, commissaris.'

Hij vertelde van de afluisterapparatuur die hij bij Van In had laten plaatsen en de telefoontjes die hij had gepleegd met een bevriende bankdirecteur.

'Er is voor u geen weg meer terug, mon cher.'

Van In liet niet merken hoezeer de arrogantie van Oreels hem stoorde. Rijke mensen waren als verwende ettertjes die dachten dat ze zich alles konden permitteren en die slechts in een beperkte kring van gelijken hun ware gezicht lieten zien.

'Als u het niet erg vindt ga ik nu een gokje wagen', zei hij met een gespeelde glimlach.

Om vijf voor twaalf had Van In vierduizend euro verloren, wat op zich een succes was. Een van zijn medespelers, een makelaar in onroerend goed, had in anderhalf uur zesenvijftigduizend euro verspeeld.

'Mag ik even jullie aandacht?'

Oreels stond op een klein podium dat een paar minuten daarvoor was binnengebracht. Pas nu merkte Van In dat alle obers verdwenen waren. En ook de croupiers maakten zich klaar om te vertrekken.

'Vandaag spelen we op het nummer 16. Mag ik vragen dat de spelers die niet aan het Spel willen deelnemen de zaal nu verlaten.'

Oreels wachtte tien seconden af, maar niemand verroerde een vin, behalve de croupiers, die discreet naar buiten gingen.

'Dan kan de trekking nu beginnen.'

Willy Gevers kwam aanzeulen met een urn. Iedereen mocht er om de beurt zijn hand in stoppen en er een genummerde jeton uithalen. Het nummer op de jeton bepaalde de volgorde van de spelers. Toen iedereen in het bezit was van een nummer begon het Spel. De regels waren eenvoudig. Wie het eerst zestien speelde, had gewonnen. Alle aanwezigen gingen rond één speeltafel staan. Willy Gevers nam de taak van croupier op zich. De kogel draaide voor de eerste keer. Inzet vijftienduizend euro. Van In hield zijn adem in. Waaraan was hij in godsnaam begonnen? De kogel viel op negenentwintig. De volgende speler maakte zijn inzet bekend. Twintigduizend euro. Van In en Carine stonden op de eerste rij en keken gespannen toe. Oreels had hun in de loop van de avond alles haarfijn uitgelegd. Als de kogel op zestien viel, kreeg de winnaar het totale bedrag uitbetaald dat tot dusver was ingezet als hij ermee akkoord ging dat in ruil daarvoor iemand werd vermoord. En dat bedrag kon hoog oplopen naarmate er langer werd gespeeld.

Als het nummer niet viel voor vijf uur, en dat gebeurde soms ook, werd de hele inzet bij die van het volgende Spel gevoegd. Pikant detail was dat de spelers ook de naam van het slachtoffer te horen kregen, zodat ze in de krant konden verifiëren dat de moord wel degelijk was gepleegd. Een andere regel van het Spel was dat het slachtoffer binnen vierentwintig uur vermoord moest worden. Van In kon niet anders dan afwachten tot het nummer viel. Het was de enige manier om te bewijzen dat hij gelijk had.

'Nummer elf.'

Er steeg geroezemoes op toen niemand meteen reageerde. Carine stootte Van In aan en zei dat hij nummer elf had.

'Vijfduizend euro.'

Van In zette de jetons op nummer zestien. Zenuwen gierden door zijn lijf. Wat moest hij doen als Gevers het winnende nummer draaide? Hij volgde de kogel met argusogen.

'Vier', klonk het.

Van In haalde opgelucht adem en nam een slok champagne, die ondertussen lauw was geworden.

Om halfdrie klonk een langgerekte vreugdekreet toen het nummer zestien eindelijk viel. De totale inzet bedroeg nu driehonderd vierenvijftig duizend euro. Het voorhoofd van de winnaar, een steenrijke strafpleiter, glom van het zweet. Van In stak een sigaret op. Zijn hart klopte in zijn keel. Oreels besteeg het podium en riep de winnaar bij zich.

'Wat kiest u, meester? Winst of leven?'

De strafpleiter voelde een stoot adrenaline door zijn aders stromen. Een intense tinteling kronkelde langs zijn ruggengraat en het scheelde niet veel of hij kreeg een erectie. Hij had in zijn lange carrière veel moordenaars verdedigd en hij had zich vaak afgevraagd hoe het voelde het leven van een ander te beëindigen. Bij passionele moorden hadden de daders bijna altijd wroeging, maar de schaarse koelbloedige moordenaars die hij had verdedigd, hadden zonder uitzondering toegegeven dat iemand vermoorden hen euforisch maakte en dat was precies het gevoel dat de strafpleiter nu ervoer.

'Winst', zei hij.

Er steeg een wild gejuich op in de loods. De winnaar mocht van iedereen felicitaties ontvangen en de champagne vloeide overvloedig. Van In kon zijn ogen bijna niet geloven en ook Carine leek totaal van de kaart. Hoe laag kan een mens vallen? Na een tijdje, toen de gemoederen weer bedaard waren, beklom Oreels het podium voor de derde maal. Er viel een ijzige stilte in de loods toen Oreels een envelop uit zijn binnenzak haalde waarop in grote cijfers zestien stond. Hij scheurde ze open en haalde er een dubbelgevouwen vel papier uit.

Hij vouwde het open en hield het tussen duim en wijsvinger voor zich.

'De verliezer is... Guido Versavel. Rolweg 16 Brugge.'

Van In versteende. Dit kon geen toeval zijn. Hij was als een klein kind in de val getrapt die Oreels en zijn trawanten voor hem hadden gezet. Alle hoofden draaiden in zijn richting.

'Gaat u akkoord met de keus, commissaris Van In?'

Eigenlijk had Van In rustig moeten blijven staan. En dat had hij ook gedaan als het slachtoffer een onbekende was. Dan had hij de man of vrouw zo snel mogelijk naar een veilig adres laten overbrengen en samen met het Cobrateam bij hem of haar thuis gewacht tot de moordenaar kwam opdagen. Maar nu reageerde hij impulsief omdat hij niet kon geloven dat de keuze van Versavel op toeval berustte. Hij wurmde zich door een groepje spelers en rende naar de ingang van de loods. Niemand van de aanwezigen probeerde hem tegen te houden. Oreels bleef op het podium staan met een spottend glimlachje om zijn lippen. De deur van de loods zwaaide open en er kwam een kale man binnen. In de hand van zijn gestrekte rechterarm hield hij een pistool. Van In keek angstig om zich heen maar hij zag geen andere uitgang. Hij vertraagde. De man met het pistool was vijf meter bij de deur vandaan en kwam langzaam op hem af en was Van In nu al op ongeveer dezelfde afstand genaderd. Van In bleef staan en dacht koortsachtig na. De spelers stonden achter hem. Zelfs een geoefende schutter staat onder stress als hij op het punt staat iemand neer te schieten. Als hij nu eens bruusk opzij zou springen bestond er een redelijke kans dat het eerste schot doel miste en een van de spelers raakte en dat risico kon de man met het pistool niet nemen. Nog drie meter. Van In haalde diep adem en sprong plotseling opzij. De thesis klopte. Er klonk geen schot. De man met het pistool wachtte tot Van In hem voorbij gerend was voor hij zich omdraaide, aanlegde en de trekker overhaalde. Van In had de klink van de deur al in zijn handen. De impact van de kogel die hem in zijn schouder trof deed hem wankelen. Zijn hand gleed van de klink en hij viel.

Het kostte Zlotkrychbrto meer dan een halfuur voor hij erin slaagde een voorbijrijdende auto tot stilstand te brengen en dat kon hij de automobilisten die hem hadden laten staan niet kwalijk nemen. Het was donker en hij had het postuur van Frankenstein. Het verbaasde hem dan ook zeer dat de barmhartige Samaritaan een oudere vrouw was. Hij begreep pas waarom ze was gestopt toen ze zich voorstelde als zuster Agnes. De non was zelfs zo vriendelijk hem naar het dichtstbijzijnde benzinestation te rijden en hem daarna met een jerrycan brandstof terug te brengen naar de plek waar hij zijn Mercedes had moeten achterlaten. Toen het euvel verholpen was, ging hij voor alle zekerheid nog een kijkje nemen bij de villa van Oreels maar zoals verwacht vielen er op het ruime parkeerterrein geen auto's te bespeuren. Er zat bijgevolg niets anders op dan terug te keren. Tijdens de rit vroeg hij zich af wat hij het best kon ondernemen. Wachten tot morgen en hopen dat Van In met hem contact zou opnemen vond hij bijzonder riskant. Stel dat Van In en Carine iets was overkomen en ze hulp nodig hadden. Wat dan? Na enig gepieker besloot hij naar Brugge te rijden en Hannelore op de hoogte te brengen van de situatie.

'Zlot. Wat kom jij hier in godsnaam nog zoeken?'

Hannelore droeg een donkergroene kamerjas en slippers. Haar ogen waren roodomrand van het huilen.

'Ik denk dat we een probleem hebben', zei Zlotkrychbrto bedrukt. 'Mag ik even binnenkomen?'

'Gaat het over Van In?'

De politiearts knikte.

'Volgens mij heeft hij zich diep in de nesten gewerkt.'

Hij volgde Hannelore naar binnen en ging ongevraagd aan de keukentafel zitten. Hannelore schonk hem ongevraagd ongeweigerd een borrel in.

13

Na drie keer aanbellen bij Carine, gaf Hannelore de slotenmaker met een knikje de toestemming om het cilinderslot uit te boren, een operatie die amper een paar minuten in beslag nam. Daarna stapte ze met gemengde gevoelens naar binnen, gevolgd door Versavel en twee inspecteurs. Tot haar grote opluchting trof ze in de woonkamer een sofa aan met een donsdeken en een hoofdkussen. Ze sliepen dus niet bij elkaar. Voor alle zekerheid stak ze haar neus diep in het hoofdkussen en snoof. Het was zijn geur. Ondertussen doorzochten Versavel en de inspecteurs de andere kamers. Ze vonden geen enkele nuttige aanwijzing.

'Wat doen we nu?' vroeg Versavel.

'Oreels aan de tand voelen natuurlijk.'

De geur van het kussen had Hannelore ervan overtuigd dat het verhaal dat Zlotkrychbrto had opgehangen waar was. Dat Van In noch Carine hier aanwezig was, staafde ook zijn vermoeden dat er hun iets overkomen was. Er was dus geen tijd te verliezen. Ze stapten in de politiewagens en reden met loeiende sirenes naar de villa van Oreels.

'Meneer Oreels slaapt nog. Hij mag onder geen enkele voorwaarde gestoord worden', zei de bediende die de deur van de villa openmaakte met een bars gezicht.

'Maak hem dan wakker en vertel hem dat er een onderzoeksrechter aan de deur staat met een bevel tot huiszoeking. Begrepen?'

Versavel fronste zijn voorhoofd. Zo kordaat had hij Hannelore nog nooit gezien. Nog geen vijf minuten later verscheen Oreels in de deuropening.

'Waarmee kan ik u van dienst zijn, mevrouw?' vroeg hij vriendelijk.

'Ik wil weten waar commissaris Van In is. We weten dat hij gisteravond uitgenodigd was op een van uw feestjes en dat hij daarna niet thuisgekomen is.'

'Een feestje?'

'Spreek ik slecht Nederlands of ben jij een beetje doof, Oreels?'

Oreels was gewend dat mensen hem met alle egards behandelden en beleefd tegen hem deden zelfs als hij hen afsnauwde. Het kostte hem ongelooflijk veel moeite kalm te blijven.

'U mag dan onderzoeksrechter zijn, u hebt het recht niet mij op die manier te behandelen.'

'Uw mening interesseert mij geen moer. Ik wil alleen weten waar uw illegaal gokfeestje gisteravond plaatsvond.'

Nu begon Oreels hardop te lachen.

'Een gokfeestje dan nog? Als ik een gokje waag, doe ik dat in een legaal casino. Maar dat zult u al wel nagetrokken hebben.'

Hannelore legde beide handen plat op haar dijen en keek Oreels aan met een medusablik en ze gaf met haar hoofd te kennen dat de inspecteurs in actie mochten komen.

'U werkt op mijn zenuwen, meneer Oreels.'

De inspecteurs volgden het bevel onmiddellijk op. Ze duwden Oreels opzij zodat Hannelore naar binnen kon.

De kille vloer wekte Van In uit een bizarre droom die nog even door zijn hoofd bleef spoken. Hij en Hannelore woonden een spektakel bij waar halfnaakte krijgers elkaar met vreemdsoortige steek- en slagwapens bekampten. Alles verliep normaal tot een van de kemphanen bloedend neerstortte en zijn tegenstrever hem met een welgemikte bijlslag afmaakte. Hij keek radeloos om zich heen. Hannelore was er niet. Ze was een drankje gaan bestellen aan de bar. Hij ging op zoek naar haar terwijl de slachtpartij onverminderd doorging onder het gejuich van een uitzinnig geworden publiek. Ze was nergens te bespeuren. Misschien was ze bij het zien van al die gruwel naar buiten gelopen. Zonder zich af te vragen waarom ze hem dan niet eerst was komen waarschuwen, liep hij als een zombie naar de uitgang waarvan de deuren nu vol gruwelijke maskers en vreemde attributen hingen. Hij versnelde de pas. Toen hij de deuren op een meter was genaderd, schoven ze open. Hij belandde in een schemerige kamer die volgestouwd stond met afgodsbeelden. In de hoek van de kamer lag Hannelore naakt op een sofa. Haar lichaam was in fuchsia en geel beschilderd met een poederachtige verf.

'Hallo schat.'

Hannelore richtte haar hoofd op en lachte hem toe.

'Wat heeft dit allemaal te betekenen?'

'Ik wilde je gewoon verrassen.'

'Mij verrassen. Besef je dan niet dat iedereen hier zomaar kan binnenlopen?'

'Ik wist dat je de eerste zou zijn, schat.'

Ze stond op en nam hem bij de arm. Om een of andere reden waarvoor hij geen verklaring vond, vroeg hij haar niet waarom ze wist dat hij als eerste zou binnenkomen, maar hij hield er wel een wrang gevoel aan over en een andere vraag die hij veel belangrijker vond.

'Mag ik ook weten wie je beschilderd heeft?'

Ze legde haar arm om zijn middel en trok hem tegen zich aan.

'Herinner je je die twee oude mannen nog met wie ik vorige week stond te kletsen op de kermis?'

'Toch niet die halve zigeuners?'

'Ja die.'

De gedachte dat twee oude mannen Hannelore naakt hadden gezien en met verf en waarschijnlijk ook met hun handen aan haar lichaam hadden gezeten, maakte Van In woedend.

Hij duwde haar van zich af en liep de zaal weer in.

'Gaat het een beetje?'

Carine zat naast hem op haar hurken. Ze bette zijn voorhoofd met een lapje stof dat ze had overgehouden van haar aan repen gescheurde blouse waarmee ze de wonde aan zijn schouder had verbonden.

'Ik heb het koud.'

Van In merkte pas nu dat Carine geen blouse droeg en dat haar rok onder het bloed zat.

Hij probeerde zich op te richten, maar een stekende pijn deed hem ineenkrimpen. Hij tastte naar zijn schouder, herinnerde zich wat er gebeurd was.

'Waar zijn we?'

'In de loods.'

Carine was gisteren na het schot naar hem toe gelopen, maar de man met het pistool had haar met een dreigend gebaar tot staan gebracht. Twee spelers hadden haar vastgegrepen en opgesloten. De man met het pistool had Van In vijf minuten later op een zeil naar binnen gesleept om bloedsporen te vermijden.

'Hoe laat is het nu?'

'Kwart voor tien.'

''s Morgens?'

'Ja.'

In de kamer zaten geen ramen, maar Carine had de hele

nacht geen oog dichtgedaan en ondertussen ontelbare keren op haar horloge gekeken. Gelukkig was er binnen een schakelaar waardoor ze het licht kon laten branden.

'We moeten hier uit zien te raken.'

Van In deed opnieuw een poging om zich op te richten, maar het lukte weer niet. Hij draaide zijn hoofd naar de deur. Die zag er massief en degelijk uit net als het slot en de scharnieren. In de hoek van de kamer stond een metalen rek met daarop twee kartonnen dozen.

'Wat zit er in die dozen?'

'Kerstballen en guirlandes', zei ze met een vermoeide glimlach.

Ze had de hele nacht de tijd gehad de kamer grondig te inspecteren, een bezigheid die in normale omstandigheden amper een halfuur in beslag zou nemen, maar die ze eindeloos had gerekt om er zeker van te zijn dat ze niets over het hoofd had gezien. Behalve de kerstballen en de guirlandes lagen er nog stapels oude tijdschriften, een paar lege wijnflessen en drie verharde verfkwasten. Er stond ook nog een houten kist die vol zat met blikken boenwas.

De huiszoeking leverde niets op, het verhoor evenmin. Meneer en mevrouw Oreels beweerden dat ze gisteren de hele avond thuis hadden doorgebracht en dat ze om een uur of elf waren gaan slapen, een verklaring die werd bevestigd door de bediende die de deur had opengemaakt en bij de familie Oreels inwoonde. Oreels had bovendien zijn advocaat gebeld en ermee gedreigd Hannelore te laten vervolgen wegens machtsmisbruik, maar het dreigement maakte niet veel indruk.

'Ik zal je blijven achtervolgen, Oreels', zei ze bij het naar buiten gaan.

Het waren stoere woorden en Hannelore besefte dat ze

niet veel zouden uithalen als ze geen harde bewijzen kon voorleggen dat Oreels bij de verdwijning van Pieter betrokken was, maar ze was zo kwaad dat ze het niet kon laten. Toen ze in de wagen zaten, probeerde Versavel haar te kalmeren. Hij stelde voor ook de artsen van de ziekenhuizen in de omgeving van Brugge met de robotfoto van de vermoedelijke moordenaar te confronteren, een voorstel waarmee Hannelore onmiddellijk instemde.

'Je hebt gelijk, Guido. Ik loop veel te hard van stapel. Maar is dat alles wat we kunnen doen?'

Versavel startte de motor en reed naar de toegangspoort van de villa waar hij moest afremmen voor twee joggende veertigers.

'We weten nog altijd niet waarom Van In drie keer per week ging trainen in de gymzaal', zei hij toen ze de rijweg opdraaiden.

'Wat heeft dat ermee te maken, Guido?'

Hannelore keek hem ongelovig aan.

'Geen idee. Ik weet alleen dat Van In zich aan iedere strohalm vastklampte als hij wanhopig was.'

'Vooruit dan maar.'

'Zal ik je afzetten bij de gymzaal?'

'Kom jij niet mee dan?'

Versavel durfde haar niet recht voor de raap te zeggen dat ze het onderzoek meer kwaad dan goed deed omdat ze er te emotioneel bij betrokken was en het bijgevolg beter was dat hij de rest alleen afhandelde.

'Ik bel je zodra er nieuws is van de ziekenhuizen', zei hij.

Hannelore knikte.

'Ik heb het begrepen, Guido.'

Het was behoorlijk druk in de gymzaal. Er dreef een geur van zweet en massageolie. Mannen en vrouwen sloofden zich verbeten uit op vreemdsoortige apparaten waarvan sommige eerder in een middeleeuwse folterkamer thuishoorden dan in een moderne gymzaal. Een meisje van een jaar of vijfentwintig met een figuurtje dat zo uit een barbiepop-matrijs leek te komen begroette Hannelore met een sprankelende glimlach.

'Waarmee kan ik u van dienst zijn, mevrouw?' vroeg ze met pretlichtjes in haar ogen.

'Hebt u hier de leiding?'

Het meisje schudde haar hoofd.

'Momentje', zei ze. 'Ik haal John er even bij.'

De meeste vrouwelijke klanten wilden John persoonlijk spreken voor ze zich inschreven en dat vond John best fijn. Hij was vrijgezel en dat wisten ze allemaal.

'Ik wacht wel even', zei Hannelore.

Het meisje draaide zich om en liep heupwiegend naar een kantoortje aan de andere kant van de gymzaal. Als John dit stuk ziet, kan zijn dag niet meer stuk, dacht ze. En ze kreeg gelijk. Toen John Hannelore twee minuten later de hand drukte, kneep hij zijn billen tegen elkaar. Dat deed hij altijd als een vrouw indruk op hem maakte.

'Mijn naam is Hannelore Martens. Ik ben de vrouw van Pieter Van In.'

De droom die John even had gekoesterd, vervloog als vluchtige brandstof. Hij ontspande zijn bilspieren.

'Ach zo', zei hij een beetje in de war. 'Wat kan ik voor u doen, mevrouw?'

'Ik wil weten wat Pieter hier komt doen en ook of je hem de voorbije vierentwintig uur nog hebt gezien?'

John trok zijn gezicht in een ernstige plooi.

'Pieter komt hier trainen.'

'Dat weet ik ook', reageerde Hannelore korzelig.

'En ik heb hem de voorbije vierentwintig uur niet gezien.'

Hannelore voelde de spanning aan. John had iets te verbergen en ze was vast van plan om te weten te komen wat. Dus zette ze meteen het zwaarste geschut in.

'Pieter is spoorloos verdwenen', zei ze. 'Wie weet is er hem iets overkomen.'

Het gezicht van John betrok. Van In had last van een te hoge bloeddruk en zijn arts had hem een paar maanden geleden voor de keus gesteld: pillen slikken of iets aan zijn conditie doen. Er was echter een nadeel aan de medicatie, mannen werden er minder potent van. Dus had Van In zich bij hem laten inschrijven voor een intensief trainingsprogramma in de hoop dat hij het probleem op die manier zou kunnen oplossen. Maar wat als de training alleen niet afdoende was gebleken en de hoge bloeddruk een infarct had veroorzaakt? Was hij daar dan medeverantwoordelijk voor?

'Pieter heeft me laten beloven dat ik het aan niemand zou zeggen', zei hij.

'Wat zeggen?'

'Dat hij last heeft van een te hoge bloeddruk en...'

John vertelde Hannelore hoe de vork in de steel zat. Eerst verscheen er een bezorgde trek om haar mond, maar toen ze naar buiten liep, kon ze een glimlach niet onderdrukken. Van In die een doktersadvies opvolgde, het was even uitzonderlijk als een trekvogel die thuisbleef.

Carine scheurde de oude tijdschriften stuk en dekte Van In, die lag te rillen van de koorts, ermee toe. De voorbije uren was zijn toestand flink achteruitgegaan. Zijn lippen waren gebarsten van de droogte en hij ijlde af en toe. De repen stof van haar blouse die ze als verband had gebruikt waren doordrenkt van het bloed. Het was een kwestie van tijd voor de wond infecteerde. Zelf was ze tot op het bot verkleumd, maar ze kon tenminste nog bewegen. Om het kwartier bonsde ze op de deur en riep luidkeels om hulp, maar er kwam niemand opdagen. Het bleef ijselijk stil in de loods.

Versavel stapte om kwart voor drie het Henri Serruysziekenhuis in Oostende binnen waar hij een afspraak had met dokter Annys. Hij was doodop en moedeloos. De kans dat ze de vermoedelijke moordenaar konden identificeren aan de hand van de robotfoto werd almaar kleiner. Tenminste als die kans al bestond. Navraag in andere ziekenhuizen had tot nu toe nog niets opgeleverd, hoewel alle artsen die ze tot dusver hadden geraadpleegd, hun volle medewerking hadden verleend aan het onderzoek.

'Mijnheer Versavel.'

Een jonge verpleegkundige gebaarde vanuit de deuropening van de spreekkamer van dokter Annys dat hij mocht binnenkomen.

Versavel knikte en hees zich uit zijn stoel. Hij hield de bruine envelop met de robotfoto stijf onder zijn arm geklemd.

'Gaat u zitten.'

Dokter Annys was een lange slanke man met een scherpe neus en heldere blauwe ogen. Versavel begroette hem met een slappe handdruk.

'Wat kan ik voor u doen, meneer Versavel?'

Dokter Annys zette een leesbril op toen Versavel hem de robotfoto aanreikte en bestudeerde ze aandachtig.

'Kunt u mij zeggen waarvan de man beschuldigd wordt?'

Versavel onderdrukte een zucht. Hij had de secretaresse van dokter Annys uitvoerig uitgelegd waarover het ging, maar die boodschap was waarschijnlijk niet duidelijk overgekomen. Lazen die mensen dan nooit een krant?

'Het gaat om de seriemoordenaar die al een paar maanden actief is in Brugge', zei hij.

'Echt waar?'

Dokter Annys zette zijn leesbril op het topje van zijn neus en keek Versavel onderzoekend aan terwijl hij achter zijn oor krabde.

'Kent u hem?'

Het duurde een tijdje voor dokter Annys de vraag beantwoordde. Versavel bestierf het bijna van de zenuwen. Hij vouwde zijn handen in zijn schoot.

'Ik kan niet ontkennen dat hij een beetje op een van mijn patiënten lijkt, maar...'

Dokter Annys bekeek de robotfoto opnieuw.

'Momentje.'

Hij drukte het knopje van de intercom in en vroeg zijn secretaresse of ze even wilde langskomen. Versavel kneep zijn ogen tot spleetjes. Hij kon de spanning bijna niet meer aan. Zijn handen trilden in zijn schoot. Waar bleef dat wicht?

'Volgens mij is het Nathan Six', zei dokter Annys.

'Weet u dat zeker?'

De deur ging open. Dokter Annys sloeg zijn ogen op.

'Wat denk jij, Nathalie?'

De secretaresse kwam bij hem staan en bekeek de robotfoto.

'Hij lijkt er in ieder geval op', zei ze toen dokter Annys haar met zijn vermoeden confronteerde.

'We hebben hem', zei Versavel. 'Hij heet Nathan Six en hij woont in Blankenberge.'

Hannelore voelde een golf van geluk door haar lichaam stromen toen ze het nieuws over de telefoon te horen kreeg.

'Waar ben je nu?'

'In Oostende', zei Versavel.

Een uur later omsingelde een indrukwekkende politiemacht het huis van Nathan Six, een vrijstaande woning aan de Koninklijkelaan vlak bij de plek waar het lijk van Merel Deman was aangetroffen.

'Je weet toch zeker dat Six de man is die we zoeken,' zei Hannelore.

'Niets is zeker, maar laten we hopen dat dokter Annys gelijk heeft.'

Versavel trok een kogelwerend vest aan en wierp een bezorgde blik in de richting van het huis. Hij durfde haar niet te zeggen dat de arrestatie van Six ook meteen betekende dat ze Van In zouden vinden.

'We moeten Guido... redden, Carine.'

Het voorbije uur was Van In een paar keer bij bewustzijn geweest en telkens weer kwamen dezelfde woorden over zijn lippen. Zijn gezicht zag asgrauw en zijn huid voelde nu aan als marmer. Carine ging naast hem liggen en drukte haar verkleumde lichaam tegen hem aan in de hoop dat hij het warmer zou krijgen.

'Hoe...hoe laat is het nu?'

'Twintig over vier.'

'Dan...moe...moeten we hier dringend weg.'

Van In begon wild met zijn benen te slaan en met zijn hoofd te schudden. Carine probeerde hem te kalmeren, maar hij bleef tekeergaan.

'Ze...gaan...Guido...'

Zijn adem stokte en hij sperde zijn ogen wijd open.

'Pieter.'

Carine sprong overeind en nam zijn hoofd tussen haar handen. Zijn opengesperde ogen leken ijskogels. Ze keken haar star en koud aan.

Nathan Six toetste een nummer in op zijn mobieltje.
'Heb je mijn berichtje niet ontvangen?'
'Welk berichtje?'
'In verband met Van In.'
'Wat is er met hem?'
'Hij is gewond.'
Het bleef even stil aan de andere kant van de lijn.
'Waar ben je nu?'
'Ik sta aan de overkant van de straat.'
Marie-Louise Blontrock liep naar het raam en schoof het gordijn opzij.
'Ben je gek geworden?'
'Ik moet je dringend spreken.'
Marie-Louise Blontrock schoof het gordijn weer op zijn plaats en liep naar de voordeur. Nathan Six stak de straat over toen de deur openging en glipte naar binnen.

Twee mannen van het Cobra-team drongen het huis van Nathan Six binnen langs de achterdeur terwijl hun collega's de voorkant onder schot hielden.
Hannelore zat nagelbijtend in een politiewagen die een eindje verderop verdekt stond opgesteld. Nog geen tien minuten nadat het Cobra-team het huis was binnengedrongen, kwam Versavel haar melden dat ze binnen niemand hadden aangetroffen.
'Wat doen we nu?' vroeg ze met tranen in haar ogen.
'Wachten tot hij thuiskomt', zei Versavel.
'En wat doen we als hij niet thuiskomt?'
Versavel kwam bij haar op de achterbank zitten en legde zijn arm over haar schouder.
'Hij komt wel thuis, Hanne. Geloof me. Hij komt wel thuis.'

'Ik wil ermee stoppen, Marie-Louise.'

Nathan Six stak een sigaar op, ging in de stoel van wijlen Hubert Blontrock zitten en blies de rook in dikke wolken voor zich uit. Het laatste onderzoek bij dokter Annys had uitgewezen dat het niet goed ging met hem en dat hij in het beste geval nog tien jaar te leven had. En daar wilde hij nog met volle teugen van genieten.

'Niet voor je het karwei hebt afgemaakt, Nathan.'

'Je had Van In en die meid er nooit bij mogen betrekken.'

Marie-Louise Blontrock schudde haar hoofd.

'Ik had geen andere keus', zei ze. 'Van In zou er vroeg of laat achter gekomen zijn hoe de vork in de steel zat en dat risico kon ik niet nemen.'

Ze schoof haar stoel dichterbij en legde haar hand op zijn dij.

'Hoe lang kennen we elkaar nu al? Tien maanden?'

'Bijna elf', zei Nathan.

'Op de dag dat ik vernam dat we financieel aan de grond zaten.'

Marie-Louise Blontrock had haar hele leven in de schaduw van haar man gewerkt Ze wist dat hij gokte maar ze had nooit kunnen vermoeden dat hij alles verspeeld had en bovendien nog zwaar geleend had om zijn schulden af te betalen. Toen ze van de bankdirecteur te horen kreeg dat het huis openbaar verkocht zou worden was haar wereld in elkaar gestort. Ze had een scène gemaakt aan de balie en het tegen iedereen die er stond aan te schuiven uitgeschreeuwd dat ze wraak zou nemen. Een van de klanten was Nathan Six. Hij was haar achternagelopen en hij had haar voorgesteld Hubert Blontrock te vermoorden. Eerst had ze daarmee ingestemd maar later was het plan gegroeid om het geld te recupereren dat verloren was gegaan. Ze bedachten samen het Spel. Zij kende alle verstokte gokkers en ze wist van haar man dat die kerels tot alles in staat waren. Nathan Six zorgde voor de rest. Hij nam contact op met Willy Gevers en Oreels en vroeg hun of ze het project wilden financieren. De rest was kinderspel. Zij bleef op de achtergrond als de geheimzinnige Spelmeester en Nathan voltrok de vonnissen.

'Die ellende is nu tenminste achter de rug', zei Nathan.

'Dat is waar.'

De schulden waren afbetaald en haar bankrekening op de Kaaimaneilanden groeide zienderogen aan. Het was alleen jammer dat ze het huis niet kon behouden zonder dat de fiscus argwanend werd.

'Waarom stoppen we er dan niet mee?'

Marie-Louise Blontrock vouwde haar handen in haar schoot. Zoals ze daar zat leek ze een normale lieve oude mevrouw. Niemand zou ooit kunnen vermoeden dat ze medeplichtig was aan vijf moorden, die op haar man inbegrepen. En de kans was groot dat die ongestraft bleven als ze hun geluk niet al te zeer op de proef stelden.

'Zitten Van In en die meid nog altijd opgesloten in de loods van Gevers?'

Nathan Six knikte. Als hij hen ter plaatse vermoordde, zat hij met de lijken opgescheept, en dat vond hij geen prettig vooruitzicht. Hij vermoordde zijn slachtoffers liever bij hen thuis, kon hij het lijk laten liggen. Met Merel Deman was het bijna verkeerd afgelopen. In plaats van na haar operatie naar huis terug te keren had ze zich in het Blankenbergse nachtleven gestort waardoor hij genoodzaakt was geweest haar daar te vermoorden en haar lichaam op het strand te dumpen. Het reglement van het Spel was immers heel strikt op dat gebied. De verliezer moest binnen vierentwintig uur geliquideerd worden.

'Ik zal je wagen nodig hebben om de lijken te vervoeren', zei hij.

'Dat kan ik niet maken, Nathan.'

'Zonder wagen kan ik niets doen.'

'Leen dan de bestelwagen van Gevers.'

'Ik moet nog naar Blankenberge. Mijn wapen ligt nog thuis.'

'Ik zal een taxi voor je bellen', zei Marie-Louise Blontrock. 'En doe het vanavond nog, Nathan. En vergeet die andere niet. Hoe heet hij ook weer?'

'Guido Versavel.'

'En dan stoppen we ermee.'

'Definitief?'

'Toch voor een tijdje', zei Marie-Louise Blontrock.

'Dan stap ik maar eens op.'

Het huis was nog steeds omsingeld door het Cobra-team toen Nathan Six uit de taxi stapte die hem voor de deur had afgezet.

'Daar is hij', fluisterde Versavel, die achter het raam op de uitkijk stond.

In de keuken achter de woonkamer hadden nog eens twee inspecteurs postgevat voor het geval Six weerstand zou bieden.

'Misschien wacht je beter ook in de keuken tot alles achter de rug is, Hanne. Je weet maar nooit of hij gewapend is.'

Versavel haalde de veiligheidspal van zijn pistool over en ging naast de voordeur staan. Hannelore protesteerde niet, ze verdween naar de keuken. Buiten richtten de agenten van het Cobra-team hun geweer op de kleine kale man die bijna de voordeur had bereikt. Versavel hoorde de sleutel in het slot draaien. Hij hield zijn adem in en hield zijn pistool in de aanslag. De deur zwaaide open en het licht ging aan. Versavel sprong naar voren en richtte zijn wapen op Six.

'Politie, handen omhoog.'

De twee inspecteurs die zich in de keuken hadden verscholen, kwamen nu ook in actie. Ze stormden de woonkamer in om Six te overmeesteren en in de boeien te slaan. Ze grepen hem vast, maar Six haalde keihard uit naar een van hen. De getroffen inspecteur viel kreunend en met beide handen voor zijn kruis op de grond. Six profiteerde van de korte verwarring die daarop volgde om er razendsnel vandoor te gaan, maar voor hij het huis uit was, klonken twee schoten.

De dokter van het medisch urgentieteam schudde zijn hoofd. Een kogel had de aorta van Six doorboord met een fatale bloeding als gevolg. Hannelore zat verslagen in de keuken. Nu Six dood was, leek het onmogelijk Van In en Carine nog op te sporen. Versavel probeerde haar te troosten maar ook hij vreesde het ergste.

'Ze kunnen toch niet zomaar verdwenen zijn', zei Hannelore.

Ze had vrede kunnen hebben met het feit dat Van In haar voor Carine in de steek had gelaten en dat ze nu ergens samen op een exotisch strand lagen te rotzooien, maar ze mocht er niet aan denken dat hij dood was en ergens onder de grond lag weg te rotten. Ondertussen doorzocht een team van de technische recherche het huis. In de lade van een kast troffen ze het bronzen beeldje aan dat Six bij Blontrock had ontvreemd, het vakantiekiekje uit het album van Merel Deman en nog een aantal voorwerpen die op het eerste gezicht geen verband met elkaar hadden. Het waren er elf in totaal. Het pistool van Six vonden ze in het nachtkastje.

'Moet je dit zien.'

Een inspecteur van de technische recherche kwam met een kartonnen doos aanzeulen die vol zat met genummerde mapjes. Het waren er zesendertig en elk mapje bevatte het dossier van mensen die op de dodenlijst stonden.

'Hebben jullie nog iets gevonden?' vroeg Hannelore.

De inspecteur van de technische recherche schudde zijn hoofd.

'En wat is dat daar?'

Ze wees naar een bruine papieren zak die iemand net had binnengebracht.

'Zijn persoonlijke bezittingen.'

'Mag ik ze even inkijken?'

Hannelore wachtte niet op de toestemming van de inspecteur van de technische recherche. Ze griste de zak weg en schudde de inhoud op tafel. Er zaten een doosje Cohibasigaren in, een portefeuille met behoorlijk veel geld, een bos sleutels en een mobieltje.

'Waar is Guido?'

'Die is boven', zei een van de inspecteurs.

Hannelore liep naar de gang. Beneden aan de trap riep ze: 'Guido, waar ben je?'

'Ik kom, Hanne.'

Versavel stopte razendsnel een dikke bruine envelop onder zijn uniformjasje en kwam naar beneden. In de woonkamer liet Hannelore hem het mobieltje van Six zien.

'Weet jij hoe die nieuwe dingen werken?'

Versavel bekeek het toestel en drukte een paar toetsen in. Op het schermpje verscheen het laatste nummer dat Six gebeld had. Het was dat van Marie-Louise Blontrock.

'Hij heeft haar ook een berichtje gestuurd.'

Versavel liet Hannelore het berichtje lezen. *Van In is gewond. Wat moet ik doen?* stond er.

De vermoeidheid eiste uiteindelijk haar tol ondanks de vreselijke omstandigheden waarin ze allebei verkeerden.

Van In viel om een uur of tien in slaap, Carine een uurtje later toen ze hem rustig hoorde ademen. Ze had de hele middag de rest van de oude tijdschriften zitten verscheuren, het papier verfrommeld en daarvan een soort nest gemaakt dat hun nu enige beschutting bood tegen de koude. Om vijf over twee schrokken ze gelijktijdig wakker van een metalig geluid. Ze hoorden voetstappen en stemmen. Carine strompelde overeind en begon verwoed op de deur te bonzen.

Van In trok zijn ogen open. Hij lag in een ziekenhuisbed. Hannelore, Versavel en Carine stonden aan het voeteinde. Zijn mond was kurkdroog maar hij voelde geen pijn meer.

'Hij is wakker', zuchtte Hannelore met tranen in haar ogen.

Ze ging op de zijkant van het bed zitten en begon hem innig op de mond te zoenen. Ze hadden Marie-Louise Blontrock gisteravond om kwart over zeven opgepakt maar het had uren geduurd voor ze had willen bekennen waar Van In en Carine zich bevonden. Daarna was alles heel snel gegaan. Gelukkig maar. Van In was er erg aan toe toen ze hem vonden en volgens de dokter was hij waarschijnlijk aan zijn verwonding bezweken als hij nog langer in de koude kamer op de grond had moeten doorbrengen.

'Mag ik weten wat er allemaal gebeurd is?' vroeg Van In toen Hannelore hem eindelijk losliet.

'Wat wil je weten?'

'Alles', zei Van In. 'En ik wil een Duvel.'

'Ik heb eerst nog een verrassing', zei Versavel.

Hij haalde een dikke bruine envelop van onder zijn uniformjasje en scheurde ze open. De envelop zat barstensvol met briefjes van tweehonderd en vijfhonderd euro, speelgeld dat hij bij Six had gevonden en dat ruimschoots de verliezen dekte die Van In had geleden. Hannelore keek een beetje vreemd op toen ze het geld zag, maar ze protesteerde niet. Als er geld overbleef, zou ze het overmaken aan een goed doel.

'En ik heb ook nog iets te vertellen.'

Ze boog zich opzij en drukte haar lippen tegen zijn oor.

'Ik weet nu waarom je drie keer per week ging trainen, Van In', fluisterde ze. 'En geloof me. Zodra je weer beter bent, wil ik aan den lijve ondervinden of het helpt.'

Van PIETER ASPE
zijn bij dezelfde uitgever verschenen:

Het vierkant van de wraak
De Midasmoorden
De kinderen van Chronos
De vierde gestalte
Het Dreyse-incident
Blauw bloed
Dood tij
Zoenoffer
Vagevuur
De vijfde macht
Onder valse vlag
Pandora
13
Tango
Onvoltooid verleden

Grof wild

Het vierkant van de wraak

Van In heeft bedenkingen bij een mysterieuze inbraak in een juwelierszaak. Er wordt niets gestolen. De inbrekers laten alleen een raadselachtige handtekening achter...

'Een klein meesterwerkje.' – Brabants Dagblad
'Een schot in de roos.' – Het Nieuwsblad

De Midasmoorden

Paniek en chaos wanneer Brugge door een reeks misdaden wordt opgeschrikt. Een geheimzinnige foto, een kneedbom... Een aartsmoeilijke opdracht voor adjunct-commissaris Van In.

'De tweede van Aspe bevestigt al het goede van het debuut.'
– Humo

De kinderen van Chronos

Een lijk wordt ontdekt in de tuin van De Love, een gerestaureerde boerderij in de omgeving van Brugge. Commissaris Van In komt erachter dat De Love destijds als lustoord fungeerde voor tal van prominente figuren.

'Een wervelende thriller die nauw aansluit bij de Belgische politieke en criminele actualiteit.' – Het Laatste Nieuws

De vierde gestalte

In een sloot bij een flatgebouw wordt het lijk gevonden van de jonge kalligrafe Trui Andries. Ze werd vergiftigd met een uiterst zeldzaam product. De moord leidt naar een zekere Venex, de incarnatie van Satan op aarde.

'Een misdaadmeesterwerk van formaat.' – P-Magazine

Het Dreyse-incident

Patrick Claes, een rijke beursmakelaar, wordt in zijn eigen huis neergeslagen. Een gewone diefstal of een kluwen van misdaden? Wat is waarheid en wat is leugen?

'...stond al in de toptien terwijl de boekhandelaars nog bezig waren het boek in de rekken te zetten.' – De Morgen

Blauw bloed

Onderzoeksrechter Hannelore Martens, de vriendin van commissaris Van In, wordt door een jeugdvriendje benaderd. Opnieuw volgt een spannend verhaal met een dramatische ontknoping.

'De vaste hoofdpersonages worden intrigerender en aantrekkelijker.' – Het Nieuwsblad

Dood tij

Een verkrachting, een moord op het strand, perikelen op het ministerie van Justitie. Deze ingrediënten zijn slechts enkele elementen van deze wervelende thriller...

'Een Aspe van een goed jaar.' – Het Laatste Nieuws
'Om in één ruk uit te lezen.' – Het Volk

Zoenoffer

Terwijl Brugge zich opmaakt voor een prestigieuze tentoonstelling, wordt Van In geconfronteerd met een bizarre afrekening in het Minnewaterpark. Er wordt ook een kunstdiefstal gepleegd. Van In komt echter op een ander spoor.

'Veel humor en fantasie, maar ook veel spanning in de nieuwe Aspe.' – De Morgen

Vagevuur

Bij een inbraak worden foto's aangetroffen van Chileense folterkamers. In de buurt van het Concertgebouw wordt een potloodventer gesignaleerd. Een manege gaat in vlammen op. De puzzel valt stukje voor stukje in elkaar.

'Zwoel, erotisch, hitsig, intrigerend. En vol dubbele bodems. Een Aspe pur sang.' – De Morgen

De vijfde macht

Tijdens een prestigieus huwelijksfeest op een kasteel wordt de bruidegom vermoord. Het slachtoffer is de zoon van de manager van een groot visbedrijf. Van In, die een van de genodigden was op het feest, wordt valselijk beschuldigd van verkrachting en komt zelfs in de gevangenis terecht.

'Een spitant en spannend verhaal.' – Knack
'Een mooie mix van lol en sérieux.' – De Morgen

Onder valse vlag

In een villa aan de Damse Vaart heeft een zekere Wilfried Traen, directeur van een belangrijk bedrijf dat computers recycleert, zijn gezin uitgemoord en vervolgens zelfmoord gepleegd. Op het terras van een penthouse in Blankenberge wordt een luxecallgirl vermoord aangetroffen.
Gaat het in het eerste geval werkelijk om een gezinsdrama en wat is het motief voor de moord op de prostituee – wie is de dader?

'Wellicht de beste politieroman die hij totnogtoe publiceerde.'
– De Standaard

Pandora

Een oud dossier wordt heropend. Twintig jaar geleden werden in Brugge een legerofficier, een geestelijke en een gemeenteraadslid op dezelfde manier vermoord. Bij de lijken werd telkens ook een tarotkaart gevonden. De misdaden werden nooit opgelost.

'Aspe blijft een ongelooflijk natuurtalent die zowel slapstick als ironie en kolder kan mengen met sérieux en sarcasme. ' – Knack
'Vakwerk van een tedere anarchist.' – Gazet van Antwerpen

13

In 13 hebben Hannelore Martens en Pieter Van In het plan opgevat om in het huwelijksbootje te stappen. Een rustige voorbereiding van het huwelijksfeest is hen echter niet gegund. In een Brugs hotel wordt Wim Raes vermoord aangetroffen. Maar de echte Wim Raes blijkt (voorlopig) alive and kicking. Aan de vooravond van zijn huwelijk wordt Van In geconfronteerd met zijn vroegere liefdes. Hij dreigt kopje-onder te gaan in een bad van grondeloze haat.

'Meer dan ooit voert Aspe zijn personages op als mensen van vlees en bloed, met goede maar ook met bijzonder kleine kantjes. Pas wanneer je het boek hebt weggelegd, besef je hoezeer je aan Pieter, Hannelore en Guido gehecht bent geraakt.' – GAZET VAN ANTWERPEN

TANGO

Een vrouw meldt zich op het politiebureau. Haar vriend is spoorloos verdwenen. Op het eerste gezicht lijkt het om een gewone huiselijke twist te gaan, waarna de man met de noorderzon is vertrokken. Als duidelijk wordt dat zijn verdwijning iets te maken heeft met foto's die het daglicht niet mogen zien en dat ook de in Brugge in de hotelsector opererende maffia bij de zaak betrokken is, wordt de toestand zeer ernstig. Van In en Hannelore mogen dan net hun wittebroodsweken in Argentinië achter de rug hebben, wat hen te wachten staat, is hartverscheurend. Zullen ze nog ooit samen de tango dansen?

'*Tango* is, mede door zijn aangehouden tempo en strakke suspense, Aspes spannendste boek in jaren geworden.' – GAZET VAN ANTWERPEN

'Met *Tango* is Pieter Aspe aan de veertiende aflevering van zijn successaga toe.' – KNACK

Onvoltooid verleden

Op een zomerse ochtend vindt de exploitant van de Oesterput, een restaurant in Blankenberge waar oesters en kreeften in grote bassins op consumptie wachten, het lijk van een jonge vrouw. Het lichaam bevindt zich in de monding van een onderaardse pijp die de bassins van zeewater voorziet. Het slachtoffer en haar man zijn lid van een vereniging van neonazi's. Op de bil van de vrouw staat een runeteken getatoeëerd. Het teken heet Mannaz en staat symbool voor De Nieuwe Orde. Als twee dagen later ook de vermoedelijke minnaar van het slachtoffer wordt vermoord, komt Van In in contact met een mysterieuze groep die zich commando Mannaz noemt.

'Ook al lijkt Van In wat uitgeblust, Aspe is dat duidelijk niet. Hij steekt meer dan ooit vaart in zijn verhaal.' – Knack

'Een stevige plot en flitsende actie.' – Het Belang van Limburg

'Maar Aspe zou Aspe niet zijn, mochten er geen leuke nevenintriges opduiken. [...] Pakkend, maar nooit zwaar op de hand. Grappig, maar nooit onnozel. Aspe bewijst met *Onvoltooid verleden* dat hij de vervoegingen van de thrillertaal uitstekend onder de knie heeft.' – Gazet van Antwerpen

Grof wild

Om hun zilveren huwelijksjubileum te vieren besluit Eva haar echtgenoot Victor te verrassen met een korte vakantie in een afgelegen chalet in de Ardennen. Ze heeft een eigenaardig plan uitgedokterd, waarmee ze haar echtgenoot weer helemaal voor zich wil winnen. Wat een gezellig weekje uit zou moeten worden, ontaardt al vlug in een nachtmerrie zonder weerga.

'Een tussendoortje van Pieter Aspe.' – Het Nieuwsblad